아직
설레는
일은 많다

▪ 이 도서의 국립중앙도서관 출판시도서목록(CIP)은
서지정보유통지원시스템 홈페이지(http://seoji.nl.go.kr)와
국가자료공동목록시스템(http://www.nl.go.kr/kolisnet)에서 이용하실 수 있습니다.
(CIP제어번호: CIP2013025897)

아직
설레는
일은 많다

작가의 글쓰기와 성장은
우리에게 무엇을 주는가

하성란 산문

마음산책

아직
설레는
일은 많다

1판 1쇄 발행 2013년 12월 20일
1판 2쇄 발행 2014년 12월 5일

지은이 | 하성란
펴낸이 | 정은숙
펴낸곳 | 마음산책

등록 | 2000년 7월 28일(제13-653호)
주소 | (우 121-840) 서울시 마포구 잔다리로 3안길 20(서교동 395-114)
전화 | 대표 362-1452 편집 362-1451 팩스 | 362-1455
홈페이지 | http://www.maumsan.com
블로그 | maumsanchaek.blog.me
트위터 | http://twitter.com/maumsanchaek
페이스북 | http://www.facebook.com/maumsanchaek
전자우편 | maum@maumsan.com

ISBN 978-89-6090-173-5 03810

* 책값은 뒤표지에 있습니다.

자전거를 타고 신나게 달리며
벨을 울려대는 꿈을 꾸고 싶다.
어머니가 달려가고 나와 내 딸이 그 뒤를 달려간다.
아무것도 거리낄 것이 없다.

얼마 전 종영한 한 드라마는 미래의 여주인공이 타임슬립을 해서 과거의 철부지 시절의 자신을 찾아간다는 흥미로운 이야기다. 미래를 바꿀 결정적인 선택을 다시 하게 하려 미래에서 온 나는 과거의 나에게 부단히 조언을 하는데 과거의 나는 고분고분하지만은 않다. 과연 미래는 바뀔 수 있을까?

이번 산문집에는, 가깝게는 지난달 〈한겨레〉에 연재한 산문에서 멀게는 막 초등학생이 된 딸아이와 함께 간 경주 여행까지, 10여 년의 시간이 담겨 있다. 시간순으로 간추리면 가장 먼 과거는 아마 서른다섯 살 무렵인 듯하다. 만약 시간순으로 원고를 나열했다면 그 애가 자라 고등학생이 되고 대학생이 되는 과정과 중간쯤 툭 튀어나와 내 이야기의 절반 이상을 차지하는 둘째 아이의 모습이 성장 사진처럼 자연스럽게 그려졌을 것이다.

하지만 이번 산문집의 차례는 비슷한 주제별로 원고들이 헤쳐 모였다. 나란한 글들 사이에 10년이라는 시간이 아무렇지도 않게 왔다 갔다 한다. 한참 뒤에 읽는 글은 낯설다. 분명 내가 지나온 시간인데도 말이다. 마치 미래에서 타임슬립한 '큰 나'와 과거인 '작은 나'의 대면이라고 해야 할까. '큰 나'는 자꾸 '작은 나'의 글을 고치고 싶어 했다. '작은 나'도 고분고분하지만은 않았다. 하지만 어느 글 속의 "유한한 모든 것들은 이렇게 잠을 이루지 못하는 날들이 있다"라는 문장은 지웠다. 지금은 그렇지 않은데 10여 년 전의 나는 어떻게 그런 확신에 차 있었던 걸까. 자신의 생각을 어떻게 진실인 듯 단정적인 문장으로 쓸 수 있었던 걸까.

그 문장을 지운 것에 대한 판단은 지금부터 10년 20년 뒤의 나에게 맡기기로 했다. 그때면 뭔가 알 수 있을 것이다. 미래의 일은 한 치 앞도 볼 수 없지만 지금까지 알게 된 건 이것이다. 글쓰기가 나를 바꿨다. 자벌레가 제 몸을 일으켜 제 몸 길이만큼 조금씩 조금씩 전진하듯, 0.1밀리미터씩 0.1밀리미터씩 나는 바뀌었다. 나는 글쓰기의 힘을 믿는다. 이 문장만큼은 단정적이다. 그래서 설렌다.

등단을 한 뒤부터 지면이 주어진 곳에 부단히 글을 썼다. 어느 글이 맨 처음에 쓴 글인지는 잊었지만 내게 주어진 지면에 성실하자는 초심만큼은 잊지 않았다. 글을 쓰는 동안 나는 글쓰기의 노동에 대해 감사하게 생각했고 실제로 지금까지 그 대가로 생활해왔다. 새벽같이 일을 나서는 수많은 노동자들을, 하루하루의 노동을 최선으로 아는 노동자들을 생각했다. 글을 쓰는 동안만큼 나는 정직했다.

흩어져 있던 글들을 묶어 신중하고 재치 있는 원고 배열로 타임슬립의 경험을 안겨준 마음산책에 감사드린다.

2013년 겨울

하성란

차례

사랑을 잃은 자, 쓰라

옥상에는
별이 한가득

눈에서 멀어진다고
없는 것은 아니다

비에 젖은 자는
뛰지 않는다

도둑들이 매번 지키지도 못하면서
마지막 도둑질이라고 다짐하듯 나는 몇 번이고 뇌까렸다.
그의 마음을 몰래 가져다가 내 것으로 하고 싶었다.
하지만 훔친다고 온전히 그 마음을 내 것으로 할 수 있나.
나 또한 그 누군가의 '내 것'이 될 수 있나.

사랑을 잃은 자,
쓰라

17쪽 사진 한창 일하고 있는데 둘째 아이가 사무실로 들이닥쳤다. 안아달라고 보채는 아이를 안고 급한 일을 마무리했을 것이다. 둘 다 딴마음일 텐데 얼굴 표정은 한 가지, 진지해 보인다.

사랑을 잃고
나는 쓰네

한 출판사가 주관한 독자 여행에 함께할 기회가 있었다. 초면이라 다들 어색할 수밖에 없는 분위기였다. 젊은 친구들은 친구들끼리 나이 지긋한 분들은 또 그분들끼리 삼삼오오 짝을 지어 움직였다. 기형도의 시 「빈집」 이야기가 나온 건 밤꽃이 하얗게 뒤덮인 산 중턱에서였다. "'사랑을 잃고 나는 쓰네' 라고 알고 있기 십상인데 사실 제목은 '빈집'이죠"라고 누군가 운을 뗐다. 과연 책을 많이 읽는 독자들답다, 감탄하고 있는데 몇 걸음 앞서 걷던 어른 한 분이 산 아래를 향해 냅다 소리를 질렀다. "잘 있거라 요 짧았던 밤들아!" 젊은 친구들이 까르르 웃었다. 기형도를 중심으로 일행은 금방 하나가 되었다. 다음 구절을 곰곰 떠올리고 있는데 누군가 시를 읊었다. "공포를 기다리던 촛불들아? 아니, 아닌데." 또 웃음이 터졌다.

우리는 천천히 산을 오르면서 각자 떠오르는 시구들로 한 행 두 행 시를 꿰어 맞췄다. 금방 시 한 편이 되살아났고 어느새 우리는 소리를 맞춰 「빈집」을 외우고 있었다. "가엾은 내 사랑 빈집에 갇혔네!" 마지막 행에선 합창하듯 소리가 커졌다. 와, 탄성이 터져 나왔는데 그것도 잠시, 약속이라도 한 듯 조용해졌다.

주야장천 그 시를 외우던 시절이 있었다. 실연한 가을이었다. 소심해서 고백도 못했다. 그사이 그는 다른 이와 사귀는 듯했다. 고백도 못했으니 실연이라는 말이 무색한데 두 달여 혼자 끙끙 앓았다. 학교가 있는 명동은 인파가 몰려드는 곳이었다. 콩 자루가 터진 듯 우르르 쏟아져 나온 사람들 사이에 끼어 걸었다. 잠깐 멈춰 서 있으면 영락없이 누군가의 발에 발이 밟혔다. 오지 않을 연락을 기다리다 기다리다 집으로 가려 명동역 개찰구를 통과할 때면 이루어지지 못한 사랑과 함께 이 시가 떠올랐다. "사랑을 잃고 나는 쓰네."

과제로 제출할 시나 소설이 아니더라도 그 상심의 시간 동안 쓰는 일이 아니면 할 일이 없었다. 사랑을 잃었고 나는 쓰고 있었다.

훗날 이 이야기를 듣고 한 후배가 웃으며 말했다. "선배님, 저도 사랑을 잃고 썼다면 썼습니다." 헤어진 '여친'에게 그동안 들인 데이트와 갖은 선물에 쓴 비용을 말하는 거였다. 어이가 없으면서도 실연의 상처를 잘 이겨내고 우스갯소리를 할 정도의 여유를 되찾은 그가 예뻐 보였다.

요즘 기형도의 시 「빈집」이 새삼 다시 떠올랐던 일련의 사건 때문일 것이다. 왜곡된 사랑이 불러온 참담한 비극들을 보면서 머지않아 고등학교를 졸업할 큰애를 떠올렸다. 그 애도 누군가를 사랑하고 누군가의 사랑을 받게 될 것이다. 우리가 그랬던 것처럼 누군가의 구애를 거절할 수도 있고 자신의 사랑이 받아들여지지 않아 힘든 시간을 보내게 될는지도 모른다. 그런데도 가끔 그 애와 사랑에 관한 이야기를 나눌 때면 사랑의 기쁨에 대해서만 이야기했다.

사랑을 잃은 뒤의 집은 빈집처럼 서늘하다. 사랑하는 동안 짧게만 느껴졌던 밤들과는 안녕이다. 고통스러운 긴 밤이 있을 뿐이다. 열망은 이제 더 이상 내 것이 아니다. 돌이켜보면 실연했던 그 상심의 기간만큼 고요했던 적이 없었다. 나는 깊이 침잠했고 내 속을 응시했다. 내 속에서 들끓어 오르는 수만 가지 감정의 물결을 보았다. 나는 질투했고 질투하는 나를 창피스러워하기도 했다. 실연이 아니면 알지 못했을 감정들이다. 솔직히 말하자면 나는 그 상심의 기간을 즐기고 있었다.

20여 년 전 실연한 나를 위로한 것은 "사랑을 잃고 나는 쓰네"라는 구절이었다. 사랑을 잃은 이를 위한 처방전이 그 안에 있었다. 물론 쓴다는 것은 춤으로도 노래로도 다른 무엇으로도 바뀔 수 있을 것이다. 이루어지지 못한 사랑에 대해 쓰고 또 쓰는 동안 나는 조금씩 편안해졌다. 그러니 사랑을 잃은 자, 쓰라.

아직
설레는 일은 많다

　올여름, 20여 일을 지방의 한 대학에서 보냈다. 10여 년 전 처음 간 뒤로 이번이 세 번째였다. 방학 중에도 기숙사는 계절 학기를 보내는 학생들과 세미나 등을 갖는 일반인들로 북적이곤 했는데 이번 여름엔 한산했다. 이용하는 사람이 없어 앞서 두 번 생활했던 기숙사는 아예 폐쇄되었다고 했다.

　한 번도 이용한 적 없는 기숙사에 짐을 풀었다. 3인실이었다. 책상과 장롱, 책꽂이, 2층 침대가 한 세트인데, 그 세트 세 개가 한 방에 바듯하게 들어 있었다. 2층 침대까지의 높이가 꽤 높았다. 철제 사다리를 밟고 올라가보았다. 내려다보니 더 높은 것 같았다. 사다리를 밟고 내려올 땐 긴장했다. 문득 딸아이와 왔던 4년 전이면 사정이 달랐을지 모른다는 생각을 했다. 아이와 깔깔대면서 2층 침대쯤은 가뿐히 올라갔을 것이다. 정말 조심해야 된다고 내 속의 누군가가 내게 일러주었다. 자칫 골절상이라도 입게 된다면, 쉽게 아물지 않고 오래 끌 것이다. 엄마도 이 나이 때 다쳐 고생한 적이 있었다.

불현듯 내 나이가 상기되었다. 이게 다 2층 침대 때문이었다. 아무런 언질도 주지 않은 학교 측에 잠깐 화가 났다. 환불을 받고 집으로 돌아갈까 말까. 먼저 택배로 부친 짐 상자를 풀지 않고 그대로 두었다. 의자에 앉았다 일어설 때마다 창가로 무언가 반짝였다. 창가로 다가가 커튼을 젖혔다. 거기 호수가 있었다. 햇빛을 받은 호수 표면이 물고기 비늘처럼 반짝이고 있었다.

짐을 풀었다. 작은애까지 떼어놓고 감행한 일이었다. 이곳에 잠을 자러 온 게 아니었다. 떨어질지도 모른다는 걱정은 하루에 딱 두 번만 하면 되었다. 예전에 썼던 방들처럼 몇 발짝 떨어진 곳에 침대가 있다면 시시때때로 눕기밖에 더하겠는가. 오히려 잘된 일이라는 생각까지 들었다.

올여름에는 비가 많이 왔다. 비가 오기 전이면 호수 물빛이 먼저 깊어졌다. 호수 끝에서 물비린내가 밀려왔다. 그러고 나면 천둥이 치고 후두둑 빗방울이 떨어졌다. 곳곳에 물웅덩이가 생기고 계곡 아래로 퀄퀄 소리를 내며 빗물이 흘러갔다. 비가 많이 온 날이면 호수 수위도 조금 올라간 것처럼 보였다. 하지만 언제 그랬냐는 듯 해가 쨍쨍하게 빛났다. 침대에 눕는 대신 창가에 서서 자주 호수를 내려다보게 되었다. 호수를 보고 있을 뿐인데 이상하게도 고요해졌다. 내가 보고 있는 건 호수가 아닐지도 몰랐다.

이 침대에도 올라가보고 저 침대에도 올라가보는 사이에 일주일이 흘렀다. 침대에서 떨어지지 않도록 긴장감을 늦추지 않았다. 아침에 눈을 뜨면 시야가 희부옜다. 조심조심 침대에서 내려와 창가에 서서 호수를 보았다. 호수를 보는 사이 침침하던 눈이 밝아지면서 호수 건너편의 양철 지붕 집이 손에 잡힐 듯 다가오기도 했다. 생각처럼 먼 곳이 아닐지도 몰랐다. 그곳에 가보고 싶어졌다.

정시에 일어나고 정시에 식사하고 정시에 산책했다. 산책 코스는 10여 년 전과 크게 다르지 않았다. 운동화 끈을 매고 기숙사를 벗어날 때면 계절학기로 머무는 학생들을 만났다. 관심을 가지지 않는 학생도 많았지만 가끔 누구일까, 궁금해하는 학생도 있었다. 분명 기숙사 사감님은 아니다. 학교 관계자도 아니다. 그럼 대체 누구일까? 누구길래 혼자 이런 곳에 와 있는 걸까? 교정에서 만나는 학생들 눈빛도 그런 듯했다. 누구일까?

해가 기우는 5시 반에서 6시 사이에 기숙사를 나섰다. 호숫가로 접어들면 1킬로미터 남짓한 오솔길이 펼쳐졌다. 산책로 내내 벌레들이 그악스럽게 울어댔다. 도대체 어디에서 우는 건지 거리를 따질 수가 없었다. 가끔 새소리도 끼어들었다. 길은 갑자기 넓어졌다. 그곳에 호수를 전망하도록 벤치들이 놓여 있었다. 주말이면 동네 사람들이 놀러와 벤치에 앉아 있곤 했다. 길은 바로 그 지점에서 두 갈래로 나뉘었다.

호수 건너편 양철 지붕 집으로 가려면 한 번도 가지 않았던 오른편 길로 접어들어야 했다. 그 길목엔 몇 번 가본 적이 있었다. 학교의 오수 처리장이 길을 막다시피 하고 서 있었다. 언제나 인기척이 없었다. 사람은 보이지 않고 물을 거르는 기계 소리만 났다.

몸을 오른쪽으로 틀기만 하면 되는데, 자꾸 왼쪽 길로 접어들었다. 무엇이 두려운 걸까, 길에서 만나게 될 뱀일까, 아니면 낯선 사람일까. 아직도 두려운 것이 있다는 것이 창피했다.

산책의 끝엔 늘 우리가 묵었던 학사가 나왔다. 10여 년 전엔 후배와, 4년 전엔 딸아이와 그곳에 머물렀다. 그 학사를 지날 때면 자연스럽게 발걸음이 늦춰졌다. 고개를 돌려 우리가 묵었던 방의 창문을 올려다보았다. 10여 년 전 후배와 나란히 썼던 방들의 창문은 굳게 닫혀 있었다. 그때 여름이 눈앞에 펼쳐졌다. 그때 우리는 늙어가고 있다고 생각했다. 제 나이보다 훨씬 무거운 고민들을 가지고 있었다. 열어둔 창으로 가끔 후배가 틀어놓은 라디오 음악이 간간이 들려왔다. 가끔 악몽을 꾸는지 누군가의 이름을 부르는 후배의 목소리도 들렸다. 우리는 만나면 그해 여름과 이곳에 대해 이야기했다. 마치 후배와 나란히 칠 지난 바닷가에 앉아 있는 느낌이 들곤 했다. 발에 닿는 모래는 아직 따뜻하다. 하지만 바람은 차다.

딸아이는 이곳을 떠올릴 때면 비 온 뒤 아스팔트에 널린 지렁이부터 떠올리며 징그럽다는 표정을 지었다. 아스팔트에 휩쓸려 나온 지렁이는 비가 멈춘 뒤에도 흙으로 가지 못하고 햇빛 아래 배배 말랐다. 더러는 자동차 바퀴에 깔리기도 했다. 언제부터인가 우리는 기다란 나무 작대기로 지렁이를 들어 풀밭 위로 옮겨주곤 했다. 하지만 그 수가 너무 많았다. 가느다랗고 힘없어 보이는 지렁이인데 나무 작대기에 실린 힘이 생각보다 강렬해 놀라곤 했다. 어느 생명이든 용량은 다 비슷하고, 그 에너지를 그 작은 몸에 집약하고 있다는 생각이 들었다.

"엄마, 또 지렁이!"라는 딸아이의 목소리가 생생하게 들리기도 했다. 그들과 함께 있을 땐 이렇게 의기소침해지지는 않았는데. 쉽게 비위가 상했고 자꾸 뒤를 돌아다보았다.

새벽에 쿵, 소리를 들었다. 위층 복도 안쪽 방인 듯했다. 2층 침대를 오르내리던 학생이 사다리에서 떨어진 모양이다. 많이 다치진 않았을까, 하지만 젊은 학생은 괜찮다. 기껏 멍이 들었을 것이다. 내 속의 누군가가 내게 말했다. 하지만 넌 조심해야 해.

수시로 비가 내려 늘 우산을 챙겼다. 비가 내리지 않아 우산이 성가신 물건이 되기도 했다. 그날은 절대 비가 오지 않을 날이었다. 허리춤에 소금 주머니를 차고 있지는 않았지만 이 나이쯤 되면 그 정도는 알 수 있었다.

산책로를 따라 걸었다. 천둥소리를 만난 건 인문대 앞이었다. 그곳에서 윤동주 동산까지는 약간 오르막길이었다. 걸음을 재촉했다. 그때까지도 자신이 있었다. 기숙사로 돌아갈 때까지 비를 맞지 않을 자신이 있었다. 한 방울 두 방울 빗방울이 떨어졌다.

오르막을 채 다 오르기도 전에 빗줄기가 굵어졌다. 사방을 둘러보았지만 비를 피할 곳 하나 없었다. 천둥이 쳤다. 번개가 바로 앞의 나무 위로 떨어졌다. 이러다 번개에 맞을 수도 있겠다 싶었다. 두려웠다. 전력 질주를 했다. 금방 머리카락 속까지 젖었다. 눈썹을 흘러내린 빗물이 눈 속으로 스며들었다. 시야가 흐려졌다. 다시 한 번 번개가 내리쳤다. 가까스로 벗어났다는 생각이 들었다. 놀라운 건 그 시간, 교정에 아무도 없다는 거였다. 그 시간이면 띄엄띄엄 학생들과 만나고는 했다. 비가 내릴 것을 미리 알고 있었던 것처럼 교정엔 아무도 없었다. 어떻게 비가 올 걸 알았던 걸까. 조금 더 의기소침해졌다.

기숙사 로비로 들어설 무렵, 비는 거짓말처럼 멎어 있었다.

로비 바닥에 몸에서 흘러내린 물이 뚝뚝 떨어졌다. 비 비린내가 났다. 누가 볼까 얼른 발길을 옮기려는데 맞은편에서 여학생 둘이 걸어오는 게 보였다. 시내에서 약속이라도 있는 걸까, 드라이어로 머리를 정성껏 펴고 공들여 화장을 했다. 학생들 손에는 가벼운 미니 우산이 들려 있었다. 학생들과 지나치다 문득 그들 중 한 여학생과 눈이 마주치고 말았다. 옆의 친구와 수다를 떨던 여학생이 나를 보자 눈살을 찌푸렸다. 그 눈빛에서 비에 젖은 생쥐 꼴일 내 모습이 그려졌다. 그 눈빛에는 웬 어른이 비를 다 맞고 다니느냐는, 비도 아무나 맞는 게 아니라는 핀잔이 섞여 있었다.

방으로 돌아와 내 모습을 보았다. 빗물에 씻겨 흘러내려 민 얼굴이 다 드러났다. 하지만 그 표현으론 부족했다. 헐벗어 뿌리가 다 드러난 느낌이었다. 10여 년 전 우리는 더 이상 젊지 않다고 생각했다. 하지만 그땐 엄살이 있었다. 오래전부터 이 날을 상상해왔다. 너무도 상상해서 아무렇지도 않을 거라고 생각했지만 현실은 달랐다. 운동화에서 새 나온 물로 흰 양말에 잉크빛 얼룩이 져 있었다.

다음 날, 갈림길 앞에서 망설임 없이 오수 처리장으로 접어들었다. 인적이 끊긴 지 오래인 듯 빗물에 밀려온 나뭇가지들이 쌓여 있었다. 나무도 다른 곳보다 무성해 해가 일찍 지는 것처럼 어둑어둑했다. 벌레가 울었다. 부지런히 걸었다. 길 중앙에 이르렀다. 누군가와 만난다 해도 뒤로 물러설 수도 없었다.

완만히 구부러진 호숫가가 저 앞에 나타났다. 내가 걸어온 길이었다. 호수를 구경하는 사람들이 보였다. 좀 더 걷자 내가 묵고 있는 기숙사 건물이 나타났다. 생각보다 멀지 않았다. 그런데 왜 그토록 멀게만 느껴지는 걸까. 기숙사 건물은 엄지로도 가려졌다.

오솔길과 달리 호수의 둑 위는 쨍쨍한 해가 내리쬐고 있었다. 둑 위로 걸었다. 수로 위 다리로 올라섰다. 추락 금지라고 쓰인 천들이 난간에 어지럽게 감겨 있었다. 다리 난간에 서서 우연히 호수 쪽을 바라보았다. 정확히는 저수지였다. 저수지에 가둬진 물이 경사진 수로를 따라 힘차게 흘러내리고 있었다. 시멘트 구조물과 물의 낙차가 만들어낸 오묘한 무늬가 거기에 있었다. 그 무늬를 한참 내려다보았다. 물의 착란, 어지러웠다. 이렇게 아름다운 장면을 보는 건 정말 오랜만이었다. 무슨 소식을 기다리는 것처럼 설렜다. 이곳에 오길 잘했다. 오지 않고 집에 갔다면 여기 이런 장관이 있다는 걸 알 수 없었을 것이다. 그리고 이렇듯 앞으로도 설렐 일이 생각보다 많을지 모른다는 확신이 들었다.

나는 수로를 내려다보았다. 오랫동안 이 시간을 기다려왔
다는 생각이 들었다. 비는 오지 않았다. 오늘은 오지 않을 것
이다. 소금 주머니를 차고 있지 않았지만 그 정도는 알 수 있
었다.

봄이 되면 나는
변덕스러워진다

남편과 함께 작은애를 어린이집에 데려다주고 돌아오는 길이었다. 평소처럼 사무실로 왔어야 했는데 보조석에 앉아 차문을 닫는 순간 돌연 마음이 바뀌고 말았다. 우리는 몇 년 전부터 한 사무실에서 일하고 있다. "세종문화회관 앞에 내려줘." 남편은 왜냐고 묻지 않았다. 내비게이션을 켜고 사무실 방향이 아닌 반대 방향으로 10여 분 달리고 있는데 그새 또 마음이 바뀌었다. 세종문화회관 앞에서 출발하는 좌석 버스를 타고 교외로 나가기에는 왠지 준비가 미흡했던 것이다. "아, 미안. 그냥 사무실로 돌아갑시다." 이번에도 왜냐고 묻지 않았지만 남편의 미간에는 '아, 또 시작인 건가'라는 듯한 세로 주름이 잡혔다. 괜히 길을 돌아가면서 나는 어제와 다른 나를 깨닫고 움찔했다. 슬슬 봄이 오고 있는 모양이다.

지난겨울은 정말 춥고 길었다. 다시는 봄이 오지 않을 듯했다. 심장에 얼음 못이 박힌 듯한 느낌이었다. 따뜻한 곳으로 이사할 계획을 몰래 세워보았다. 봄이 가장 빨리 오는 곳은 어디일까. 아침에 눈을 뜨면 제일 먼저 텔레비전을 켰다. 아침 드라마나 뉴스를 시청하기 위해서가 아니었다. 하염없이 화면의 오른쪽 하단부에 뜬 일기예보를 보았다. 시시각각 도시가 바뀌고 기온을 알리는 숫자가 바뀌었다. 가장 따뜻한 제주도에서 가장 추운 춘천까지. 그렇게 드라마틱한 드라마가 또 없었다.

기숙사 생활을 하는 큰애가 있는 곳의 기온도 살피고 연로하신 시부모님이 계신 곳의 기온도 보고 예전 신혼살림을 시작했던 곳의 기온도 보았다. 세상에, 지난겨울 춘천의 기온은 영하 20도까지 급강하했다. 어린 시절 러시아의 겨울 평균기온에 입을 벌린 적이 있었는데 이제 남의 나라 말이 아니다. 추운 겨울 잘 보내시라고, 혼자서 춘천 사람들에게 응원을 보내곤 했다. 그래도 그곳 아이들은 아랑곳없이 꽁꽁 언 공지천에서 신나게 스케이트를 즐기고 있었을 것이다. 일기예보에 따라 아이에게 옷을 하나 덧입히고 나도 내복을 챙겨 입었다.

춘천보다는 낫다고 위안하며 보냈지만 거리에 나서면 나도 모르게 움츠러들었다. 점심시간이면 사무실에서 가장 가까운 식당으로 종종걸음 쳤다. 겨울이 오면 봄 또한 멀지 않으리. 고등학교 때 읽었던 시의 한 구절을 외워도 위안이 되지 않았다. 그런데 며칠 전부터 뭔가 달라지고 있었다. 아침저녁으로 아직 바람은 차지만 봄이 오고 있다. 덩달아 내 변덕도 시작되었다.

사무실로 돌아오는 남편의 표정이 착잡하다. 점심시간, 이 메뉴 저 메뉴를 놓고 갈팡질팡하게 생겼고 별안간 동물원에 가자느니 봄 바다를 보러 가자느니, 내 변덕에 춤을 출 생각을 하니 걱정이 늘어졌을 것이다.

얼마 전, 큰애의 학교 학부모 모임차 경주에 다녀왔다. 사는 곳이 다 다른 우리들은 가끔 이렇게 지역을 돌아가면서 집으로 초대를 했다. 주인 내외의 정성이 들어간 집 구석구석을 구경했다. 정오가 지나자 넓은 마당에 햇살이 가득 찼다. 마당과 경계 없이 이어진 밭이 넓게 넓게 펼쳐졌다.

밭두렁 사이사이를 펄쩍펄쩍 뛰어다니고 싶었다. 20여 년 전 사촌오빠의 결혼식에 들렀다가 어린 사촌들과 뛰어논 적이 있다. 붉은 흙 사이사이 새순이 올라오고 있었다. 아이들을 쫓아다니느라 두렁과 두렁 사이를 훌쩍 뛰어넘었다. 한껏 차려입은 정장 치마폭이 좁아 넘어지고 말았다. 대충 꿰어 신고 나온 플라스틱 슬리퍼 속에서 발이 헛돌았다. 누가 보든 말든 치마를 무릎 위로 걷어 올리고 밭을 뛰어다녔다. 봄바람이 내 몸을 간질이고 흙 위로 부드러운 냄새가 올라왔다. 그때가 이맘때였나?

"저기 좀 봐요." 집의 안주인이 담장 아래를 가리켰다. 방금 전까지 우리는 이제 고등학교 3학년이 될 아이들의 진로로 고민을 하고 있었다. 양지바른 담벼락, 수선화꽃이 피었다. 옆에 나란히 핀 건 히아신스였다. 꽃 냄새를 맡아보니 미묘하게 다르다. 벚꽃도 피었고 홍매화 가지에도 꽃송이들이 핏방울처럼 매달렸다. 우리는 보물찾기 게임이라도 하듯 마당을 헤집고 돌아다녔다. 마당 곳곳에 심긴 나무와 꽃을 자랑하는 안주인의 얼굴에 아이 성적으로 속상해하던 모습은 온데간데없었다.

서울에도 목련꽃이 피었다.

춘천에서 차를 몰고 한 달 만에 서울에 온다는 이가 약속 장소로 들어서면서 다짜고짜 소리를 지른다. "세상에! 오다가 목련을 봤어요!" 그녀의 긴 머리카락에 아직 겨울바람이 묻어 있는 듯하다. 대체 춘천은 얼마나 추웠느냐고 물어볼 필요도 없었다. 영하 20도의 겨울을 이겨낸 '춘천 사람'인 그녀가 대견해 보일 뿐이다. 어느새 봄은 남쪽으로부터 올라와 서울에 한 팔을 뻗고 있다. 춘천에도 이제 봄이 갈 것이다. 봄은 그렇게 소리, 소문 없이 온다.

우리는 너무 긴 겨울을 잘 지내왔고 이제는 봄을 만끽할 일만 남았다. 새로운 계획을 세우고 결심을 실행에 옮기는 건 1월이 아니라 봄이 되어서였던 듯하다. 외국어 공부도 시작하고 수영이나 요가도 해볼까, 발동이 걸린다. 손에서 일을 놓고 사무실 밖, 훈풍이 부는 하늘로 한참 눈이 가는 것도 봄이다. 그나저나 "또 변덕이네"라는 말을 올봄에도 여기저기서 듣겠다. 그래도 이 변덕은 오래가지 않을 것이다. 예전처럼 봄이 길지도 않으니까. 그러니 남편이여, 걱정 마시길…… 변덕이 죽 끓듯 해도 조금은 눈감아주시길…….

은수저를
닦다

한 신문사의 신춘문예 시상식장에서였다. 심사위원들의 심사평과 격려의 말이 이어졌다. 그 사람의 성품이 보이는 전혀 다른 심사평들이었지만 맺는말은 한결같았다. "정진하기를 바란다." 아마 그즈음 전국에서 있었을 다른 신문사의 시상식 풍경도 별반 다르지 않았을 것이다. 1996년, 우리 때도 그랬다. 당선의 기쁨도 잠시, 앞줄에 나란히 앉았던 당선자들은 '정진하라'는 심사위원의 말에 종이를 씹는 듯한 표정이 되었다.

소설 당선자의 이력은 특이했다. 경영학을 공부하다가 문학으로 급선회해 20대 중반을 보냈다. 발랄하고 신선한 상상력이 인상적이어서, 심사를 본 선배는 그녀가 쓸 앞으로의 소설에 한껏 기대를 하고 있었는데 복병은 다른 데 있었다. 당선자는 어머니 몰래 숨어 소설을 써왔다고 고백했다. 소설을 쓰면 굶기 딱이라며 어머니가 방해 아닌 방해 공작을 펼쳐온 모양이었다.

시상식에는 당선자의 어머니도 함께 왔다. 앞이 막막할 당선자에게 용기를 주어도 모자랄 판인데 우리는 당선자의 어머니를 회유하느라 힘을 다 쏟아야 했다. '소설 쓰는 일이 얼마나 즐거운지 몰라요'라는 표정으로 나는 당선자의 어머니 옆에 딱 붙어 앉아 있었다. 하지만 어머니가 충혈된 눈과 피곤해 각질이 일어난 거친 내 얼굴을 눈치채지 못했을 리 없다. 혹시나 어머니가 원고료는 얼마인가요? 책 한 권을 내면 수입은 얼마나 되나요? 등 조목조목 따져 물을까 봐 조마조마했다. 활기차고 웃는 모습이 고운 어머니는 의외로 심지가 굳었다. 아마 얼마 전 딸 또래의 젊은 작가가 요절한 소식이 그런 확신을 더 가지게 했을는지도 모른다. 하다 하다 안 되겠는지 나중에는 선배가 이런 말까지 하고 말았다. "문학 하는 아가씨들, 일등 신붓감입니다."

헤어지는 그 순간까지도 어머니는 고집을 꺾지 않았다. 문학은 결혼을 하고 아이를 낳은 뒤에 해도 늦지 않다는 어머니의 말에 당선자는 입을 꾹 다물었다. 돌아오는 버스 안에서 여러 생각들로 착잡했다. 1996년의 시상식 날이 떠오르고 앞으로 어떻게 해야 하나 외로웠던 기억도 떠올랐다. 그때와 많이 달라지지 않은 현실은 더 쓸쓸했다. 십수 년이 흘렀지만 매일 아침 나는 어떻게 해야 하나, 라는 고민을 하고 있다. 그래도 우리 어머니는 낫다. 밖에서 들은 이야기를 혹시나 소설거리가 될까 전해주기도 하고 가끔은 "내 인생이 소설책 세 권이다"라고 큰소리치기도 한다. 글이 풀리지 않아 책상에 고개를 묻고 있을 때면 동생들에게 들으라는 듯 소리치기도 한다. "언니, 힘드니까 좀 나눠 써줘라."

몇 해 전 메일 한 통을 받았다. 그해 한국작가회의 사업의 일환인 사업명 '은수저'에 관한 소식이었다.

시상식장에서 '정진하라'는 말을 들은 수십 명의 당선자들이 일제히 올 한 해를 시작했다. 반짝이는 작품으로 치고 나오지 않는다면 점점 작품 발표의 기회는 멀어질 것이다. 아이러니하게도 자신의 장기를 발휘할 기회란 많지 않다. 지면은 한정되어 있고 작가는 너무도 많다. 데뷔작을 끝으로 작품을 발표하지 못하고 마는 이들도 많다. 올해 당선자 중에서 내년, 내후년까지 작품을 발표할 이들은 몇이나 될까.

'은수저' 사업은 녹이 슨 은수저를 닦아 반짝이는 은의 생기를 되찾아내듯 묻어두었던 작가들의 기량을 닦아 빛내자는 의도로 시작되었다. 이 기회로 많은 작가들이 자신의 재량을 드러낼 수 있는 작품들을 발표할 기회를 가지게 된 것이다. 적지만 원고료도 받을 수 있고 권위 있는 선배 평론가들로부터 총평을 들을 수 있다.

내 주위엔 오랜 무명을 떨쳐낸 이도 있고 아직 기회만 엿보고 있는 이도 있다. 친구는 자신이 지금까지 글을 쓸 수 있는 건 오랜 무명의 시간을 버텨온 힘이라고 종종 말하곤 했다. 그럴 때면 당나귀처럼 튼튼한 그의 이가 떠오르곤 했다. 솔직히 말하자면 나는 누구보다 운이 좋은 작가였다. 박수와 환호가 오래가지 않는다는 것도 알고 있다. 그랬기에 이들의 재출발에 누구보다 큰 박수를 보낸다. 그간 묻혀 있던 작가들의 새로운 작품을 볼 수 있다는 기쁨도 크다. 아쉽다면 그해엔 여성 회원으로만 한정된 것이랄까.

생각난 김에 당선자에게 문자를 넣어봐야겠다.

나는
내가 미워졌다

2, 30대를 함께 보낸 친구를 얼마 전 창졸간에 떠나보냈다. 결혼을 하지 않았기에 그의 마지막 길은 가족과 절친했던 친구 셋이 함께했다. 십수 년 전 한 일간지의 신춘문예로 등단을 했지만 그에게는 단 한 권의 시집도 없었다.

어느 날 그가 난데없이 두문불출할 때만 해도 우리는 대수롭지 않게 생각했다. 전화도 받지 않고 문자에 답도 하지 않았다. 끈질긴 구애에도 점점 지쳐가 나중에는 우리가 먼저 연락하는 일도 뜸해졌다. 그래도 그가 언제 그랬냐는 듯 불쑥 우리 앞에 나타날 거라 믿어 의심치 않았다. 그사이 그의 병이 그렇게 깊어지고 있었다는 것을 우리는 몰랐다. 문득문득 그의 안부가 궁금해지고 보고 싶어졌지만 하루하루 밀린 일들과 육아, 가사의 피로함에 내일 일로 미루고 말았다.

오래전 우리는 한 문예지에 같이 글을 실었다. 통상 시는 두 편을 싣게 되어 있는데 그는 한 편의 시만 편집부에 건넸다. 그가 다른 한 편의 시를 붙들고 얼마나 고심을 했는지는 그의 통통 부은 얼굴만 봐도 알 수 있었다. 그는 시뿐 아니라 자신의 삶에 대해서도 엄격했다. 그의 시를 되찾아 읽어보면 알수 있다. 뿐만 아니라 조금이라도 양심에 꺼리는 일은 질색했다. 수없이 쏟아지는 시들을 보며 안타까웠던 우리는 그의 지나친 완벽주의를 나무라기도 했다. 누군가는 게으른 것 아니냐고 꼬집기도 했다. 그가 시를 발표하는 횟수는 점점 줄어들었다. 그의 시에 관심을 보이던 출판사들도 자연스럽게 청탁을하지 않게 되었다. 언젠가부터 우리는 그의 시를 한 편도 읽을수 없게 되었고 그에게 "시 안 써?"라는 질문도 하지 않았다.

그는 밤새워 책을 읽었다. 그의 집에는 그가 읽은 수천 권의책들이 그가 누웠던 자리의 사방을 빼곡하게 메우고 있었다. 생계를 위해 낮이면 출판사의 교정 아르바이트를 했다. 나중에는 받아야 할 교정료도 점점 밀린 모양이었다.

대학 시절, 그가 학보에 발표했던 시의 한 구절이 떠오른다. "모시나비 한 마리 길을 건너는". 왜 하필 모시나비였을까. 곤충 도감에서 모시나비를 찾아 들여다본다. 흰 날개를 가진 나비는 요란스럽지 않고 소박하다. 생전의 그처럼 단정하다. 그가 왜 그냥 나비라고 뭉뚱그려 말하지 않았는지, 왜 줄나비도아니고 멧노랑나비도 아니었는지 알 듯하다. 이제 모시나비 한마리 길을 건너는 5월이 온다. 도시에서는 개체 수가 급감했다고 하지만 5월이 되면 우연히 한 마리쯤 눈에 띄지 않을까. 그가 떠나는 날에는 모처럼 날이 화창했고 두터운 겉옷 속으로 땀이 밸 정도로 훈풍이 불었다.

느닷없는 그의 죽음을 채 추스르기도 전에 이웃 나라에서 수많은 사람이 죽고 다쳤다. 천재가 인재로 이어졌다. 지구 한쪽에서는 강력한 진압으로 무고한 시민들이 죽는다. 한 개인의 죽음은 그렇게 수많은 죽음 속에 묻혔다. 시시각각 속보를 전하는 일촉즉발의 상황 속에서도 한편으로는 화창한 봄에 돋보이는 화장법과 옷 입는 법이 소개된다. 연예인들의 열애 기사가 뜬다. 살아 있는 누군가가 누군가의 치부를 낱낱이 까발리고 누군가는 소문을 재생산해낸다. 우리의 관심은 한 연예인이 들고 나온 백에 쏠리기도 한다.

생전에 바랐던 것처럼 그는 흔적을 남기지 않고 갔다. 그리고 단짝 중 셋은 살아 있다. 한 사람은 중국 출장길에 오르고 한 사람은 지진을 피해 서울로 건너와 미뤄두었던 수술을 받았다. 남은 한 사람은 점심을 먹기 위해 식당 앞 길게 늘어선 줄에 가 선다. "적당히 타협할 수 없어?" "누군 그러고 싶어 그러는 줄 알아?" 모지락스러운 그 말을 그에게 했던 게 나였던가, 아니면 우리 셋 모두였던가.

살아남은 나는 눈치 보며 적당히 타협했던 것에 대해, 다른 이보다 운이 좋았던 날들에 대해 생각한다. 브레히트의 시 「살아남은 자의 슬픔」이 떠오른다. 어디선가 "강한 자는 살아남는다"라는 비아냥거리는 목소리를 듣는다. 살아남은 자의 비애와 함께 나는 내가 미워졌다. 정말 미워졌다.

밤 고양이처럼

잠도 오지 않고 책도 읽히지 않는 밤, 나는 나들이를 나간다. 예전엔 기껏 놀이터에 나가 그네를 타거나 아파트 단지를 한 바퀴 돌다 돌아오곤 했는데 자동차가 생긴 뒤로는 차를 몰고 이 동네 저 동네를 쏘다니기 시작했다. 늘 정체되던 도로도 시원스레 뚫린다. 요란하던 간판들의 불이 꺼지고 인적도 끊겨 사방이 고요하다. 속도를 내지 않는다고 뒤에서 경적을 울려대는 자동차도 없다.

여느 때처럼 신호가 바뀌기를 기다리다 우연히 대형 건물의 유리창을 올려다보게 되었다. 대낮처럼 밝은 유리창 안, 카트를 하나씩 잡은 사람들이 무빙워크에 올라탄 채 나른하게 위층과 아래층으로 오르내리고 있었다. 그날 무작정 그곳에 들러 불필요한 물건 몇 개를 사서 돌아온 것이 시작이었다.

명절과 월요일을 제외한 날들은 24시간 문을 열어두었다. 새벽인데도 주차장 한 층이 꽉 차 있다. 잠에서 깼거나 아예 잠들지 못한 사람들이 뒤통수가 눌린 머리 모양 그대로 슬리퍼를 찍찍 끌며 할인점 곳곳을 어슬렁댄다. 주차장 한 층이 찰 만큼 손님이 들었다지만 연면적이 5만 3000제곱미터라는 할 인점 곳곳에 흩어져, 대부분 한 코너에 나 혼자뿐일 때가 많 다. 무심코 카트를 밀며 물건들을 구경하다 불쑥 옆 코너에서 형광등 낯빛을 한 사람이 나타나면 그쪽도 나도 동시에 화들 짝 놀란다. 그러곤 둘 다 못 본 척 총총 다른 코너로 몸을 숨 긴다.

심야의 대형 할인점에 가본 사람은 안다. 한낮의 소음과 분 주함이 고요히 내려앉아 발목 부근에서 물결처럼 찰랑이는 것을. 계산대 두어 곳에만 직원이 남아 있을 뿐이다. 생선 판매 대의 얼음과 생선은 모두 치워지고 갓 구운 빵을 판매한다는 빵집도 문을 닫았다. 몇 시간 전까지도 수많은 사람으로 활기 찼을 매장 안에는 시식대의 고기 눈 냄새가 흐릿하게 남아 있 다. 매대 사이를 걷다 보면 판매원의 호객 소리와 아이들의 울 음소리가 환청처럼 울린다.

그러고 보니 동서남북, 집에서 30여 분 거리 안에 대형 할인 점이 여럿 있다. 질 좋고 값싼 수입 고기를 사려면 회원제로 운 영되는 할인점에, 가는 길에 영화라도 한 편 보려면 서남북, 아 무 방위나 잡아 가면 된다. 우리 주변에 언제 이렇듯 많은 할 인점이 들어선 것일까. 휴가 때는 경주에 갔다가 그 소도시에

조차 대형 할인점이 들어섰다는 사실을 알고 놀라기도 했다.

주말이면 할인점은 한꺼번에 몰려든 사람들로 발 디딜 틈이 없다. 소풍이라도 온 듯 일가족이 모두 나왔다. 같이 온 가족을 어느 코너에선가 잃어버리고 허둥대는 사람들도 꼭 한둘 있다. 어른들의 쇼핑에 일찌감치 지친 아이들은 카트 안, 화장지와 라면 틈에서 불편한 잠을 잔다. 한번은 카트를 밀고 돌아다니다가 계산 직전에야 내 카트가 아니라는 것을 알아채기도 했다. 사람들 사이를 다시 뚫고 들어가 장을 새로 보자니 너무 피곤했다. 대충 구매 물품이 비슷한 거 같아 몇 개는 빼고 그냥 담아 왔는데 고무장갑은 목이 짧아 설거지를 할 때마다 물이 스며들고 소매를 적신다. 대신 멕시코 고추 피클은 맛이 있어 또 찾게 되었다. 그렇다면 내 카트를 바꿔 끌고 간 사람은 어땠을까.

월드컵 상암 경기장 안에도 대형 할인점이 있다. 갈 때마다 사람들이 붐벼 내 카트로 앞 사람 발뒤꿈치를 두어 번 치고 다른 사람 카트에 내 발뒤꿈치가 두어 번 찍혔다. 처음엔 오만상을 찌푸리면서 홱 뒤돌아보던 사람들도 이젠 익숙해진 모양이다. 웬만큼 아프지 않고는 뒤도 돌아보지 않는다. 웬만해서는 미안하다는 말도 건네지 않는다. 그곳에 갈 때마다 하룻밤 머물렀던 오사카 경기장이 떠오른다. 오사카 경기장 안에는 할인점 대신 관광객들을 위한 유스호스텔이 있다. 마침 스모 선수들이 단체로 머물고 있어 복도를 지날 때마다 비켜서서 옆으로 걸었다. 깨끗한 침대 시트와 노른자가 터진 달걀 프라이가 나온 소박한 아침 식사가 좋았다. 우리가 잤던 6인실 밖으로는 육상 경기장의 트랙이 내려다보였다.

할인점에서 나는 오랫동안 만나고 싶어 했던 친구를 만났다. 중학교 3년 내내 꼭 붙어 다니던 단짝이었다. 친구가 일찍 결혼을 해 지방으로 가고 그 시기와 맞물려 그 애의 친정이 이사를 하면서 연락이 끊기고 말았다. 친구가 산다는 지방으로 무작정 내려가 수소문해보고 싶은 마음도 간절했다. 그런데 뜻밖에도 카트가 부딪히는 바람에 우리는 서로를 알아보았다. 생각보다 우리는 지척에 살고 있었다. 버스 두 정거장이면 오갈 수 있는 거리 안에서 10년이 넘게 만나지 못했던 것이다. 남이 보든 말든 두 손을 잡고 펄쩍펄쩍 뛰었다. 그사이에도 우리 카트는 다른 사람들의 카트에 밀려 할인점 구석으로 밀려나고 있었다. 친구 얼굴 보랴 카트를 보랴 정신이 없었다. 결혼식 이후로 보지 못했던 친구의 남편은 어느덧 머리가 벗겨진 중년이 되었고 그 애의 키 큰 아들은 우리를 내려다보면서 큰 눈만 끔뻑였다. 친구를 만나게 해준 것이 고마워, 싸지 않은 연회비를 지불하고 다시 회원이 되었다.

결혼 초였다. 카트 의자에 아이를 앉히고 장을 보는 엄마들의 모습이 행복해 보였다. 벼르고 벼르다가 아기가 혼자 앉을 무렵 카트 의자에 앉히고 장을 보았다. 채 몇 분이 되지 않아 아이는 엉덩이가 아프다며 칭얼대고 등이 배긴다면서 울었다. 한 팔로는 아기를 안고 다른 팔로는 카트를 미느라 집에 빨리 가고 싶다는 생각밖에는 들지 않았다. 그 아이가 자라 이젠 시식 코너에 먼저 가 음식을 맛보기도 한다. 한번은 호주산 고기를 파는 정육 코너 앞의 시식대에서 고기가 익기를 기다리다가는 그곳 직원에게 "저는 레어로 주세요" 했단다. 직원이 아이를 가리키며 대체 이 꼬마 엄마가 누구냐고 박장대소하는 바람에 얼굴이 화끈 달아오르기도 했다.

없는 것이 없다는 할인점에 다녀온 뒤에도 꼭 빠뜨리고 사지 않은 물건이 한둘 생긴다. 계피를 사려 동네 시장에 들렀다. 굴다리 시장의 할머니는 어두운 가게 안쪽에서 계피 다발을 찾아 내놓았다. 한 평 반 남짓한 가게들이 어두운 알전구 아래 죽 늘어선 재래시장. 여러 번 지나쳤지만 이런 곳에 시장이 있는 줄 처음 알았다. 예전처럼 손님이 많지 않은 듯하다. 깻잎이 다 말랐다. 콩이 쪼글쪼글하다. 어릴 적 어머니는 내게 동전을 쥐여주면서 콩나물 한 봉지와 두부 한 모 심부름을 시켰다. 지금처럼 카트 가득 먹을거리가 넘쳐나지 않았지만 저녁 밥상에서 우리는 김이 나는 된장찌개를 먹으려 머리를 들이밀다 부딪히기 일쑤였다.

깊은 밤 할인점에서 돌아온다. 한 시간 남짓 어슬렁댔을 뿐인데 비닐 백 하나가 가득 찼다. 아침이면 왜 샀는지 모를 물건이 또 발견될 것이다. 그 시간 가족은 제 가족 중 하나가 사라졌었다는 것도 알지 못한 채 깊이 잠들어 있다.

5년 뒤
우리는

2년 넘게 소설가 박성원 씨는 우리 집 맞은편 아파트에 살았다. 물고기 비늘처럼 빽빽한 창들 중에서 대번 그의 집을 찾을 수 있었던 건 기역 자 모양을 뒤집어놓은 듯한 창가의 불빛 때문이었다. 그 창엔 창 전부를 가로막다시피 커다란 책장이 놓여 있었다.

개츠비처럼 담배를 물고서는 아니지만 종종 건너편 그의 집 창을 올려다보곤 했다. 새벽 늦게까지 불이 꺼지지 않을 때가 많았다. 그 불빛을 보면서 이 밤에 깨어 있는 사람이 나 혼자가 아니라는 위로와 동시에 힘을 얻곤 했다.

나중엔 창의 불빛만으로도 서로의 안부를 확인하기에 이르렀다. 실내등 하나 없이 불이 다 꺼져 있으면 장기간 외출이고 거실은 물론 큰아이 방까지 환하게 불이 밝혀져 있으면 아이들을 데리고 온 손님이 있다는 뜻이었다.

순식간에 결정된 그의 이사 소식에 서운함이 앞섰다. 둘째의 유모차를 밀고 있는 그의 아내와 처음으로 인사한 날이 떠올랐다. 둘째 나이가 같다는 이유로 우리는 자주 어울렸다. 그는 오랫동안 지방과 서울의 여러 대학에서 강의를 했다. 호두과자를 좋아한다는 걸 알고 자신이 강의하는 학교 근처를 뒤져 원조 호두과자를 사다 주기도 했다. 학생들에 대한 열정을 알고는 있었지만 시간강사의 고충을 모르는 바 아니었다. 짬짬이 소설도 써야 했다. 게다가 그는 두 아이의 아버지였다.

그의 아내나 가족만큼은 아닐 테지만 그를 좋아했던 몇몇 친구도 이번 임용 결과에 마음을 졸였고 기대했던 결과에 모두 제 일처럼 기뻐했다. 지금처럼 건강하다면 그는 정년 때까지 대학에 남아 학생들을 가르칠 것이다. 정년이 보장된 삶이 그에게 주어진 것이다.

40년 전 집 장사가 똑같이 지어 올린 날림 양옥들이 있던 골목에도 집 수만큼의 아버지들이 있었다. 여러 사업을 모색했던 우리 아버지와는 달리 많은 아버지들이 아이들보다 먼저 집을 나섰다. 사범학교를 나와 아이들을 가르치는 선생도 있었지만 대부분은 인근 제분과 야금 회사의 근로자들이었다. 도시락을 옆구리에 끼고 출근해 저녁이면 숟가락 소리가 울리는 빈 도시락을 옆구리에 끼고 퇴근하는 아버지들을 보았다. 결근하지 않고 게으름 부리지 않으면 회사는 정년까지 일자리를 보장해주었다. 그런 아버지들을 보면서 우리는 성실하면 평생 먹고살 수 있다고 믿었다. 그런데 이젠 옛말이다. 정년이 보장된 삶은 아무에게나 주어지지 않는다.

박성원 씨와 또래인 남편이 작은 사무실을 꾸린 지 이제 5년이 넘었다. 현상 유지도 지금으로서는 다행이라는 생각이다. 가끔 나는 우리의 5년 뒤를 생각한다. 점심을 먹고 괜히 이 골목 저 골목 기웃거리는 것도 그 때문이다. 한 집 걸러 한 집이 커피집이다. 사이사이 빵집도 늘고 규모가 작은 술집도 생겼다. 지금도 포화 상태인데 5년 뒤 혹은 10년 뒤에 우리가 끼어들 자리가 있을까.

사무실 1층 편의점은 1년 전쯤 주인이 바뀌었다. 얼마 전부터 아르바이트 없이 주인 내외가 차례로 가게를 지킨다. 개인적인 이야기를 나눠본 적은 없지만 그의 나이는 기껏해야 나보다 예닐곱 살 위로밖에 보이지 않는다. 어디라고 꼬집어 말할 순 없지만 명퇴를 한 대기업 직원이라는 분위기를 물씬 풍긴다. 가끔 마주치는 그는 예전과 다르게 풀이 죽었다. 얼마 전 길 건너편에 생긴 편의점 때문에 매상이 줄어서일까. 알바비까지 줄이느라 내외가 뛰는데도 좀처럼 오르지 않는 수익 때문일까. 좀 더 따져보지 않고 덜렁 편의점을 인수한 것에 자책이라도 하는 듯하다. 우리의 5년 뒤, 10년 뒤 모습은 어떨까.

박성원 씨 가족이 떠난 그날 밤, 우리는 습관처럼 앞 동 창들을 올려다보았다. 전날과는 달리 어디가 그의 집이었는지 찾을 수 없었다. 그의 집 표지이던 책장 그림자가 사라지자 그의 집은 수많은 익명의 창 속으로 사라졌다. 그런데도 우리는 그가 살던 12층을 찾느라 희뜩희뜩 빛나는 창을 1층에서부터 헤아리며 올라가기를 반복했다.

불쌍한
가난뱅이의 시절로

1985년 12월, 우리는 학교 정문을 빠져나와 혜화동 로터리 쪽으로 걸어갔다. 학생들이 귀가한 늦은 오후의 교정은 쓸쓸했다. 우리는 텅 빈 교실에 남아 원고를 수정하고 봉투에 넣어 풀로 단단히 입구를 봉했다. 혜화우체국까지는 버스로 네 정거장. 결코 걷기에 가까운 거리가 아니었다. 우리는 칼바람을 맞으며 그곳까지 걸었다. 비장했다. 우체국에 들어가 직원에게 봉투를 내밀 무렵에야 두 손이 얼어 잘 펴지지도 않는 걸 깨달았을 정도였다.

고등학교 3학년인 문학소녀들을 부추긴 건 오래전 신화로 남은 한 남학생이었다. 그 남학생의 이름은 최인호. 고등학교 2학년 남학생이 한 신문사의 신춘문예에 입선했다는 이야기가 20여 년 뒤의 문학소녀들을 자극했다. 우리가 태어나던 1967년에 그는 다른 신문사의 신춘문예에 당선되어 정식 등단하게 되는데 투고작과 함께 당선 소감을 보낸 걸로 다시 한 번 화제가 되었다.

1985년 그해 겨울, 나는 신문사로부터 아무런 소식도 받지 못했다. 그렇게 10년이 흘렀다. 포기하지 않고 10년간 꾸준히 투고할 수 있었던 건 처음 시작을 밀어준 그 남학생 덕분인지도 모른다.

그 남학생을 처음 만난 건 한 출판사의 출판기념회 자리였다. 젊은 작가 몇이 최인호 선생의 글에 추천사를 쓴 것이 인연이었는데 선생은 한참 아래의 후배들 이름은 물론이고 소설까지도 다 꿰고 있었다. 상상 속의 남학생은 더 이상 까까머리 남학생이 아니었지만 다부진 체격과 장난기가 밴 눈가에 그 흔적이 남아 있었다. 만남은 유쾌했다.

선생은 너무도 알려진 사람이었다. 지금처럼 SNS 같은 것이 없었는데도 풍문으로 선생의 소식을 들을 정도였으니까. 『별들의 고향』『고래 사냥』『겨울 나그네』…… 대중의 사랑을 듬뿍 받은 작가는 넉넉하고 행복해 보였다. 하지만 문득 과거로 돌아가 선생이 말하던 그 갈림길에 다시 선다면 선생이 어떤 결정을 할까, 그렇다면 독자는 지금까지와는 다른 어떤 소설을 읽고 있을까, 궁금했다.

후배를 불러 밥을 사는 일이 생각처럼 쉬운 일이 아니라는 것을 선배가 되고 알았다. 쉽지 않은 일을 선생은 즐겨 했다. 자리를 늘 유쾌하게 주도했지만 한참 아래의 후배들에게도 깍

듯했다. 후배들을 아끼고 챙겼다.

선생의 작업실을 들여다볼 기회가 없었더라면 나는 선생을 행운과 재능의 작가로 생각하고 있었을지도 모른다. 우연히 엿본 선생의 작업실. 책상도 아니었다. 식탁 위엔 만년필과 잉크병, 그리고 원고지뿐이었다. 잉크를 닦아낸 휴지 뭉치가 식탁 곳곳에 널려 있었다. 작업 공간에는 놀랄 만큼 아무것도 없었다. 놀랄 만큼 삭막했다. 그곳에서 선생은 자신이 정한 분량의 글을 꼬박꼬박 써나가고 있었다. 그곳에서 나는 선생의 고독을 보았다. 생래적인 작가의 고독, 유명세에 가려 아무에게도 드러내지 못했을 고독, 선생 스스로 포기했다고 말했던 것에 대한 후회와 열망, 다시 돌아가려는 의지……. 물론 선생에게 직접 물어본 것은 아니었다.

『가족』 마지막 연재에 선생은 이렇게 썼다. "참말로 다시 일어나 가고 싶다, 갈 수만 있다면 가난이 릴케의 시처럼 위대한 장미꽃이 되는 불쌍한 가난뱅이의 젊은 시절로 돌아가고 싶다. 참말로 다시 일어나고 싶다." 그 붉은 장미의 가시에 찔리기라도 하듯 나는 나를 돌아보았다.

선생의 타계 소식에 불쑥 떠오른 것은 아이러니하게도 선생이 그토록 돌아가고 싶다고 말했던 불쌍한 가난뱅이의 젊은 시절이었다. 재기하려 했으나 병마에 꺾인 그 의지였다. 피우지 못한 붉은 장미꽃이었다. 행운에 가린 불운……. 물론 선생에게 직접 물어보지 못했다. 이젠 물어볼 수도 없다.

누구나
아는 이야기

"떨어져라!" 어릴 적 귀가 닳게 들은 소리 중 하나다. 너무도 열중한 나머지 대번에 그 말을 알아듣지도 못했을 것이다. 그 말을 감지했다는 건 이미 두세 번 반복한 뒤가 뻔하다. 그러니 어른들도 입깨나 아팠을 것이다. 불벼락이 떨어질까 마지못해 엉덩이를 조금 뒤로 뺀다. 하지만 얼마 지나지 않아 지청구가 또 이어진다. "떨어져라." 떨어지면 좋을 텐데 그게 마음대로 되지 않는다. 결국은 어른들의 불호령을 듣고야 만다. "아예 들어가라, 들어가!" 정말이지 그럴 수만 있다면 들어가고 싶었다.

떨어지라는 건 바로 텔레비전에서 떨어지라는 것으로 텔레비전을 가까이에서 보면 눈이 나빠진다는 이유에서였다. 하도 말을 듣지 않자 부모님은 방 가운데 난 선을 넘어가지 않는다는 규칙을 만들었다. 두 장의 장판이 겹쳐 생긴 선, 그 선을 부모님 몰래 숱하게 넘나들었다.

그 당시 텔레비전은 집에 단 한 대, 그것도 귀중품처럼 안방에 놓여 있었다. 밤이 깊으면 부모님 잠이 깨지 않도록 전등을 끄고 소리를 줄인 채 명화를 보았다. 낡은 텔레비전 화면이 검게 사그라지며 먹통이 되는 날도 있었다. 물론 요령을 알았다. 텔레비전 몸통을 한번 쳐주면 정신이 난 듯 화면이 되돌아오곤 했는데 혹시나 그 소리에 아버지가 깨지는 않을까, 잠에서 깨서 그만 끄라고 역정을 내지는 않을까, 좌불안석이었다. 그 열성 덕에 외국 배우들의 이름은 물론이고 그들의 출연작들도 줄줄이 꿰게 되었다.

너무 가까운 곳에서 본 탓인지, 어둠 속에서 텔레비전을 본 탓인지, 아니면 눈이 나빠 텔레비전 앞으로 가까이 가게 된 건지, 전후 사정은 모르겠지만 시력은 점점 떨어져서 고등학교 1학년 무렵 6디옵터까지 떨어졌다. 안경알이 팽팽 돌았다. 안경알 속의 눈이 희극적으로 불거져 보이는 게 싫어 안경을 벗고 다니다가 다른 번호의 버스를 타기도 하고 동네 어른에게 인사성이 없다는 이야기도 들었다. 그쯤 되면 "애비는 테레비였다" 정도는 아니더라도 1년에 한두 번 볼까 말까 한 삼촌보다는 낫지 않았을까.

지금도 좋아하는 드라마는 '본방 사수'한다. 어릴 때처럼 몸이 자꾸 텔레비전 앞으로 가지는 않지만 대신 목을 길게 빼는 모양이다. 몰입하다 못해 어느 날엔 어이없이 당하기만 하는 주인공이 답답해 소리를 지르기도 한다. "아, 바보!" 좋아하는 남자 배우가 나오는 장면에서는 어느새 입이 헤벌쭉, 남편이 지나가다가 어이없다는 듯 묻는다. "그렇게 좋아?"

그러다 보니 문외한이더라도 드라마 제작이 어떻게 이루어지는지쯤은 눈치채게 되었다. 유난히 올여름은 비가 많았다. 유난히 올여름 드라마에도 비가 많이 왔다. 늘 방송되던 예고편이 불쑥 생략될 때도 있었다. 다음 이야기가 어떻게 전개될까, 궁금해하고 있다가 뒤통수를 맞는 느낌이다. 방송이 내일이니 설마 아직까지 촬영 중인 것은 아닐 테고. 아하, 지금 한창 편집 중이겠구나. 반 전문가가 다 되었다. '쪽대본'이라는 말을 우리 애들도 안다. '막장'이라는 말이 유행하게 된 것도 다 드라마 때문이었다. 어떤 내용이든 시청률만 오르면 된다는 심보다.

성의 없고 졸속으로 만들어지는 드라마에 빠져드는 내 자신이 한심스럽게 느껴질 때도 있다. 좋아하는 드라마가 단지 시청률이 저조하다는 이유로 서둘러 끝났을 때는 방송국에 항의라도 하고 싶었다. 하지만 누구에게 해야 하는지 모른다. 제대로 좀 하라고 따지고 싶지만 열악한 드라마 제작 환경을 모르는 바 아니다. 그렇다 하더라도 시청자가 눈치채지 못할 정도만큼만 시간과 공을 들이면 안 되는 걸까. 단물 뚝뚝 흐르는 복숭아를 먹으며 눈 덮인 산이 배경인 드라마를 보는 것은 정말 요원한 일일까. 피서가 따로 없을 텐데.

물론 겨울에 방송했던 드라마의 재방송은 사양이다.

소리 없는
아우성

십수 년 전 쓰레기봉투를 뒤진 적이 있다. 쓰고 있던 단편 소설의 주인공 때문이었다. 그는 매일 밤 몰래 다른 사람이 버린 쓰레기봉투를 가져와 욕조에 풀어놓고 버려진 것들을 수첩에 꼼꼼히 적었다. 비위가 상할까 봐 우리 집 쓰레기봉투부터 착수했다. 다시 풀릴 걸 예상하지 못했기 때문인지 매듭이 참 야무지게도 묶여 있었다. 늘 덜렁대는 내게 이런 면이 있다니. 겨우겨우 매듭을 풀고 현관에 깔아둔 신문지 위에 부었다. 20리터 봉투라는 것이 의심될 만한 양의 쓰레기가 쏟아졌다. 다른 것에는 쉽게 돈을 쓰면서 고작 쓰레기봉투 값이나 아끼려는 '나'의 모습에 실소가 나왔다. 성격이 야무져서라기보다는 너무도 눌러 넣어 자칫 포화 상태에 이른 쓰레기가 터져 나올까 그렇게 단단히 묶었던 것이다.

살을 발라 먹은 닭 뼈나 양파 껍질 등은 벌써 부패하기 시작했다. 덩달아 깨끗한 것들도 오염되어 모든 것은 그저 한 뭉텅이의 쓰레기에 불과했다. 언제 이런 걸 샀지? 내가 이 상표를 좋아했나? 쓰레기가 말하고 있는 '나'는 내가 알고 있는 나와는 좀 달랐다. 은연중에 구입했다고 생각한 물건들도 의식을 하고 구입한 듯 규칙들이 있었다. 그러니 쓰레기장을 조사해 그곳 사람들의 성향을 파악하고 상품 생산에 이용하는 '가볼로지'라는 학문도 있었을 것이다. 아무튼 그 뒤로는 쓰레기 하나도 신경 써서 버리게 되었다.

하루를 같이하는 노트북 컴퓨터가 또 다른 쓰레기봉투라는 걸 안 지 얼마 되지 않았다. 노트북으로 일을 하다 보니 우리 가족은 개인 소유의 노트북이 따로 있다. 지갑이나 다이어리처럼 사적인 물건이 되어 급한 일이 아니면 남의 노트북은 좀처럼 사용하지 않는다.

일을 하는 중간중간 수시로 물건들을 검색하고 구입한다. 가격 비교 사이트에 들어가 좀 더 싼 곳의 물건을 고르다 보니 여러 쇼핑몰의 회원이 되었다. 개인 정보 활용도 허락했다. 그렇게 하지 않으면 물건을 구입할 수가 없다.

어느 날 문득 모니터 한쪽에서 반짝이는 배너 창에 눈을 주게 되었다. 거기 마침 요즘 한창 관심을 주고 있는 구두가 떠 있었다. 비교하기 쉽도록 유사한 디자인의 구두들을 친절히 모아놓기까지 했다. 어떻게 내 마음을 다 알았을까, 냉큼 접속했다.

며칠 뒤엔 화장품이 떴다. 그 며칠 뒤엔 옷걸이와 방충제가 떴다. 어떻게 내가 필요한 것만 꼭꼭 집어 알고 있는 걸까. 그러나 알게 되었나. 이런저런 경로로 내가 한 번쯤 검색했던 항목들이었다는 것을. 배너 창은 깃발처럼 펄럭이면서 가까스로 눌러두었던 내 욕망을 극대치로 밀어 올린다. 수시로 나타나니 피해 갈 수도 없었다. 내가 그 물건을 구입하기 전까지 깃발은 계속 펄럭일 것이다.

대체 어떤 경로로 검색한 상품이 다시 뜨게 되는 걸까. 게다가 온전히 한 개인을 위한 광고다. 배너 광고를 연관 검색어로 DB 마케팅이 뜬다. 포털 사이트에서 검색한 항목들에 대한 정보가 수집되어 판매자에게 공개되고 판매자는 잠재적 구매자들 하나하나의 구미에 맞게 유혹의 손길을 뻗는 것이다.

관심 상품뿐 아니라 랩톱에는 검색했던 정보와 찾아본 영어 단어들까지 뜬다. 창피스러워 누구에게도 말하지 않고 찾아본 항목도 다 알고 있을 것이다. 어쩌면 지금쯤 내가 배너와 DB 마케팅에 대해 검색한 것까지 알고 있을는지 모른다. 그렇다면 내가 그들에게 다시는 휘둘리지 않겠다고 마음먹은 것도 알아 상품을 팔기 위한 다른 방법을 고안 중일지도 모른다. 그것들은 무형이어서 찢거나 태워 버릴 수도 없다. 그리고 나는 이제야 공감각적 표현인 '소리 없는 아우성'을 제대로 이해할 수 있게 되었다.

형님!

남편이 입원하면서 보름 넘게 병원과 집을 왕래했다. 환자
용 침대와 보호자용 평상, 작은 사물함 그리고 그 모든 것을
가려주는 커튼까지 병실 풍경은 대량생산한 기성품처럼 너무
도 똑같았다. 환자복으로 갈아입자마자 남편에게서 대번 환자
티가 났다. 누가 입든 당장 안색이 좋지 않다는 말을 들을 만
한 색인데 잦은 세탁으로 문양도 지워져 흐릿했다.

첫 입원 기념을 핑계로 비교적 환자 수가 적은 입원실을 선
택했지만 문가 쪽 환자들이 수시로 바뀌는 바람에 기대만큼
조용하지는 않았다. 주로 그 자리는 비용이 저렴한 입원실의
자리가 나기를 기다리는 대기자나 하루 이틀 머무는 단기 입
원자들이 찾았다. 자전거를 타다 다친 소년부터 암 수술을 앞
둔 도서실 사장님과 목사님까지 다양한 이들이 그곳을 거쳐
갔다.

그 환자는 잠깐 볼일을 보러 다녀온 사이 입원해 있었다. 커
튼이 쳐져 얼굴을 볼 수는 없었지만 커튼 아래로 그가 벗어

가지런히 놓아둔 검은 구두가 반질반질했다. 대부분의 입원 환자가 그렇듯 그는 이곳저곳에 전화를 걸어 자신의 입원 사실을 알렸다. "접니다, 형님!" 형님? 그 한마디로 그의 고향이 짐작되었다. 큰 수술이나 검사 때문에 서울의 종합병원을 찾아온 듯했다. 형님이라면 나이 차가 좀 나는 큰형에게라도 전화를 하는 걸까? "예, 머리를 찍어봐야 안답니다, 형님." "찍는다고 당장 나오는 게 아니구요, 형님. 좀 지켜봐야 한다는데요, 형님." 그에게 수없이 형님이라고 다짐받고 있을 전화 속 인물이 궁금했다. 그렇게 형님, 형님 해대면 듣는 형님도 적잖이 부담을 느낄 듯했다. 친형은 아닌 듯하고 가까운 고향 선배일까?

이번엔 전화가 왔다. "예, 형님!" 이번에도 형님이었다. 그는 동년배보다 주로 형님들과 교제하고 있었다. 그러다 자연스럽게 혹시 그가? 라는 생각이 들었다. 왜 있지 않은가, 그곳 사투리를 쓰고 자신보다 서열이 위인 이들을 형님이라 부르는 검은 양복의 그들. 조폭 영화의 한 장면. 움찔 나도 모르게 긴장했던 게 사실이다. 혹시나 까칠한 남편이 그의 비위라도 건드린다면.

돌아오는 길에 남편에게 신신당부했다. "자기만 생각하고 에어컨 너무 춥게 틀지 마. 잠 안 온다고 텔레비전 늦게까지 켜두지 말고. 괜히 형님 심기 건드리지 마. 아 참, 행여 고향 이야길

랑 꺼낼 생각도 말고." 어느샌가 우리는 그 환자를 형님이라고 부르고 있었다.

다음 날 아침 병원에 가니 아침을 먹은 남편의 식판이 치워져 있었다. 손과 보행이 자유로운 '형님'이 치워주었다고 했다. 유산균 음료도 두 개 사서 하나 나눠주더라고 했다. 커튼 밖으로 형님이 나타났다. 커튼 밖으로 드러난 그는 일찍 금연에 성공했고 식사 후 3분 이내에 양치질을 하는 흔히 보는 내 또래의 깔끔한 중년 남성이었다. "그래도 형님 소리를 좀 하긴 하지?" 남편이 웃었다. 언제부터 그곳 사투리가 희화화되기 시작한 건지 모른다. 그가 한 형님이라는 말 한마디에서 왜 조폭이 연상된 건지. 아무래도 20여 년 전부터 쏟아져 나온, 지금은 아예 하나의 장르로 굳건하게 자리를 잡은 수많은 조폭 영화의 제작자들에게 따져 묻지 않을 수가 없었다. "허락은 받으신 건가요?"

그날 오후 시숙이 병문안을 오면서 병실 안은 경상도와 전라도 사투리가 뒤섞여 소란스러워졌다. 시숙은 오랜 서울 생활과 짧지 않은 미국 생활에도 결코 자신의 고향 사투리를 버리지 않았다. 병실 입구에서 떠들썩한 두 '형님'들의 말을 듣고 있자니 불쑥 이런 생각이 들었다. '뭐야, 이거 완전 영화 〈황산벌〉이네?'

오독의
결과

오늘 아침에도 책상 앞에 앉자마자 포털 사이트에 뜬 사건, 사고를 훑었다. 탤런트의 열애 사실도 알고 한 가수의 성형 전후 사진도 보았다. 메인에 떴기 때문에 피해 갈 수가 없다. 이렇듯 알지 않아도 될 일까지 미주알고주알 다 꿰게 되었다.

인터넷으로 기사를 읽게 될 경우엔 댓글까지 읽는 습관이 생겼다. 많은 이들이 그 사건을 어떻게 받아들이고 있는지 살피면서 사건의 팩트가 더 구체화되기도 한다. 익명성 뒤에 숨어 한 개인이 얼마나 적나라해질 수 있는지도 알 수 있다. 거리를 두자고 작심했지만 어느 날엔 불쑥 그 밑에 댓글을 달고 싶을 때도 있다. 하지만 참는다. 한번 시작하면 멈출 수 없을지도 모른다. 또 내가 너무도 놀랄 나를 발견하게 될지도 모른다.

얼마 전 한 중견 배우의 고백이 기사화되었다. 그는 가족이 진 채무를 갚느라 힘들었던 이야기를 하며 눈물을 흘렸다. 그가 한평생 바친 연극이 어느 날 그에게 짐이 되었을지도 모른다. 그런데 그 밑에 달린 댓글들에서 공통점을 발견했다. 시비와 조롱조의 어투를 제거한 핵심은 이렇다. '어떻게 그런 큰 금액을 4년 만에 다 갚을 수 있는가, 역시 연예인의 수입이란 것이 대단하긴 한가 보다.' 기사를 다시 확인했다. 4년 만에 부채를 갚은 게 아니라 그는 4년 전에야 비로소 그 부채로부터 자유로워졌다. 그가 그 금액을 갚는 데 걸린 시간은 굉장히 긴 시간이었다. 이렇듯 많은 이들이 허투루 글을 읽고 있었다. 내용 파악도 제대로 하지 못하는데 기사의 주인공 심리를 생각하고 그가 되어 그 고통을 조금이라도 이해하는 일이란 아예 생각도 못할 일이다.

내게도 그런 경험이 있다. 십수 년 전 작가들이 함께한 여행에서였다. 버스 좌석의 일회용 머리받이 커버를 보는 순간 나는 내 눈을 의심했다. 그곳에 이렇게 쓰여 있었다. '문화 관광인을 분리수거하여 쓰레기의 긍지를 높입시다.' 순간 수많은 생각이 스쳐 지나갔다. 뒷자리에 앉은 내 앞엔 등받이 위로 비쭉 나온 수많은 머리가 보였다. 한참 선생님들로부터 한두 해 선배들까지, 경망스러운 생각에 머리를 흔들었다. 내가 쓰레받기에 담겨 분리수거되는 상상도 했다. 잠시 뒤 다시 그 글을 읽었다. 그 글은 '쓰레기를 분리수거하여 문화 관광인의 긍지를 높입시다'였다.

그렇게 시작된 오독은 불쑥불쑥 나타났다. 시간은 많지 않았고 하루에도 너무나 많은 신간이 쏟아졌다. 모임에서 누군가 어느 작품에 대해 전문가적인 지식을 늘어놓을 때면 감탄하면서도 불안했다. 빨리빨리, 책을 읽어야 했다. 한 문장 한 문장 음미할 겨를이 없었다. 하루에 일곱 권의 책을 읽었다는 번역가도 떠올랐다. 초등학교 시절 유행했던 속독을 배우다 만 것을 후회했다. 신문을 읽다가도 그런 일들이 벌어졌다. 우연히 눈에 들어온 '미망인입니다'라는 문구도 생뚱맞다 싶어 다시 읽으면 '실망스러운 일입니다'라는 문장으로 바뀌어 있었다. 한두 번이 아니었다. 물론 기분이 좋아졌던 오독도 많았다.

그러다 어느 날 두 손을 들었다. 이해가 되지 않아 중간에 그만두는 책들도 많아진 데다 결정적으로 다시 읽고 싶은 책이 생겼기 때문이었다. 그 책을 다시 읽었다. 그사이 신간은 내가 엄두도 내지 못할 만큼 쌓였다. 거기에 내가 읽지 않은 책들까지 합친다면? 속독가나 다독가는 아무나 되는 것이 아니었다.

누군가 신간 이름을 대면, 나 그거 읽었는데, 라고 반짝 눈을 빛낼 수는 없었지만 최소한 나는 내가 좋아하는 몇몇 책들을 속속들이 알게 되었다. 그리고 그때부터 즐거운 오독이 시작되었다.

남아 있는
날들

　몇 달 전쯤 그를 동창회에서 만났다. 지면에서 그의 이름과 시를 접한 것이 여러 번이라 깨닫지 못하고 있었는데 곁의 누군가가 우리가 이렇게 서로 얼굴을 보는 게 20년 만이라고 환기를 시켜주었다. 그러고 보니 그는 좀 달라 보였다. 마른 것은 여전했지만 말수가 적고 머리 모양이며 옷차림이 단정했다. 마침 가방에 한 권 남아 있었다면서 그가 자신의 시집을 꺼내 사인해주었다. 김충규. 20년이란 시간 때문일까, 나는 그가 좀 낯설었다. 그 대신 그의 형이라도 온 듯한 느낌이었다.

　학교 근처의 술집 뒷골목, 걸핏하면 남자애들은 시비가 붙었다. 술에 취해 한 덩어리가 된 남자애들 틈에서 얼핏 그를 본 적이 있었다. 스치듯 지나쳤지만 그 인상이 끝까지 남아 학창 시절 내내 그와는 별 이야기를 나누지 않았다. 여느 여자애들처럼 나도 치기 어린 남자애들은 눈에 차지 않았다.

　잔이 빌 때마다 그가 내 잔에 술을 따라주었다. 정작 그는 술을 많이 마시지 않았다. 시간이 지나면서 왁자지껄 목소리들이 커지고 여기저기서 웃음소리가 터져 나왔다. 집으로 가는 전철 시간에 맞춘다면서 그가 먼저 일어섰다. 다음에 책 나오면 꼭 갚겠다는 말도, 나중에 만나면 좀 더 많은 이야기를 나누자는 말도 다음으로 아꼈다. 우린 아직 젊고 시간은 많았다. 가볍게 목례를 하고 헤어졌다.

그를 다시 본 건 그날로부터 한 달여가 흐른 뒤였다. 부고 속에서 그의 이름을 몇 번이나 확인했다. 영정 속의 그는 얼마 전 만난 그 모습이었다. 조금은 부끄럽다는 듯, 이렇듯 갑작스러운 소식으로 달려오게 해 미안하다는 듯한 표정을 짓고 있었다.

우리에게 남아 있는 날은 얼마나 될까, 라는 생각을 하는 건 그 때문이다. 눈을 뜰 때마다 새로운 아침이다, 라는 생각을 하는 것도 순전히 그 때문이다. 그가 아니었다면 오늘이 어제와 다르다는 것을 깨닫지 못했을 것이다. 그날이 그날 같은 날들이 이어졌을 것이다. 오늘도 내 머리맡엔 이런저런 소지품들이 널려 있다. 자명종과 혹시나 떠오를지 모를 이야깃거리를 적을 노트와 볼펜, 읽다 만 책, 안구건조증에 쓰는 인공 누액 등등. 급작스럽게 떠난 그의 머리맡엔 무엇이 있었을까.

그가 운영하고 있는 출판사에서 낼 시집 목록들, 여름 호에 발표할 미완성의 시, 벗어둔 안경……. 그는 내일 등교할 아이

들에게 당부할 말을 생각하며 잠들었을는지도 모른다. 곁에
누운 아내의 말이 웅얼웅얼 잠결에 묻혔을 것이다. 그의 머리
맡에는 내일을 기약하는 것들이 널려 있었을 것이다.

그의 친구이면서 나에겐 선배이기도 한 이로부터 전화를
받았다. 그가 지금까지 출간했던 잡지를 이어받아 계속 출간
해볼 생각이라고 했다. 사무실을 정리하다 보니 그 흔한 빚 하
나 없더라고 전하는 그의 말끝이 흐려졌다. 인쇄소나 지업사,
디자인 사무실 등 조금씩 묻어둔 외상이 있을 법도 한데, 단
정한 그의 모습이 다시 떠올랐다. 20여 년 전 학교 근처의 술
집 어두운 뒷골목도 다시 떠올랐다.

그날 내가 본 건 정말 그였을까. 설사 술을 마시고 치기를
부리던 남자애들 사이에 그가 있었다고 해도 그 모습이 그의
전부였을까. 치기 없이 어떻게 그 시절을 이야기할 수 있을까.
부분을 전부로 알고 말 한 번 붙이지 않은 나는 그보다 한참
더 치기 어렸었다.

나는 어리석었다. 어리석어 훗날의 만남을 기약했다. 어리석
어 그의 죽음 뒤에야 남아 있는 날들에 대해 헤아려보게 되었
다. 그 어떤 날이 되든 우리맡엔 늘 미완성인 채로 남아 있는
것들이 있다는 걸 알게 되었다. 시집 말고도 그에게 또 빚을
졌다.

훔치다

　지금까지 살면서 나는 세 가지 것을 훔쳤다. 여덟 살 때 바비 인형의 분홍색 하이힐 한 켤레를 훔쳤고, 열여덟 살 때는 가장 친한 친구가 만든 특이한 공예품 하나를 훔쳤다. 그리고 스물세 살 때, 나는 한 남자를 훔쳤다. 그는 아내가 있는 남자였다.

　도리스 되리의 단편소설 「오른쪽 위에는 해」에서 이 구절을 읽으면 자연스럽게 내가 훔쳤던 것의 목록을 떠올리게 된다. 도리스 되리의 표현을 빌려 말하자면 '나는 여덟 살 때 이웃집 언니가 애지중지하는 종이 인형이 든 과자 상자를 훔쳤고, 스물세 살 을지로의 한 서점에서 책 한 권을 훔쳤다. 그리고 한참 뒤에 한 남자의 마음을 훔치려 했다.'

　훔치다. 남의 것을 몰래 가져다가 자기 것으로 하다. 애당초 밑바탕에 죄의식과 도덕심 따위를 깔고 있는 말이다. 하지만 평생 한 번도 도둑질을 해보지 않은 사람이 있을까. 훔칠 때의 기분이란, 훔쳐서 내 것으로 하고 났을 때의 기분이란, 물론 훔쳐본 사람만이 안다.

목이 찢기지 않도록 작은 종잇조각을 덧댄 종이 인형은 오래 가지고 있지 않았다. 상자를 들고 집으로 뛰어와 불도 켜지 않은 어둑한 방 안에 앉아 있던 기억, 작은 가슴이 담아둘 수 없을 만큼 무섭던 죄의식도 생생한데 정작 그 인형을 가지고 놀았던 기억은 없다. 책을 훔칠 땐 또 어땠나. 책 한 권 때문에 마음에도 없던 책을 다섯 권이나 구입하고 마치 그 책은 별책 부록이라도 되는 양 떳떳하게 들고 나오려 작심했지만 계산대 앞에 섰을 때 내 윗옷은 이미 진땀으로 흥건히 젖어 있었다. 부랴부랴 명동의 인파 속에 몸을 숨기면서도 나는 누군가 뒤에서 내 머리채를 잡아챌까 노심초사했다.

세 번째 도둑질. 나는 앞선 몇 번의 도둑질에 대해 깡그리 잊었다. 이 일로 깨끗이 손을 털 각오를 했다. 깨끗한 한 방. 도둑들이 매번 지키지도 못하면서 마지막 도둑질이라고 다짐하듯 나는 몇 번이고 뇌까렸다. 그의 마음을 몰래 가져다가 내 것으로 하고 싶었다. 하지만 훔친다고 온전히 그 마음을 내 것으로 할 수 있나. 나 또한 그 누군가의 '내 것'이 될 수 있나.

결연한 마음으로 그에게 편지를 썼지만 고작 예닐곱 줄이었다. 에두르고 에두르다가 모월 모시 모처로 나와주십사, 편지를 끝맺었다. 좀 더 직설적으로 말하자면 담을 타 넘어가 네 마음을 훔치려 하니 방범 벨은 좀 꺼두시오, 라는 또 다른 표현이 있다.

약속 장소에 그는 나오지 않았다. 매표소 앞에서 한참을 서성였다. 주말 그곳은 수많은 연인으로 들끓었다. 사람들이 복작이는데도 그들은 아주 멀리서도 자신의 애인을 한눈에 알아보았다. 짝을 찾은 사람들이 그곳을 떠나고 또 다른 사람들이 자리를 메웠다. 맨 처음엔 편지가 ㄱ에게 도착하지 않았을지도 모른다는 생각을 했다. 시간이 지나자 편지에 적은 약속 장소와는 다른 곳에 그가 가 날 기다릴지도 모른다고 생각했다. 몇몇 연인이 사람들에게 툭툭 채이면서 그곳에 서 있는 나를 힐끗 쳐다보았다. 모르긴 몰라도 나는 한껏 실연당한 포즈를 취하고 있었을 것이다.

간밤 누군가의 집에 도둑이 들었다. 아파트 관리소에서 집 단속을 철저히 해달라는 당부를 한다. 관리소 직원들의 경계 근무에도 불구하고 도둑이 들고 있다고 주민들도 이웃집 앞에 수상쩍은 사람이 없는지 수시로 관찰해 신고해달라고 한다. 수상쩍은 사람은 표 나게 마련이다. 왜 그날 그는 그곳에 나오지 않았을까. 내 도둑질을 미리 안 가족 중 누군가가 그의 마음을 몇 번이고 단속하며 지켰을는지도 모른다.

시간이 흘렀다. 어느 날에는 내 도둑질에 대해 얼굴이 화끈거렸다. 어느 날에는 잠깐 동안의 열정을 반성하기도 했다. 도둑 든 집 안. 뭉크의 그림에서처럼 두 눈을 퀭하게 뜨고 있을 그의 가족들이 떠올랐다. 한참 뒤에 그의 소식을 들었다. 한 여자가 그의 마음을 훔쳐 달아났다고 했다. 내가 그에게 장장 예닐곱 줄의 편지를 쓰는 동안 이미 그의 마음은 누군가 훔쳐 달아난 뒤였다. 도둑에게 가장 황당한 일은 누군가 이미 털고 간 집을 털러 들어간 일일 것이다.

〈캐리비안의 해적: 망자의 함〉을 보았다. 함 속에는 데비 존스 선장의 심장이 들어 있다. 연체동물처럼 생긴 외모와는 달리 그의 심장은 특별하달 것도 없이 지극히 평범하다. 사랑하는 여인에게 자신의 마음이 받아들여지지 않자 데비 존스는 자신의 마음을 떼어내 함 속에 보관한다. 이 심장에 강력한 힘이 있어 사람들은 이 심장을 차지하려 아우성이다. 데비 존스의 심장이, 그 마음이 축구공 패스하듯 이 발치 저 발치로 옮겨 다닌다. 오래전 그의 심장을 누군가 내 발치로 패스해주었다면 나는 그 마음을 가질 수 있었을까.

시간은 죄책감도 열정도 욕망도 흐려놓는다. 그렇게 훔쳐 내 것으로 하고 싶었지만 어느 날에는 문득 그의 마음을 훔쳐

왔더라면 어떡할 뻔했나, 겁이 난다. 이웃집 언니의 종이 인형이 너무도 탐났다. 그 인형만 가지면 행복해질 것 같았다. 하지만 나는 도둑질이 탄로 날까 두려워 인형 놀이도 하지 못했다. 대학 시절, 시와 소설을 공부하던 학생들 사이에 농담처럼 책을 훔치면 등단한다는 소문이 떠돌았다. 책을 훔치고 7년이 지난 뒤에야 비로소 등단할 수 있었다. 지금쯤 나는 그의 마음을 어떻게 처리해야 할지 몰라 노심초사하고 있는지도 모른다. 도둑들처럼 장물아비에게 그의 마음을 넘길 수도 없을 테니까.

그런데도 문득문득 무언가 부담스러웠는데 어느 날 곰곰 생각해보니 내가 그의 마음을 훔치려 했던 것이 아니라 그가 내 마음을 훔쳐 간 것이 아닌가 생각이 든다. 내가 그에게 편지를 쓸 무렵, 이미 그는 내 마음을 훔쳤을는지도 모른다.

그럼 내 마음은 지금 어디에 가 있나. 아무튼 그 일 뒤로 내 젊은 날은 걷잡을 수 없이 빠르게 흘러가기 시작했다.

H 씨에게

그해 11월 문학 행사차 방문했던 요르단에서 저는 뜻밖의
소식 두 가지를 들었습니다. 그중 하나는 그곳 시간으로 새벽
3시쯤 날아온 문자메시지를 통해서였지요. 잠결이었지만 습관
적으로 휴대폰을 찾아 쥐고 문자메시지 창을 확인했습니다.
희미하던 글자들이 또렷해지는 짧은 동안에도 그 소식이라고
는 생각지도 못했습니다. 우리 아이였지요. S의 아빠가 돌아가
셨답니다.

그날 오후 서울에 있는 아이에게 조의금을 대신 부탁하고
양말 챙겨 신으라는 말을 전하는 동안에도 저는 그곳 일정에
따라 움직이고 있었지요. 잠깐 들른 사막 한중간의 카페에서
아이와 통화를 했습니다. S는 아이와 초등학교 때부터 단짝이
었지요. S의 아빠가 돌아가신 그날은 바로 고3이던 S의 언니
가 수능 시험을 치렀던 날이기도 했는데 그동안 편찮으셨던
S의 아빠가 큰언니의 수능 날까지 참고 참았던 거라며 아이가
제법 어른스러운 말을 하더군요. 카라반의 천막을 확대시켜놓

은 듯한 카페 안은 생각보다 채광이 좋고 서늘했습니다. 경주 괘릉의 돌상을 닮은 부리부리한 눈망울에 곱슬머리를 기름칠한 그곳 남자들이 차를 마시고 물 담배를 피우며 휴식하고 있었지요. 그들에게 슬픈 소식을 전하는 이국어가 어떻게 들렸을지 모르겠어요. 중학교 2학년이던 아이에게 첫 문상이었지요. 놀라고 슬프면서도 모르는 격식에 대해 불안해하고 있었습니다. 아이와 통화하면서 저는 좀 울었습니다.

일주일 전 아이가 지하철역에서 보았다던 S 아빠의 모습이 떠올랐지요. 그날 S의 아빠는 장우산을 끌고 기운 없이 지하철역 계단을 올라가고 있었다고 했습니다. 그날은 일기예보와는 달리 비가 내리지 않았지요. 쓸모없어진, 거추장스럽기만 한 장우산을 끌고 집으로 돌아가던 그의 뒷모습을 기억하기에 그의 죽음은 너무도 느닷없었습니다. 그는 아직 한창때였지요.

저는 한 번도 S의 아빠를 만난 적이 없습니다. 몇 해 전 가을 초등학교 운동회 날이었지요. S의 엄마가 넌지시 남편 이야기를 한 적이 있었어요. 늦둥이를 수태한 제게 그녀는 힘들지만 얼마나 귀여운지 모른다고, 남편도 막내를 낳은 뒤론 귀가가 빨라졌다며 웃었지요. 아빠의 귀가를 서둘게 한 그 꼬맹이는 이제 여덟 살입니다. 아직 어린 아이들 걱정이 태산 같았을 S 아빠의 마음 한 자락에 제 마음이 쓰이는 건 저 또한 두 아이의 어미이기 때문일 테지요.

아이의 말끝에 울다 웃고 말았습니다. "엄마, 그래도 개네는 융자가 없대." 그곳 남자 몇이 흘낏 저를 보았습니다. 울다 웃는 이방인의 정서를 그들이 이해할지 모르겠습니다.

가끔 길에서 마주칠 때마다 안부를 나누던 S 엄마를 아직은 만나지 못했습니다. 부엌에는 S의 엄마가 두 홉들이 소주병에 담아 S에게 들려 보낸 들기름이 3분의 1쯤 남아 있습니다. 병목에 묶인 예쁜 리본을 볼 때마다 단정한 S 엄마가 떠오릅니다. 아이 셋을 이제 혼자 길러야 합니다. 어떤 위로의 말을 건네야 할지 저도 한참 서툽니다.

H 씨, 작년 한 해 힘들었다는 것 잘 압니다. 올 경기도 쉽게 회복되지는 않을 모양입니다. 새벽에 잠에서 깨어 뒤척이는 것도 압니다. 당신 또한 장우산 하나의 무게도 무거워 질질 끌며 걸었던 날들이 많았던 것 압니다. 하지만 H 씨, 조금만 더 힘내세요. 제가 드릴 수 있는 말은 이 말뿐입니다. 나에게는 특별한 단 한 사람일 수도, 지하철 안 내 앞에 앉아 시름에 잠겨 있던 사람일 수도, 그리고 이 세상의 모든 아버지일 수도 있는 H 씨, 사랑합니다.

태풍이
북상하고 있다

200x년 x월 x일

돌연 잠에서 깨었습니다. 몹쓸 꿈 탓인지도 모르지요. 하지
만 잠을 깨운 것이 바람이기라도 하듯 요란한 돌풍이 마침 제
방 창문 밖을 통과하는 중이었습니다. 불과 3, 4분, 바람은 제
방 바로 밖에서 발원한 듯 순식간에 솟아오르더니 개천 쪽으
로 방향을 틀 때는 그 힘이 강해지고 있었습니다. 겹창의 유리
들이 흔들렸습니다. 돌풍이 지나는 길의 아파트마다 풍향계가
미친 듯 돌고 가로수들은 회초리처럼 기다란 가지로 제 몸뚱
이를 사정없이 휘갈겨댔지요. 춥고 무서워서 몸을 동그랗게 말
았던 것 같아요. 그런 상황에 몸을 작게 도사리는 건 어릴 적
부터의 버릇입니다. 야구공이 코를 향해 날아오는데도 공을
피할 생각보다는 제자리에 앉아 몸을 동그랗게 말 생각뿐이었
거든요. 잘못을 해서 어머니에게 매를 맞을 때도 매를 피해 도
망치는 동생들과는 달리 그냥 그 자리에 앉아 등이며 어깨로

매를 다 받아냈지요.

안경도 쓰지 않았는데 창밖의 돌풍이 뚜렷하게 보였습니다. 회오리바람 속으로 잔 나뭇가지와 돌멩이, 새우깡 봉지와 신문 조각 등등이 말려들어 가 나사 모양으로 회전운동을 하고 있었지요. 바람은 아랫도리로 빨아들인 그것들을 위까지 끌어 올린 후에 주둥이처럼 생긴 윗부분을 열고 마치 뿌리듯이 그것들을 산산이 흩어놓는 것이었습니다. 그때 저는 회오리가 품고 있는 것 가운데 살아 있는 것을 보았어요. 회오리를 벗어나려 사지를 버둥거리는 그것은 작은 강아지였습니다. 강아지는 서서히 회오리의 상층부로 따라 올라가기 시작했지요. 보이지 않는 사슬로 묶인 듯 꼼짝도 못했지요. 그게 다입니다. 순식간에 회오리는 제 시야가 닿지 않는 곳으로 멀어졌어요. 안경을 벗으면 눈앞 30센티미터 밖부터는 안개처럼 부예 사물을 분간할 수 없으니 거짓말이라고 할지도 모르겠습니다. 설명할 수 없지만 그런 일들이 있습니다. 뿌연 사물들 속에서 그곳만 확대경을 댄 듯 뚜렷이 보이는 때가 그동안 몇 차례 있었습니다. 안경을 쓰지 않았는데도 정류장에서 멀찍이 떨어진 버스의 번호가 보이는 때 같은 날 말입니다.

바람은 잠잠해지고 평화가 찾아왔지만 저는 새벽 내내 깨어 있었습니다. 방문을 열어두고 자는 버릇이 있는 가족들은 자면서도 고단한 모양인지 신음 소리를 내고 헛소리를 해댑니다. 돌풍에 갠 사람은 나 하나뿐이었습니다. 혼자 깨어 있는 새벽, 그런 날 시간은 더디 흐르고 외롭습니다.

돌풍에 나뭇잎들이 죄다 떨어졌습니다. 대체 얼마만 한 속도의 돌풍이었을까. 얼마나 거칠고 빨랐기에 저렇게 많던 나뭇잎들을 싹쓸이했을까. 아침부터 아파트 광장은 경비원 아저씨들의 비질 소리로 요란합니다. 밑도 끝도 없이 헥토파스칼, 하고 머릿속에 반짝합니다. 곰곰 따져보면 돌풍 때문에 태풍이 떠올랐고 기상 캐스터들의 입에 오르내리는 그 말이 떠올랐겠지요. 자연스러운 연상 작용입니다. 태풍이 북상하고 있다, 란 말을 전 좋아합니다. 조마조마하고 위기감이 가득한 그 말.

H 씨. H 씨는 왜 느닷없이 내게 그런 편지를 보낸 거냐고 꾸중 조로 저에게 말했지만 그냥 그것은 연상 작용처럼 자연스러운 겁니다. 그냥 어느 날 저녁 H 씨가 몹시도 보고 싶었습니다. 태풍이 북상하고 있습니다. 지난주 내내 제 방은 태풍의 전조들이 보였지요. 어떤 사람의 경우 열정이니 정염이니 하는 말이 어울리지 않습니다. 다리미로 잘 다려 옷걸이에 걸어놓은 듯한 세탁물이 거리를 걸어 다니고 있다는 느낌을 주는 사람들이 있습니다. 그런 사람과의 사랑은 상상되지 않습니다. 지난 3년 동안 이런저런 일로 띄엄띄엄 만날 때마다 H 씨도 저

에게 그런 인상을 받았을 줄 압니다. 저의 경우 열정과 정염과 사랑이라는 단어가 겸연쩍어 속에 담고 있기에 너무도 불편합니다. 제 몸에 난 마개들을 열고 터져 나올 듯합니다. 장난이라니요, 제가 왜 H 씨를 상대로 장난을 하겠습니까.

돌풍은 찬 공기와 따뜻한 공기가 부딪히면서 생기는 현상이라고 어디선가 읽은 듯합니다. 돌풍이 분 시간은 기껏해야 3, 4분, 5, 6분. 그 짧은 사이에 지난밤의 평화는 깨졌고 모두가 잠든 사이에 바람이 누군가가 애지중지하는 강아지를 채 갔습니다. 그런 대기 변화처럼 제 심정을 읽어주시면 안 될까요. 제가 잠자는 사이, 제 뜻과는 아무런 상관없이 일어난 일이라고 생각해주시면 안 될까요.

H 씨의 답장은 너무도 냉랭했습니다. 짧은 네 줄의 문장을 읽고 또 읽었습니다. 혹시 미처 이야기하지 못하고 행간에 숨긴 마음은 없나. H 씨는 장난을 친 어린아이를 나무라는 듯 말하더군요. 흙장난하지 마. 엄마의 목소리가 생각났어요. 그러면서 H 씨는 몇 해 전 여름, 같이 산에 가자고 했던 그 말은 전혀 기억조차 나지 않는다며 단호하게 편지를 맺었습니다.

어제 혼자 덕수궁 뜰을 걸었습니다. 해 질 녘이라 사위는 어둑신해졌지요. 어두운 구석구석에서 어린 제가 보였습니다. 덕수궁은 어릴 적부터 자주 오던 곳입니다. 집에서 가까운 곳이었을뿐더러 중학교 문예반 선생님은 토요일이면 우리를 이곳으로 데리고 오셨더랬지요. 토요일이면 덕수궁 잔디밭에는 젊은 연인들로 꽉 차고는 했지요. 그때는 그렇게 넓던 곳이 이제는 너무도 좁아 뜰을 두 번이나 돌았는데도 마음이 정리되질 않았습니다. 소쿠리처럼 봄바람이 제 몸을 통과했지요.

뉴스에서 돌풍에 관한 이야기를 했습니다. 돌풍은 상가의 간판을 떨어뜨리고 가로수를 뿌리째 뽑아놓았다는군요. 하지만 어디에도 돌풍에 날아간 강아지 이야기는 없네요.

토요일 1시. 창덕궁 앞에서 기다리겠습니다. 창덕궁은 덕수궁보다 넓으니 걷다 보면 이 마음이 진정될지도 모르겠습니다.

200x년 x월 x일

창덕궁으로 가는 택시 안에서 편지를 바로 쓴 것일까, 하고 전전긍긍했습니다. 창경궁이라는 이정표 아래를 지나면서부터였을 겁니다. 혹시 제가 창덕궁이 아니라 창경궁 앞이라고 썼던 것은 아닐까, 그래서 서로 어긋나면 어쩌나 싶었죠. 한편으로는 서로 어긋나기를 바라고 있었는지도 모릅니다. 두려웠겠지요. 세상의 시선으로부터 당당해질 자신이 없었을 겁니다. 이번에도 몸을 둥글게 말고 주저앉으면 어쩌나 했습니다. 후경을 보려 룸 미러를 흘끗대는 택시 기사의 눈초리도 무서워 줄곧 두 발만 내려다보고 있었지요. 제 두 발. 약간은 철 이른 여름 구두가 신겨 있었습니다.

창덕궁과 창경궁은 늘 혼동되어 언젠가 소설 속에 돈화문과 홍화문을 넘나드는 체조 선수 소녀 이야기를 썼던 적이 있습니다. 그때 사전까지 들여다보며 열심이었는데 그새 두 궁이 또 혼동되는 겁니다. 횡단보도 건너편에 돈화문이 보였습니다. 사람들 서넛이 해를 피해 서 있었습니다. 그 사람들을 자세히 바라볼 용기조차 없었습니다. 그늘로만 피해 걸었습니다. 돈화문 앞에도 매점에도 매표소에도 H 씨의 모습은 보이지 않았습니다. 그사이 약속한 1시가 지났고 두 차례나 관람 시간을 건너뛰었지요. H 씨는 나오지 않았습니다.

서른 명쯤 되는 관광객을 이끌고 안내원이 앞장섰어요. 여러 차례 다니러 와 그곳에서 길을 잃을 염려는 없었습니다. 사람들과 떨어져 혼자 걷고 싶었습니다. 행렬에서 이탈하려 하자 어디에선가 나타난 관리인이 거친 말투로 저를 제지했습니다. 안내원의 인솔 없이 혼자 행동해서는 절대로 안 된다는 겁니다. 인정전을 지나고 낙선재도 기웃거렸습니다. 가벼운 웃음소리가 날아왔지요. 장소를 이동할 때면 줄을 길게 늘어서 한참 동안 걸을 때도 있었습니다. 늦봄이자 초여름이었습니다.

별안간 제 앞을 걸어가던 누군가 고개를 돌리고는 고개를 갸우뚱했습니다. 옆의 여자를 툭툭 치자 여자도 저를 흘끗 돌아보았지요. 두 사람이 소곤거렸어요. 젊은 그들에겐 제가 이상하게 보였을 겁니다. 고궁에 저처럼 혼자 혼 사람은 없었거든요. 굽 높은 여름 구두는 산책하기에 적당치 않았습니다.

휴식 장소에서는 몰래 빠져나왔습니다. 부용정에 앉아 H 씨에게 전화를 걸려 했지만 그제야 전화번호조차 외우지 못한다는 것을 알았죠. 부용정 곳곳을 눈으로 훑었습니다. 몇 백 년 전 누군가도 이곳에 이렇게 앉아 있었을지도 모릅니다. 창덕궁이 그날처럼 아름다웠던 적은 없었습니다. 집으로 돌아오니 엄지발가락에 물집이 잡혀 있더군요. 어디서 묻었는지 하늘색 치맛자락에 풀물이 들어 있었습니다. 제가 아끼는 옷인데.

……H 씨 나와주지 않으셔서 감사합니다. 그냥 돌풍이었을까요. 언젠가는 H 씨의 마음 씀씀이에 깊이 감사드릴 날이 올 겁니다. 댁내 평안을 위해 기도하겠습니다. 엄마를 닮은 H 씨의 아이들을 위해서도.

안녕,
영원히 안녕

어제 문득 누군가 그 소도시 이야기를 꺼냈습니다. 막국수와 백반집, 호숫가에 있던 메기 매운탕집 맛이 기억나느냐며 테이블 끝에 앉은 한 친구가 목을 빼고 내게 물었지요. 친구는 막 그 도시에서 서울로 온 참이었습니다. 그곳에는 작가들이 글에 전념하도록 숙식을 제공하는 문화관이 있지요. 김치찌개에 조미료와 후추를 듬뿍 넣던 주점 할머니의 안부를 되묻는데 불현듯 돌을 밟고 튀어 오르는 버스를 탄 듯 엉덩이가 움찔했습니다. 그 모든 맛집을 거쳐 대학의 기숙사 앞까지 들어오는 버스는 공사 중인 구간에서는 늘 속도를 내지 못했지요. 붉은 흙먼지가 폴폴 날리던 비포장도로와 논 뒤로 띄엄띄엄 들어앉은 집들이 눈에 보이는 듯했어요. 그해 여름 저는 그 버스를 타고 목적지도 없이 순환했지요. 영화관을 지나치면 내려 영화를 보고 만두 가게를 지나치면 내려 만두를 먹었어요. 기숙사로 돌아오면 왜 샀는지도 모를 물건이 들려 있고 했지요.

가끔 문화관에 머문 친구들이 찾아와 맛집에서 밥을 사줬어요. 짠맛과 매운맛, 떫은맛. 혀 안에 감돌던 그 맛들을 다 기억하고 있는데도 그 맛들을 다 기억하느냐는 친구의 말에 그 맛들 다 제쳐두고 햇반의 맛이 떠올랐습니다. 밥맛. 입에 넣고 꼭꼭 씹어대면 침과 섞여 달큰해지던 햇반의 맛. 아무도 없는 기숙사에 앉아 반찬 없이 햇반만으로 끼니를 때운 적도 많았지요. 너무도 무료해서 저작 운동을 하는 내 턱 모양을 그려보기도 했어요. "아밀라아제에 의해 분해된 햇반에서 엿당이 나옵니다." 혼자 중얼거려보았지만 예전에 말했듯이 내 과학 실력이란 거기까지입니다. 창 너머로 캠퍼스가 한눈에 들어옵니다. 기숙사 앞까지 들어온 버스가 유턴해 다시 정문을 빠져나갈 때까지 버스 뒤를 쫓기도 했지요. 이른 아침 두 시간 가까이 산길을 헤매 다니기도 했어요. 복사뼈는 찬 이슬로 흠뻑 젖어 있곤 했지요.

그해 여름. 전 생애의 여름이란 여름은 다 합친 듯, 앞으로 맞이할 여름이란 여름은 다 보탠 듯 여름은 지루하게 흘러갔습니다. 책상과 의자, 사물함과 침대가 두 개씩 놓인 방. 두 명의 여학생이 툭툭 팔이나 엉덩이를 부딪히면서 생활했을 좁디좁은 방에는 아무런 흔적도 남아 있지 않았지요. 핀이나 단추 하나쯤 흘렸을 법한데요. 집이, 도시가 그리웠을 두 여학생은 다시 돌아올 만한 흔적은 그 어디에도 남기지 않았습니다. 학교만 아니라면 젊은 사람이 찾아들기에 그 도시는 너무도 무료합니다.

여름이 깊어지고 계절학기마저도 끝이 났어요. 어느 날 정오 무렵 캠퍼스 안이 텅 비었다는 것을 깨달았지요. 나는 모자도 쓰지 않은 채 노천극장에서 학생회관으로 도서관으로 쏘다녔습니다. 그 여름의 공기는 농밀해서 내 구멍의 구멍이란 죄다 틀어막는 듯했습니다. 기숙사 복도에도 인적이 끊겼지요. 가끔 복도에서 맡던 도브 샴푸 냄새도 사라졌지요. 나는 사물함에서 햇반 한 개를 꺼내 들고 슬리퍼를 질질 끌며 복도 끝에 있던 탕비실까지 걸어갑니다. 전자레인지에 넣은 햇반이 데워지기를 기다리는 3분 동안 나는 내 방에서는 보이지 않던 기숙사의 뒤 풍경을 보곤 했습니다. 사방은 고요했고 나뭇잎 하나 흔들리지 않았습니다. 그 3분, 쌀알이 익는 그동안 나는 H 씨를 생각했지요. H 씨를 생각할 때면 내 고개가 2시 방향으로 조금 기운다는 것은 훨씬 나중에야 알게 되었습니다. 그 3분도 너무 길어 나는 내 열정에 얼굴이 붉어졌다가 부끄러워 다시 얼굴이 붉어졌지요. 내가 쏟아냈던 말들을 없었던 걸로 지우고 싶었어요. 옹알옹알, H 씨는 내 말을 알아듣지 못했어요. 그런데도 나는 옹알이를 할 때처럼 옹알옹알 쉬지 않고 말을 했지요. 땡! 밥이 익으면 나는 고개를 12시 방향으로 세우고 뜨거워 쥘 수 없는 햇반을 넌서 올려 받으년서 내 방으로 돌아옵니다.

밥을 씹으면서 아밀라아제와 엿당과 H 씨를 생각했습니다. 주워 담지 못할 말도 꼭꼭 씹으면 하지 않았던 말이 되고 침에 섞인 H 씨는 엿당처럼 너무도 낯선 사람으로 변합니다. 8월 중순 나는 그곳을 떠났습니다. 마무리하려던 소설은 반도 끝내지 못한 채로. 방을 배정받은 여학생들이 하나, 둘 입방하고 있더군요. 택배로 온 상자들이 여학생들보다 먼저 와 기다리고 있기도 했지요. 나는 그곳에 아무것도 남겨두지 않았어요. 행여나 머리카락이라도 흘렸을까 방을 꼼꼼히 닦아냈지요. 그래서 나는 이제 그곳에 가지 않을 겁니다. 그리고 H 씨에게도 다시 돌아가지 않을 겁니다.

그해 여름은 얼굴에 수많은 잡티를 남겼습니다. 전망이 좋지 않은 곳에 들어서면 답답해하는 건 그때 이후부터인 듯합니다. 햇반은 이제 먹지 않습니다. 맛집의 맛들을 기억하냐고 친구가 물었을 때 난 햇반 맛을 떠올렸습니다. 꼭꼭 씹으면 달큰해지던, H 씨 당신은 내게 밥맛, 입니다. 나는 수많은 저작 운동으로 당신을 잊었습니다. 그러니 H 씨 안녕, 영원히 안녕. 이제 나는 순순히 늙어가겠습니다.

봄밤,
옛집으로 가는 골목을 헤매다

　베란다의 화단에 심은 두 그루의 포도 나무에서 움이 터 하루가 다르게 새순들을 풀어놓는다. 맨 처음 포도나무를 사 왔을 때는 불쏘시개로 쓰는 나무 막대기거나 장작으로밖에는 보이지 않았다. 이런 나무에서 정말 꿀처럼 단 포도가 열릴까, 이렇게 죽은 듯 바싹 마른 나무에서 초록색 싹이 나기는 날까, 걱정이었는데 어느 날 옹이마다 움들이 맺혔다. 단단하고 고집스러워 보이는 움의 색깔은 단단히 벼르고 별러 입술을 이로 깨문 듯 보라색이었다.

　봄밤이다. 이때쯤부터 창문을 조금 열어놓기 시작한다. 어느새 바람도 성질이 죽었다. 부드럽고 달콤하다. 바람이 불어오면서 화단의 새순과 물 묻은 흙, 이끼 냄새까지 같이 실어온다. 밤새 잠을 설쳤다. 밤 나들이 가고 싶어 몸이 들썩거렸다. 마지막 전철이 끊기고 고가도로의 자동차도 뜸해졌다. 어느 한순간 정말 고요해서 화단의 글라디올러스가 땅을 들썩이며 올라오는 소리가 들리는 듯싶었다.

바람을 맞아서일까, 새벽부터 열이 올라 온몸이 따끔거렸나. 머리맡의 메모지에 '꽃이 피듯 온몸이 아프다'라고 적어두었는데 그 쪽지를 발견한 아이가 대체 얼마나 아파야 꽃이 피듯 아픈 거냐고 물어온다. 아이가 제 팔뚝을 내민다. 엄마가 아픈 만큼 한번 꼬집어주면 엄마가 적어놓은 그 말뜻을 이해할 수 있겠단다. 한번 꼬집어주었더니 금세 코끝이 빨개지고 울먹울먹한다.

"이만큼?"

"아니. 지금 꼬집은 것보다 열 배쯤."

아이가 팔을 문지르면서 도망을 간다.

마흔 즈음, 엄마도 나처럼 아팠다. 우리는 엄마를 일기예보라고 불렀다. 날씨도 화창한데 엄마가 우산을 쥐여주면 귀찮아하면서도 어쩔 수 없이 들고 갈 수밖에 없었다. 그런 날이면 마지막 수업 시간이나 집으로 돌아오는 길에 어김없이 비가 내렸다. 학교에서 돌아오면 엄마는 방에 불을 때고 누워 있었다. 부스스하게 엉킨 파마머리와 퉁퉁 부은 얼굴. 엄마가 누워 있는 방에서는 엄마의 숨결과 머리 냄새, 세탁비누 냄새에 섞여 땀 냄새가 났다. 그때쯤이면 여자는 조금씩 아프기 시작할 나이인 것이다.

엄마가 누워 있던 방 아래쪽에 다락으로 올라가는 작은 쪽문이 달려 있었다. 쪽문을 열면 다락에 고여 있던 밖의 한기가 안방으로 내려왔다. 한겨울이면 다락은 텅 비어 있었다. 엿을 발라 녹기 쉬운 강정이나 쌀과 통을 보관하는 곳으로나 쓰였다.

봄부터 초겨울까지 그곳은 나만의 장소였다. 아직 어린 동생들은 엄마 곁에서 잠들었다. 똑바로 서면 고개를 반드시 펼수도 없어 기역 자로 몸이 굽혀지는 천장 낮은 다락에서 나는 책을 읽고 편지를 쓰고 몽상으로 시간을 보냈다. 그때의 나는 내가 어떤 사람들과 만나고 집에서 얼마나 먼 곳까지 가게 될 줄 몰랐다. 누군가 때문에 마음 아프게 될지 몰랐고 내가 누군가에게 상처를 주게 될지도 몰랐다. 하지만 막연하게 느끼고 있었을까, 나는 다가올 미래 때문에 설렜고 불안했고 무서웠다.

다락에 있으면 밤늦도록 전등을 켜둘 수 있었다. 사방이 고요해지면 안방에서 식구들의 코 고는 소리가 들려왔다. 골목 마지막 집이었기 때문에 창문 밖은 먼 곳까지 트여 있었다. 크고 작은 집들의 지붕들이 펼쳐지고 논과 밭이 끝나는 곳에 야트막한 산이 서 있었다. 산 아래에도 사람들이 사는지 불들이 반짝이다 밤이 깊으면 하나, 둘 꺼졌다. 새벽까지 꺼지지 않는 불빛도 있었다. 그때부터였을 것이다. 창문을 열어두고 자는 습관을 갖게 된 것은.

출판사에 다니던 아버지는 다락의 외풍을 막기 위해 책 광고지로 도배를 했다. 고개를 돌리면 낮은 천장이 눈에 들어왔다. 똘스또이, 도스또예쁘스끼, 루쉰…… 낯선 이방인들의 이름을 그곳에서 알았다. 엉덩이를 크게 부풀린 드레스 차림의 안나 까레니나의 모습과 책의 내용을 두 줄, 세 줄로 요약한 줄거리를 읽다 보면 잠이 쏟아졌다. 수많은 활자가 내게는 별이었다.

골목은 다른 골목들과 큰길에서 합쳐졌다. 학생 수에 비해 학교가 턱없이 부족하던 시절이었다. 등하교 시간이면 골목길을 빠져나온 아이들은 큰길에서 만났다. 골목을 중심으로 아이들은 뭉쳤다. 골목은 그 골목 아이들이 큰소리칠 수 있는 곳의 경계선이기도 했다. 학교에서 돌아오면 골목은 아이들의 놀이터가 되었다. 골목 입구에 있는 전신주는 인기 있는 놀이 기구여서 그곳을 붙들고 늘어서는 아이들이 늘 끊이지 않았다. 가끔 남자애들은 다른 골목의 남자애들과 쌈박질을 하기도 했다. 저녁이면 골목은 음식을 조리고 끓이는 냄새로 가득했다. 아이들의 이름을 불러대던 엄마들의 새된 소리가 지금도 들리는 듯하다.

옛집을 떠나온 건 고등학교 2학년 때였다. 그 뒤로 순식간에 세월이 흘렀다. 나는 옛집에서 수많은 골목을 지나 먼 곳까지 걸어왔다. 자연스럽게 다른 동네, 다른 골목의 아이들과 사귀었다. 그런데도 아직 옛집 꿈을 꾼다. 햇살이 들어오는 옛집 다락방에서 하늘색 원피스를 입고 라디오를 듣는다.

이제 5학년이 된 아이는 제가 나고 다섯 살 때까지 자란 집으로 다시 이사 가고 싶어 한다. 집이 좁아 잡동사니로 넘쳐났던 곳, 보행기를 탈 곳이 마땅치 않아 이 벽에 툭, 저 벽에 툭 부딪히던 좁은 집을 아이는 꿈에서 보는지 잊지 않는다. 그 아파트로 들어가는 골목과 놀이터의 위치를 제법 소상히 기억하고 있다. 자기보다 한 살 어리던 옆집 아이가 아직 그곳에 살고 있는지 그것도 몹시 궁금하다. 한번 가보고 싶다고 말하다가 어느새 잊어버리고 또 문득 생각해내서는 어른 말투를 흉내 내서 "그때는 행복했었어"라고 말해 어른들을 웃긴다.

정말 우리, 그때 행복했었나? 엄마는 옛집 이야기만 나오면 고개부터 흔든다. 그 집에서 엄마는 너무 아팠다. 엄마가 병원에 입원해 있는 동안 아버지가 우리들의 머리를 빗겨주었다. 가르마는 비뚤거렸고 너무 세게 묶어 두 눈이 사납게 치켜 올라가고는 했다. 아버지의 실직으로 돈에 쪼들리던 시절이기도 했다.

나는 신혼 생활을 시작했던 비좁은 그 집이 싫었다. 방이

한 칸 더 있고 몸을 담글 수 있는 욕조가 있는 곳으로 이사를 가는 것이 꿈이었나. 하시만 아이는 봄이면 민들레가 피던 아파트 뒤뜰과 세발자전거의 바퀴를 처음 밟던 곳으로 그곳을 떠올린다.

우리가 살던 옛집이 재개발로 헐린다는 소식을 들었다. 그곳에는 아파트가 들어설 예정이라고 했다. 여러 번 그 근처를 지날 일이 있었는데 그곳에만 들어서면 방향감각이 없어졌다. 수많은 개발로 골목이 없어진 때문이라는 걸 한참 뒤에야 알았다. 아마 옛집으로 가는 길을 한 번에 찾지 못했을 것이다.

옛집이 헐리면 더 이상 옛집 꿈을 꾸지 않을까. 아이가 묻는다. "엄마, 우리 옆집에 살던 애, 아직 거기 살까?" 순식간에 아이는 삐걱삐걱 세발자전거를 타고 나는 다락에 엎드려 라디오를 듣는다. "하늘에 구름 떠가네…… 이 몸이 하늘이면 얼마나 좋을까……." 우리는 거기서 행복했다.

봄밤이다. 밤 나들이 나가고 싶은 봄밤이다.

옥상에는
별이 한가득

101쪽 사진 막내를 안고 옛집 계단에 앉아 사진을 찍었다. 이때는 언니들이 동생을 돌보는 것이 당연하던 시절이었다. 잠깐 사진을 찍는 동안에도 라디오 드라마의 결정적 순간을 놓칠까 라디오를 들고 나왔다. 성우 박일 선생의 감미로운 목소리를 듣느라 인상을 썼다.

사랑이라니

1

상주尙州라는 데를 떠올리면 울적해진다. 그곳엔 한 번도 가본 적이 없는데 누가 상주 출신이라 하면 그의 얼굴을 지그시 바라보게 되고 뉴스에서 상주에 관한 소식이 나오면 귀를 기울이게 된다. 그러다 보니 어떨 땐 고향 같은 느낌이 들기도 한다. 단 한 번 경상북도 쪽을 여행하다가 상주라고 적힌 이정표 아래를 휙 지나친 적이 있었다. 몇 초에 불과한 짧은 시간에 만감이 교차했다.

난 지금까지 상주가 상주桑州일 거라고 철석같이 믿었다. 그 여자가 내게 그렇게 알려줬다. 이상하게도 어릴 적에 주워들은 것들은 잘 잊히지 않는다. 한때 난 걸어 다니는 〈선데이 서울〉이었다. 이렇게 저렇게 얻어들은 이야기들(영화배우의 이름과 영화 제목, 내용은 물론이고 비키니 차림의 여자 배우의 포즈에서부터 누가 누구와 어떻고 저떻더라 하는)을 꿰고 있었다. 그런 책들은 폐품 모집 기간이면 교실 뒤에 가득 쌓였다. 아무튼 그때 그 여자가 분명히 그랬다. 뽕나무 상 자를 쓴다고.

상주 생각만 하면 마음이 스산해진다. 텅 빈 거리에 바람이 불어 신문지 조각이 날아다니는 풍경이 떠오른다. 그 도시에 대한 막연한 인상이다. 인적이 끊기고 저녁 어스름까지 내려 을씨년스럽다. 하도 조용해서 누에가 뽕잎을 갉아 먹는 소리까지도 들릴 듯하다. 그 여자는 지금 그곳에 살고 있을까.

엇비슷하게 생긴 집들이 다닥다닥 붙어 있었다. 비밀이라곤 없었다. 우리 집은 그 골목길의 맨 끝 집이었는데 방 세 칸에 다락이 두 개, 지하실이 하나, 목욕탕이 하나, 변소가 하나였다. 방 한 칸은 늘 세를 주었다. 아예 세를 주게끔 만들어졌는지 부엌이 따로 딸려 있고 출입구도 따로 나 있었다. 옥색과 흰색의 자잘한 타일이 발린 작은 부엌에 연탄아궁이가 하나 있었다. 세를 살던 사람들 가운데 지금까지도 기억나는 얼굴들이 있다. 뜨내기들이 많았다. 달세로 몇 달 살다 가는 사람들로부터 한 2년 남짓 살면서 악착같이 돈을 모아 바로 앞집을 사 나간 사람도 있었다.

경북 상주 출신이라는 그 여자네 가족은 달세를 살았다. 눈꺼풀이 두툼하고 늘어져 눈동자가 보이지 않던 여자의 언니는 늘 주머니가 많이 달린 쥐색 전대를 굵은 허리에 두르고 있었다. 언니의 얼굴은 매일 밤 울다 잔 것처럼 퉁퉁 부어 있었다. 언니에게는 남편이 있었는데 그 남편의 얼굴은 희미하다. 그 남편은 언니보다 덩치도 훨씬 작고 조용했던 사람이었다. 그 부부는 리어카를 끌고 다니며 행상을 했다.

그 여자는 제 언니와는 영 딴판이었다. 두 사람이 자매라는 게 믿기지 않았다. 어렸을 때는 아름다움을 보는 눈이라는 게 좀 다른데 어린 눈에도 꽤 예쁜 여자였다. 가무잡잡한 피부에 갸름한 얼굴선, 반듯한 콧날. 참기름을 한두 방울 친 듯 생기 어린 눈망울. 여자는 서울살이를 하는 옹색한 언니의 신혼 방에 얹혀살았다. 일정한 직업을 구하지 못해 집에 있는 날이 더 많았다. 뭘 하는지 방안에서는 기척도 나지 않았다.

계약서를 쓸 때 어머니가 어디 사람이냐고 물었더니 언니 쪽이 경북 상주 사람이라고 했다. 사투리를 쓰지는 않았다. 나는 초등학교 4학년이었는데 마침 사회책에서 읽은 각 지방의 특산물이 자르르 떠올라 "아, 누에가 유명한 곳"이라며 난 척을 했다. 언니는 두툼한 눈을 조금 크게 떴을 뿐 별말 없었고 옆에 앉아 있던 그 여자가 배시시 웃었다. "어린이가 별걸 다 아네. 상주는 사과도 나." 그러면서 상주는 뽕나무가 많아 뽕나무 상 자를 쓴다고 분명히 말해주었다.

어머니는 별다른 말썽을 부리지 않는 셋방 사람들을 좋아했다. 밤늦게 술이 취해 들어와 그릇을 부수고 자는 아이들을 깨워 울리는 남자도 있었고 셋방 아이들과 붙기만 하면 우리가 싸워대서 골머리를 앓은 적도 있었다. 애도 없어 조용하기까지 했으니 어머니는 그 언니를 볼 때마다 집을 살 때까지 진득하게 눌러 있으라고 했다.

일자리를 알아보려는 것인지 여자가 슬슬 외출을 하기 시작했다. 별다른 화장을 하지도 않았는데 눈부시게 아름다웠다. 어깨쯤에서 찰랑이는 긴 생머리를 흔들면서 사뿐사뿐 골목길 끝으로 사라졌다. 일자리가 났는지 여자는 매일 아침 외출했다. 낮 동안에 셋방은 텅 비어 있었다. 그렇게 그 여자네는 한 1년 우리 집 셋방에서 조용하게 보냈다.

방과 후 집으로 돌아오는 길에 한 무리의 여자들을 만났다. 골목을 기웃거리는 여자들은 기세등등했다. 누군가 여기다, 라고 소리를 쳤고 여자들이 앞다퉈 우리 집 대문 안으로 뛰어들어갔다. 잠시 후에 셋방 안에서 여자들의 고함이 터지고 욕설이 뒤를 이었다.

소란에 놀란 어머니가 방에서 뛰쳐나왔다. 셋방의 출입구에서 얼굴이 붉으락푸르락한 여자들이 나왔다. 덩치 큰 여자의 손에 머리끄덩이를 잡힌 그 여자는 신발도 신지 못한 채 질질 끌려 나왔다. 어머니는 한눈에 사태를 파악한 모양이었다. 자꾸 나를 방 안으로 밀어 넣었다. 여자들은 온 동네 사람들이 다 들으라는 듯 소리를 쳐댔다. "대명천지에, 어디 남자가 없어 남의 남자를 넘봐? 엉?" 머리채를 흔들어댈 때마다 그 여자의 얼굴이 사정없이 휘둘렸다. 그런데도 여자의 얼굴 표정은 변함없었다. 신음 소리도 내지 않았다. 그런 것이 여자들의 부아를 돋았다. "이년 표정 좀 봐. 이런 독한 년, 이런 죽일 년!" 삽시간에 사람들이 몰려들었다.

소동은 30분 넘게 이어졌다. 그사이에 우리 골목길에 사는 사람들은 어린 우리 막내까지도 상황을 알 정도가 되어버렸다. 여자들 중 누군가의 여자 남편과 그 여자가 바람이 났다. 말리려던 어머니도 여자들의 기세에 나가떨어졌다. 여자들은 지치지도 않는지 고래고래 고함을 질러댔다. 누가 그 여자가 사귄 남자의 부인인지 짐작할 수가 없었다. 화를 내는 걸로 봐선 그 여자들 다 부인인 듯했다.

골목길을 메운 사람들은 구경만 할 뿐 누구 하나 나서려 하지 않았다. 그러는 사이 여자의 머리카락은 수세미처럼 뭉치고 옷은 찢어졌다. 터진 입에서 피가 흘러내렸다. 여자의 언니가 전대를 두른 채 뛰어들었다. 언니는 두 팔을 걷어붙이고 여자들이 아닌 제 동생 쪽으로 달겨들었다. "이년아, 너 죽고 나 죽자! 세상 창피해서. 이젠 얼굴 들고 못 산다, 못 살어!" 언니가 동생의 머리카락을 쥐어뜯고 얼굴을 쥐어박고 꼬집었다. 그 바람에 여자들의 기가 죽었다.

여자는 일자리를 구하지 못했을 때처럼 방 안에만 틀어박혀 지냈다. "얼굴값 한다고, 세상에." 동네의 입이 있는 사람들이라면 모두 그 여자에 대한 이야기에 열을 올렸다. 모두 그 여자가 자신의 남편과 바람난 것처럼 굴었다. 소동을 부린 여자들은 더 이상 찾아오지 않았지만 험담은 좀처럼 사그라들지 않았고 여자는 예전처럼 골목길 가운데로 걷지 않았다. 소문이 점점 여자를 방구석으로 내몰았다.

창 너머로 들여다보니 가재도구가 몇 없는 썰렁한 방이 보였다. 여자는 벽과 벽의 모서리에 등을 대고 앉아 방바닥에 연방 손가락으로 글씨를 쓰고 있었다. 생기발랄했던 모습은 찾아볼 수 없었다. 언제 잘랐는지 머리를 짧게 치고 아줌마처럼 뽀글파마까지 했다. 가끔 마당에서 마주칠 때도 예전처럼 나를 보고 웃어주지 않았다. 그 여자 같지가 않았다. 눈동자는 청맹과니처럼 이곳저곳을 더듬었다. 여자는 하루아침에 시들었다. 온종일 방 안에 있는데도 행상을 하다 온 언니보다 훨씬 지쳐 보였다.

학교에서 돌아오니 셋방이 텅 비어 있었다. 내가 학교에 간 사이 이사를 간 모양이었다. 가구가 몇 안 되니 이삿짐을 나르느라 수고를 하지 않아도 되었을 것이다. 셋방에 들어가보았다. 연탄이 빠진 컴컴한 아궁이가 내려다보였다. 사람들이 자주 바뀌는 통에 벽지가 너덜너덜했고 손때로 거무스름했다.

상주 출신이라는 사람 앞에서 상자가 뽕나무 상 자라고 우겨댔다가 창피만 당했다. 사전을 찾아보니 엉뚱한 한자였다. 하지만 여전히 상주라는 델 떠올리면 누에가 뽕잎을 갉아 먹는 소리가 들리는 듯하고 한없이 고요해진다. 그 여자를 골목길에서 몰아낸 건 집까지 찾아와 머리끄덩이를 잡은 애인의 아내가 아니었다. 뒤에서 손가락질하던 동네 여자들이었다.

어제 일처럼 선연히 떠오른다. 질질 끌려 나오면서도 표정하나 변하지 않던 여자의 얼굴. 그 여자는 그 남자를 사랑했을 것이다. 그때 누군가 그 여자를 보듬어주었더라면 그렇게 야반도주하듯 이사하지는 않았을 것이다. 갑자기 바뀌어버린 여자의 눈빛도 떠오른다. 모습은 변하지 않았지만 무언가 결락된 것 같았다. 그림자가 없는 사람 같기도 하고 영혼 없는 허수아비 같기도 했다. 문득 떠오른 유행가 가사의 한 구절을 읊어본다. "사랑한 게 죄이라서……."

사랑에 관한 내 첫 기억은 상주라는 데와 맞물린다. 그래서 우울하다.

2

내 동생은 '과년한 처녀'다. 그 말조차 무색해질 대로 무색해진 노처녀다. 독신주의자는 아니다. 백화점 세일 기간 중에 사둔 예쁜 그릇들이 장롱 위에 쌓여 있다. 선도 몇 번 본 걸로 알고 있다. 경제력이나 외모 그런 것을 따지는 것처럼 보이지만 사실 그 애가 찾는 남자는 '필이 꽂히는' 남자다. 사랑하는 남자와 결혼하겠다는 것이 큰 욕심일까. 내 동생은 어느새 노처녀가 되어버렸다.

20대 후반 동생에게도 결혼의 기회가 있었다. 20대 중반에 내 동생은 우연히 한 남자를 만나게 되었다. 그쪽에서 말을 걸어와 합석이라는 걸 했는데 목소리가 박력이 없고 우물쭈물하는 것이 남자답지 못하다고 생각되어 더 이상 연락하지 않았다.

몇 년 후 어찌어찌 동생의 연락처를 알아낸 그가 다시 전화를 해 왔다. 몇 번 만나보니 첫인상과는 달리 평정심이 있는 남자였다. 지적 욕구가 강해 한 번도 마셔본 적이 없는 와인에 대해서도 줄줄이 꿰고 있었다. 박력 없어 보이는 목소리는 지방 출신이라 사투리를 표준말로 바꾸려는 데서 나온 것이었다. 무엇보다 아이의 아버지로서 괜찮은 사람이었다. 어머니 못지않게 아버지의 역할도 중요한 것이라는 것을 동생은 알고 있었다.

그를 저녁 식사에 초대했다. 우리들이 좋아하는 회를 준비

했는데 그도 회를 좋아했다. 광어회를 한 점으로 성이 안 차 두 점씩 집어 먹었다. 우리 모두 그 점에 반했다. 부모님끼리 만나 저녁 식사도 나누었다. 다른 집은 어떤지 몰라도 우리 집 은 함께 밥 먹는 일을 큰일로 친다. 이제 남은 건 결혼이겠구 나, 당연히 생각은 그렇게 흘러갔다.

그런데 어느 날 두 사람이 헤어졌다. 연인들 사이에 있는 단 순한 토닥거림이려니 생각했는데 만나지 않는 기간이 길어졌 다. 언니랍시고 둘 사이에 끼어들어 몇 번 전화 통화를 했다. 전화 속 목소리는 박력 없이 우물거렸지만 생각은 단호했다. 얌전하고 부드럽게 생긴 얼굴 어디에 그런 단호함이 숨어 있었 나 싶을 정도였다. 꽤 괜찮은 남자구나, 라는 생각과 함께 좀 더 너그러운 남자라면 금상첨화일 텐데, 라는 생각을 했다. 그 렇게 내 동생의 결혼은 전화를 끊듯 무화되었다.

몇 년이라는 시간이 순식간에 흘러 동생은 30대가 되었다. 동생은 여전히 혼자였다. 시내에 나갔다 온 동생이 우울해 보 였다. 우연히 택시를 타고 그 남자가 살던 집 앞을 지나쳤다고 했다. 그 남자의 집은 대로 안쪽에 있었기 때문에 동생은 일부 러 그 집 앞으로 지나갔을 것이다. 남자의 집이 서서히 다가오 기 시작했을 때 동생의 심사는 말 안 해도 알 것 같았다. 붉은 벽돌집, 대문 색도 그대로였다. 컹컹, 개가 울림 있게 짖었다.

그 남자는 개를 너무도 좋아했다. 그들이 헤어지게 된 원인은 어이없게도 세인트버나드 때문이었다. 남자가 말도 없이 개를 세 마리나 산 것이 동생의 심사를 뒤틀리게 했다. 아무리 작은 일이라도 하나를 보면 열을 안다고 같이 키울 개를 한마디 상의 없이 샀다는 건 문제가 있는 거라고 동생이 화를 냈다.

동생은 좀 천천히 가달라고 택시 기사에게 주문했을지도 모른다. 이윽고 그 집의 옥상이 눈에 들어왔다. 옥상에는 볕이 한가득 드글드글 들끓고 있었다. 그 옥상 한가운데 바람에 펄럭이고 있는 것은 누군가 깨끗하게 삶아 빤 듯한 희디흰 기저귀들이었다. 그 남자는 그사이 결혼을 해서 아기를 낳았다.

택시가 골목을 빠져나오는 동안 동생은 고개를 돌리고 바람에 펄럭이는 기저귀들을 보았다.

어쩌면 그 남자도 혼자 택시를 타고 동생이 살고 있는 아파트 앞을 지나친 적이 있었을는지 모른다. 몇 층 몇째 줄 창인지 찾지 못하고 허공만 바라보다 예전에 먹었던 다디단 생선회 맛을 떠올렸을지도 모른다.

그날 우리는 동생이 애지중지 장롱 위에 올려둔 커피 잔 세트를 내려 차를 타 마셨다.

3

아버지와 이머니의 나이 차는 아홉 살. 세대 차가 날 적지 않은 나이 차인데 아버지가 자신의 나이를 거짓으로 몇 살 줄인 탓에 결혼이 가능했다. 어머니는 결혼하고 난 후에야 아버지의 제 나이를 알았지만 그때는 이미 행차 뒤의 나팔이었다.

내가 보기에 그 둘 사이에 나이 차보다도 더 간극이 큰 성격 차라는 것이 존재한다. 두 사람이 각각 양쪽 끝에 서 있어 도무지 합일점이라는 것을 찾는 일이란 어려워 보인다. 그런데 놀랄 만한 건 그런 두 사람이 40년 가까이 결혼 생활을 유지하고 있다는 것이다.

나는 장녀라 지방에서 관혼상제가 있을 때마다 아버지, 어머니와 동행한 적이 많았다. 돌아올 때면 제일 지쳐 있는 건 사이에 낀 나였다. 아버지는 조용한 사람이고 무슨 일이든 조용조용하게 지나가기를 바라는 사람이다. 늘 숨죽이는 사람이다. 그런데 어머니는 불의를 보면 참지 못하고 꼭 한마디 거들어야 직성이 풀린다. 그래서 남의 싸움에도 자주 섞였다. 아버지는 음주가무를 좋아하고 어머니는 질색을 한다. 아버지는 조금 게으르고 어머니는 죽으면 썩을 살을 뭐하러 놀리냐며 잠시도 쉬지 않는다.

40년. 어머니는 농담처럼 내가 참고 산 건 다 늬들 때문이라고 한다. 이불 걷듯 다 걷고 새 이불로 깔고 싶은 마음이 굴뚝같았지만 혹 딸들의 결혼에 허점이라도 될까 싶어 꾹꾹 눌러 참았다는 것이다. 그런데 과년한 두 딸이 결혼을 못하고 있으니 참은 게 분하다고 한다.

두 사람은 나란히 앉아 30분을 못 넘긴다. 되로 주고 말로 받는 식이다. 음식간이 짜다라는 말 한마디가 당신한테 시집와 호강 한 번 못했다는 말로 비약하는 데는 별로 시간이 걸리지 않는다.

새벽 2시 반이 넘었는데 아버지가 귀가하지 않았다. 휴대폰을 두고 나가 연락두절이었다. 자정이 넘자 어머니는 슬슬 불안해지기 시작해 새벽 2시가 되자 안절부절 못했다. 나이가 들면서 아버지의 건강은 예전 같지 않았다. 귀갓길에 혹시 쓰러진 것은 아닐까. 행여 강도를 만난 것은 아닐까. 어머니는 경찰에 전화를 걸었다. 아버지의 인상착의에 대해 이야기하는데 경찰이 이런 일이 비일비재하다는 듯 심드렁했다고 또 목소리를 높였다.

새벽 3시쯤 귀가한 아버지는 별일 아니라는 듯 요 앞 맥줏집에서 호프 한잔 했다고만 말해 어머니의 부아를 돋우었다. 그래도 딱 한 가지 두 사람이 맞는 것이 있는데 바로 드라마 시청이다. 텔레비전 앞에 앉아 나란히 드라마를 보고 어떤 때는 드라마에 관한 이야기를 나누기도 한다.

몇 해 전 나란히 누워 주무시라고 딱딱한 질감의 매트리스로 된 커다란 침대를 사드렸다. 그런데 아버지의 잠꼬대가 심하다는 이유로 어머니는 침대 아래에서 잠을 잔다. 40년 동안 우여곡절이 많았을 것이다. 어린 우리에게 내색을 하지 않았을 뿐 어머니 혼자 분을 삭인 일도 많았을 것이다. 아버지 또한 사정이 다르지는 않았을 것이다.

삐걱삐걱, 아버지와 어머니가 저만큼 앞서 걷는다. 두 사람은 나란히 걷지도 않는다. 걸음이 빠른 아버지가 늘 저만큼 앞선다. 그 뒤를 어머니가 그 뒤를 내가 따라간다. 이번 여행에서는 별일 없어야 할 텐데. 두 사람을 보고 있으면 질긴 고무줄 생각이 난다. 질기다, 질기다, 질긴 그것을 뭐라 불러야 할까.

4

선후배 간이 간 대학 엠티에서였을 것이다. 경치는 그렇다 치고 스무 명이 넘는 인원을 한 방에 몰아넣는 데는 짜증이 날 수밖에 없었다. 밤이 되자 콘택트렌즈 부작용 때문에 눈을 뜰 수도 없었다. 캠프파이어를 위해 쌓아둔 장작더미에 불은 잘 붙지 않고 매캐한 연기만 났다. 신문지를 돌돌 말아 넣는다, 입으로 불씨를 분다, 식용유를 사다 붓는다, 그 주위에 둘러

앉긴 했는데 신이 나지 않았다. 캠프파이어 같은 것은 초등학교 다닐 때 걸스카우트에서 물리게 해서 별다른 감흥도 없던 차였다. 어디 불이 붙나 보자, 하는 심정으로 장작더미를 노려보고 있는데 옆에 앉은 누군가가 말을 걸어왔다. 한 학년 위의 남자 선배였다.

그가 내게 말을 붙였지만 주위가 소란스러워 잘 들리지 않았다. 대화가 잘 통하지 않자 그가 낙담이라도 한듯 한숨을 크게 쉬었다. 그게 전부였다. 학교에서 그 선배와 부딪힐 때마다 불편했는데 얼마 지나지 않아 자연스럽게 관심사가 딴 데로 옮겨갔다.

그 선배를 우연히 만났다. 15년 만이었다. 불이 잘 붙지 않던 캠프파이어가 떠올랐다. 합석하게 되었는데 장난기가 발동했다. 15년 전 엠티에서 나한테 했던 이야기를 기억하냐고 했더니 눈을 껌벅껌벅이다가 말했다. "내가 뭐라고 했어요?" 그날 밤 그 절망적인 표정은 무엇이었단 말인가.

그 선배와 시내에서 우연히 또 마주쳤다. 이번에는 내 동생과 함께였다. 그 선배가 지나간 후에 "내가 한때 좋아했던 사람이야" 했더니 동생이 "그럼 H 씨?" 했다. 선배의 이름은 Y였다. "아니 아니, H는 그다음에 좋아한 사람이고……." "그럼 K는." K는 어디에 끼워 넣어야 할지 생각나지도 않았다. 동생이 눈을 흘겼다. "좋아한 사람이 어디 한둘이래야지." 동생과 나는 거리 한복판에서 행인들이 보건 말건 박장대소했다.

집에 돌아와 누워 이름들을 떠올려보았다. 연애까지는 간 적이 없지만 난 누군가를 끊임없이 혼자서 좋아했다. 말을 하지 못해 버스 정류장에서 그냥 헤어지고 나중에 그도 날 좋아했다는 이야기를 생뚱맞은 사람에게 전해 듣기도 했다. 서로 결혼을 한 뒤여서 만나서 확인하고 말 것도 없었지만 온종일 애꿎은 그 남자애에게 욕을 해댔다. "무슨 남자가 고백할 용기도 없냐, 병신같이."

돌이켜보면 난 겁이 많았다. 비가 와 진창이 졌는데 어머니가 나가보니 진창길을 막 밟고 걸어오는 동생과는 달리 난 신과 바짓단에 흙이 튀지 않게 마른땅을 찾아 깨금발을 뛰고 있더라고 했다. 사람들과의 만남에 있어서도 깨금발을 뛰었다는 혐의를 지울 수 없다. 연애 예찬론자였던 친구의 말을 빌리자면 연애란 그 사람의 우주를 덤으로 얻는 것이다. 광활한 우주에 궤도를 따라 도는 수금지화목토천해명의 모습을 그려본다. 그 친구의 가슴속에는 우주처럼 수많은 별들이 떠 있을 것이다.

사랑이라니. 수금지화목토천해명…… 가슴속의 수많은 별들이라니.

어떤 날
엄마

"소낙비는 내리구요, 업은 애기 보채구요, 허리띠는 풀렸구요, 광우리는 이었구요, 소코팽이 놓치구요, 논의 뚝은 터지구요, 치마폭은 밟히구요, 시어머니 부르구요, 똥오줌은 마렵구요…… 어떤 날 엄마, 어떤 날 엄마."

보채는 아기 포대기로 업고 요리 갔다 저리 갔다 얼러대는데 문득 거울에 비친 내 모습이 영락없는 이 노래의 엄마 꼴이다. 신이시여, 저 여자가 정녕 저란 말입니까. 전날 묶은 머리는 흩어져 산발이고 윗도리 가슴께는 아기 침과 토한 젖이 묻어 얼룩덜룩한데 아까 젖 먹이고 제대로 챙겨 입지 못한 속옷이 비죽 나와 있다.

마루에는 큰아이 아침밥 차려준 밥상이 반나절째 그대로 펼쳐져 있다. 상할 반찬만 추려 냉장고에 넣었을 뿐 닦지도 못한 밥상 모서리에 밥풀 몇 알이 빳빳하게 말라붙었다. 아이가 남긴 반찬에 밥그릇만 새로 얹어 잠든 아기 깰세라 허겁지겁 한 끼를 때우고 마감이 코앞이라 글을 쓰려 책상에 앉은 지

겨우 30여 분 지났을까, 아기는 고것 자고 깨어 안아달라고 보챈다. "그냥 둬이, 울이 죽지는 않이." 성격 ㄴ긋한 친정 엄마는 좀 울려도 된다지만 다른 소린 몰라도 모기 소리와 아기 보채는 소리는 참기가 힘들다. 큰아이도 멀쩡하다가 마감이 닥치면 아프곤 했다. 설거지를 하려 고무장갑을 막 낀 순간, 화장실에 들어가 막 변기에 앉는 순간, 샤워기 물줄기에 막 머리통을 들이대는 순간. 아기들은 귀신처럼 때를 잘 맞춘다.

아기가 토막 잠을 잘 때마다 글을 쓰려니 짧은 글 한 편도 일주일을 넘길 때가 많다. '이제 정말 원고 넘겨야 해요. ㅜㅜ' 아기를 업고 어르는 사이에도 독촉 메시지가 몇 번이나 온다. 광우리는 이었고 치마폭은 밟히고 허리띠는 풀렸고 소낙비까지 내린다. 할 수 없이 아기를 무릎에 앉히고 글을 마무리한다. 아기는 품 안에서 사지를 바둥댄다. 그러다 그 조그만 손이 자판을 툭 쳐 모니터에 엉뚱한 획이 찍힌다. 'ㅕㅎㄹ' 문장 중앙을 비집고 들어간 이 글자가 누군가에게로 보내는 모스부호 같다.

가까스로 원고를 보내고 나니 어지러운 집 안이 눈에 들어온다. 여기저기 흩어진 책과 우편 봉투가 발에 밟힌다. 빨래 바구니는 빨랫감으로 넘친다. 색깔별로 구분하고 아기 옷을 따로 추려내니 남은 시간 내내 세탁기만 돌려도 모자랄 듯하다. 두 끼 밀린 설거지가 개수통에 가득하고 냄비란 냄비는 다 나와 싱크대에 즐비하게 늘어져 있다. 어제 하루 걸레질을 걸렀을 뿐인데도 발바닥엔 검은 먼지가 들러붙었다. 잠은 시도 때도 없이 쏟아진다. 아기 울음소리 없는 곳에서 한 다섯 시간 죽은 듯 잠만 잤으면. 가까스로 잠든 아기를 누이고 잠깐 그 옆에 누워 눈을 붙이려는데 큰아이가 엄마, 큰 소리로 문을 열고 들어온다. 그 바람에 애앵애앵 아기의 울음보가 터진다.

몇 년 전 A는 전화를 걸어와 아무 말 없이 울기만 했다. 그때 A는 고물대는 쌍둥이 아들들을 데리고 암에 걸린 시아버지의 병 수발을 들었다. 어느 날 문득 학창 시절 반짝이던 시심詩心이라곤 온데간데없어진 자신을 발견하자 견딜 수 없이 피로해졌다. 10여 분 소리 죽여 울던 A는 미안하다고, 남편에게는 비밀로 해달라고 부탁하고 전화를 끊었다.

일 때문에 저녁 식사를 함께하게 된 B는 아기를 돌봐주는 아주머니의 전화에 안절부절못했다. 기저귀가 다 떨어졌다는 전화였는데 B는 마치 생명을 쥐고 있는 약이라도 떨어진 듯 초조해하면서 여기저기에 전화를 걸었다. 친정 식구는 외출 중이었다. 혹여 아주머니의 부아라도 돋워 내일부터 안 나온다고 할까 봐 전전긍긍이었다. 아주머니의 비위를 맞추려 아주머니의 딸에게까지 선물을 한다고 했다. 밥도 먹는 둥 마는 둥 B는 부랴부랴 기저귀를 사기 위해 택시를 잡았다.

마흔이 다 된 C는 교사인 부모 때문에 어릴 적 여러 아주머니의 손을 거쳤다. 한 식모 언니가 말을 안 듣는다며 다락에 가둬둔 일을 어제 일처럼 잊지 못한다. 무슨 일이 있어도 제 아이는 제 손으로 키우겠다고 다짐했는데 그 일이 쉽지 않아 둘째는 엄두도 내지 못한다.

사정이 이렇다 보니 요즘 여자들이 약아졌다. 여성들 가운데 절반 이상이 결혼은 여자가 손해 보는 일이라고 생각한다. 취업에서도 결혼한 여자는 결혼하지 않은 여자에게 밀린다. 야근이나 회식에서 빠지거나 일찍 자리를 떠도 결혼한 여자라는 꼬리표가 달라붙는다. 모유를 먹이고 싶지만 불어오는 젖을 짜기 위해 잠깐 자리를 비우는 일도 눈치 보여 아예 포기하는 엄마들도 많다. 300인 이상이 근무하는 기업에서는 의무적으로 탁아소 시설이 설치되어야 하지만 아직까지 남의 나라 일이다. 아이 학교 행사에 다 참여했다간 결근과 조퇴로 해고되기 십상이다. D는 딸아이의 초등학교 졸업식에 다녀오느라 약속 시간에 조금 늦게 왔다. 딸아이가 이번에도 오지 않으면 엄마 얼굴 보지 않겠다고 해서 눈도장만 찍고 오는 길이라고 했다. 이 모든 것을 가족 간의 사랑으로 모성애의 이름으로 참아내라고 하기엔 체력이 당해내지 않는다.

퇴근하고 집에 돌아와서도 여자는 남자보다 더 많은 가사 업무에 시달린다. 유명한 요리사들은 남자가 많다지만 대부분의 남편은 라면조차 제대로 끓이지 못한다. 그러고선 나만의 라면 끓이는 비법이라고 말한다. 내가 아는 두 여성은 아기를 낳음과 동시에 육아휴직에 들어갔다. 지방 출신이라 친정 부모 신세를 질 수도 없고 이제 막 일에서 편해진 부모님께 다시 아기를 맡기는 일은 죄송스럽다고 했다. 젖을 먹이는 1년 남짓 휴직할 생각이라지만 1년 뒤에 그들이 직장으로 복귀할 수 있을지는 의문이다.

직장에 다니는 여성들은 그나마 집에서 일하는 여자를 부러워한다. 친이모처럼 아기를 잘 돌봐주는 육아 도우미를 찾기란 쉽지 않다. 느닷없이 나오지 않겠다는 도우미의 통보에 아기를 맡길 데가 없어 진땀을 흘리는 엄마를 보기도 했다. 엄마들은 소나기 다 맞고 허리띠 풀리고 머리에 광주리까지 이었다. 그런데도 가끔 놀러오는 친정 엄마는 이렇게 순한 아기라면 둘이라도 키우겠다며 살림 단속 좀 잘하며 살라고 속 모르는 소리를 한다.

1년 만에 모임에 나갔다. 한 시간 앉아 있었을까, 큰아이가 전화를 했다. 다급한 아이의 목소리 뒤로 바락바락 울어대는 아기의 울음소리가 들려온다. 아기가 젖병을 안 빤다고, 언제

올 수 있느냐고, 아이가 뒤에 선 남편의 말을 따라 한다. 벌떡 일어나 나오기엔 오랜만의 그 사리가 재미있다. 호프 데이다 뭐다 남편은 사흘에 한 번, 술자리로 늦기 일쑤다. 그도 이렇 듯 나처럼 전전긍긍했을까. 눈을 질끈 감고 나와 쏜살같이 버스 정류장까지 뛰면서 전화로 큰아이에게 실황 중계를 한다. 지금 가고 있다, 5분 아니 2분. 날아갈 수 있으면 날아가겠다. 문제는 체력이다. 일하고 밥하고 빨래하고 아이들 키우고. 원더우먼이다. 나는 대한민국의 엄마다.

아버지 바다의
은빛 고기 떼*

경남 거제군 일운면 구조라리 68번지.

어릴 때부터 달달 외웠던 본적지 주소다. 초등학교 고학년이 되자 아버지는 이 주소를 한문으로도 익히게 했다. 자신의 본적지를 아는 것은 곧 자신의 뿌리를 아는 일이라고 말했던 듯하다. 아버지 말이라면 늘 삐딱한 어머니가 곁에서 살짝 눈을 흘겼을는지도 모른다. "뿌리는 무슨……."

뿌리까지는 몰라도 내 혀는 완전 그곳 사람이다. 태어나 지금까지 통틀어 열 번이나 갔을까. 그런데도 어릴 때부터 비린 것만 찾아 아버지에게는 귀여움을 어머니에게는 눈총을 샀다. 크면 섬사람에게 시집보내겠다는 어머니의 말이 엄포로 들리지 않았던 걸 보면 정말 비린 것을 좋아했던 모양이다.

완만한 호를 그리며 펼쳐지는 백사장과 마을의 낮은 돌담에 걸쳐진 그물들보다도 먼저 떠오르는 건 마당 구석에 있던 독들이다. 젓갈을 담는 독은 일반 독과는 다르게 생겼다. 배부분이 둥글게 부풀어 있지 않고 굽부터 배와 입구까지 비슷한 크기로 올라간다. 그 속에서 몇 년을 묵었는지 알 길 없는 젓갈이 곰삭고 있다. 독 가장자리를 따라 소금버캐가 잔뜩 잃았다. 흐물흐물 형체를 알아보지 못할 만큼 삭은 젓갈 위로 말갛게 기름층이 떴다. 그 짜고 비린 것을 어린애가 싫다고 하지 않고 냘름냘름 잘 받아먹더라고 어머니는 아직도 고개를 내젓는다.

현 주소지를 적는 칸 아래나 위에 꼭 본적지를 적던 시절이 있었다. 그 요식적인 행위가 그곳을 잊지 않도록 했는데 15, 6년 전 이 본적지는 원적지로 물러났다. 행정상 너무도 먼 거리가 불편하기도 했고 그 당시 그곳에는 아무도 남아 있지 않았다. 원적지가 되어 그 주소를 더는 기억하고 쓸 일이 없어졌는데도 아직도 나는 그 주소를 외운다.

지금도 가깝지 않은 길이지만 30여 년 전 그곳은 정말 작심하고 나서야 하는 길이었다. 작심삼일이란 말은 딱 그래서 생겼다고 어릴 적 나는 생각했다. 고향에 가겠다는 아버지의 말은 늘 말로 그칠 때가 많았다. 그만큼 젊은 아버지가 식솔을 거느리고 자주 찾을 거리가 아니었다. 아버지가 그곳을 찾는다는 것은 어머니 제사나 할아버지에게 아쉬운 소리를 할 게 있다는 뜻이었다. 초등학교 사회책에서 전국이 일일생활권에 들었다는 부분을 공부한 지가 한참 되었지만 그곳은 여전히

125

일일생활권 밖에 놓인 곳이었다.

　일단 부산까지 기차로 움직인다. 부산역에 내리면 이미 고만고만한 세 아이와 엄마는 지쳐 있다. 아이들을 재우쳐 부산항까지 이동한다. 배를 타고도 세 시간 남짓 들어간다. 뱃길 세 시간은 또 달랐다. 멀미가 나서 바람이라도 쐴까 갑판에 올라가면 넓은 갑판이 이리저리 흔들렸다. 어질어질 술 취한 사람처럼 갑판 위를 갈지자로 걸었다. 페인트칠이 벗겨져 붉은 녹이 슨 기계실에서 들려오던 굉음과 질 낮은 벙커시유 냄새가 진동하던 낡은 배는 생각만으로도 진력이 난다. 그러다 오랜만의 귀향길에 잘 차려입은 아버지의 양복에 꼭 먹은 걸 게워내곤 했다. 그때 아버지는 지금의 나보다도 훨씬 젊었다.

　배를 타고도 입매 단정하게 앉아 있던 아버지도 기억하는 날이 있다. 태풍이 몰려오던 때였다. 뜨네, 안 뜨네, 말들이 많다가 기어이 출항을 한 배는 얼마 나가지 않아 일엽편주처럼 파도에 흔들리기 시작했다. 어찌나 요동을 치는지 객실에 누가 먹고 버린 멀미약 병들이 객실 이쪽에서 저쪽으로 요란스럽게 굴러다녔다. 굴러다니는 건 약병만이 아니었다. 웬만한 어른들도 다 뱃멀미를 했다. 파도는 들이치고 객실에 깔아놓은 비닐장판은 눅눅한데 더 게워낼 것도 없어 축 늘어진 우리들은 노랗게 멀어진 천장만 보고 있었다. 어떻게 부산항에 도착했는지 기억이 거기서 끊겨 있다.

"거길 막바로 가나?" 아버지 말투는 '거제도'라는 소리만으로도 그곳 사투리로 바뀌었다. 10대 후반 그곳을 떠나와놓고도 거제도란 말만 스쳐도 귀가 번쩍 뜨이는 모양이다. 장승포에 사는 먼 사촌의 전화번호를 불러주고 전화 한번 넣으라는 당부도 잊지 않는다.

터미널로 나가면 통영까지 가는 고속버스가 있는데도 아버지는 지금까지 단 한 번도 그곳까지 직행으로 간 적이 없다. 평생 그랬듯이 부산에 들러 누이들 집을 들여다보고 하루 쉬었다가 고향으로 들어간다. 어머니 산소를 벌초하고 나올 때도 마찬가지다. 부산에 들러 그곳에서 서울로 올라오는 기차나 비행기를 탄다.

아침 일찍 출발하기는 했지만 점심 식사를 거제도에서 하게 되리라곤 기대하지 못했다. 이곳이 정말 이렇게 가까웠나? 버스에서 내린 뒤에도 어리둥절했다. 점심 식사를 한 포로수용소 근처는 서울 시내처럼 번화했다. 여기가 정말 그 거제인가? 좀 당황스러웠다. 내게 거제도는 아주 먼 곳에 있었다.

멍게 비빔밥은 달고 쌉싸름했다. 바다 향이 고스란히 담겼다. 비린 것을 좋아하는 식성은 변하지 않았다. 서울에서 바다가 그리워지면 이렇게 멍게를 한 접시 먹곤 했다. 짭짜름한 물에선 바다 바람이 생각난다. 냄새는 꼭 항구 근처 냄새다. 언제부터 멍게 비빔밥이 거제의 명물이 된 것일까. 어릴 적엔 없었던 것 같다. 어머니는 거제에 올 때마다 음식이 입에 맞지 않아 고생하곤 했다. 부침개는 물론 심지어 물에서까지 비린내가 난다고 오만상을 찌푸렸다.

서울에서는 맛보기 힘든 맛이다. 비빔밥과 함께 먹는 생선 맑은탕도 개운하고 담백하다. 싱싱한 해산물을 싼값에 공수할 수 있기에 가능한 요리일 것이다. 고춧가루를 풀지 않은 건 어쩌면 섬의 특성상 고춧가루 재배가 활성화되지 않은 탓도 있을 것이다. 해산물이 싱싱하면 양념을 많이 쓸 필요가 없다. 여기에 딱 황석어젓만 있으면 좋겠다고 생각하고 있는데 서울에서 전화가 왔다. "도착했나?" 아버지다. 왜 전화했는지 알 것 같다. "밥 먹구 전화할라구요." 사촌에게 전화해봤냐는 말이다. "아부지, 여긴 너무 바뀌었어요"라고 말하려는데 뚝 전화가 끊긴다. 늘 자신이 할 말만 하고 끊어버리는 게 아버지의 오랜 버릇이다. "아부지 여긴 이제 거기 같지가 않아요." 해마다 꼭 한 번은 오는 아버지는 이미 알고 있었을 것이다.

구조라리의 구는 옛 구舊 자를 쓴다. '옛날 조라 마을'이라는 뜻인데 조라를 찾아보았지만 정보가 뜨지 않는다. 구조라의 옛 지명은 항리項里다. 항리어촌계고문서. '소설보다 더 생생한 평민들의 생활사, 투쟁사, 민속사'라는 부제가 달린 문서를 찾아 읽었다.

1863년 항리에는 모두 74호, 남자 141명, 여자 106명이 살았다. 평화로울 것 같은 어촌이지만 그들은 160종이 넘는 각종 명목의 진상과 공물로 지쳐 있었다. 하루가 멀다 하고 왜선들이 표박해왔다. 이들을 밥 먹이고 배를 끌어주고 일일이 옥포나 통영에 보고해야 하고 앞바다를 수시로 수색하고 조사해야 하는 고초가 극심했다. 오죽하면 순라를 돌다 죽겠다는 기록도 보인다. 화재도 있었고 태풍에 큰 변고를 당하기도 했다.

할아버지의 할아버지도 어부로 살았는지는 모르겠다. 그러고 보니 할아버지가 어떻게 거제에 오게 되었는지도 모른다. 어떻게 어부가 되었는지도 모르겠다. 내가 태어났을 때부터 할아버지는 어부였다. 담벼락엔 폐그물 직전의 낡은 그물이 널려 있었고 그곳에선 코를 도려내는 악취가 났다. 난 그것이 바닷물이 썩으며 나는 냄새라고 생각했다. 그물 올올에 스며들어 있던 바닷물은 뭍으로 오는 순간 썩기 시작한다. 고등어나 갈치처럼.

한때는 큰 배를 세 척이나 가진 적이 있었다지만 내가 태어났을 때는 작은 배 한 척이 전부였다. 그 작은 배로 먼바다에는 나가볼 수도 없었을 것이다. 할아버지가 잡아 오는 것은 큰돈도 받지 못하는 잡어들이었을 것이다. 할아버지의 손바닥에는 굳은살이 앉아 제대로 펴지지도 오므려지지도 않았다. 딱 닻을 올리고 돛을 올리는 밧줄 굵기만 했다. 뱃사람과 술은 떼려야 뗄 수 없는 관계인지 작은 부엌 아궁이 앞에는 네 홉들이 소주병이 돌무덤처럼 쌓여 있었다.

평소에는 무뚝뚝하고 조용하던 할아버지가 담벼락의 개구멍으로 드나들었던 건 술이 취했을 때뿐이었다. 바다까지 돌아가는 불편함을 없애려 할아버지는 바다와 면한 담장에 개구멍을 냈다. 어쩌면 서울에서 가끔 오는 손녀들을 위해 뚫어놓은 것일 수도 있다. 덩치가 큰 할아버지가 빠져나가기에 조금 작은 듯했다. 게다가 구멍을 빠져나가려면 어쩔 수 없이 납작 엎드려야 했는데 맨정신일 때 할아버지는 절대 그 구멍으로 나가지 않았다. 할아버지의 자존심은 대단했다. 아버지도 만만치 않았다. 그 둘은 끝까지 불화했다.

하루에도 수십 번 나는 그 개구멍을 들락거렸다. 개구멍 밖은 바로 백사장으로 연결되었다. 백사장 앞으로 따뜻한 수온의 바다가 펼쳐져 있고 그 중간쯤에 수평선을 막으며 섬 하나가 떠 있다. 작은 섬이다. "윤들섬, 윤들섬" 불렀는데 정확히는 윤돌섬이다. 이번 거제 여행에서 처음 알았다.

구조라 해수욕장이라는 이정표가 보이고 버스가 언덕 위로 올라섰다. 구조라 해수욕장이 저 아래 펼쳐졌다. 둥근 호를 그리며 펼쳐진 백사장. 모래알들이 잘아 한 번에 바다까지 뛰어갈 수 있었다. 바닷가 맨 앞줄 바람막이처럼 서 있던 집들 가운데 어디쯤 할아버지의 집이 있었다.

어린 시절 백사장에 서면 저쪽 끝이 아득하게 보이곤 했다. 하지만 이렇게 작은 마을이었다. 버스는 순식간에 그곳을 지나쳤다. 오랫동안 그곳을 그리워했다는 걸 나는 몰랐다. 담벼락에 개구멍이 있고 방 둘, 부엌 하나이던 옛집. 그 옛집은 진작 헐렸다. 스물셋, 내가 마지막으로 구조라를 찾았을 때 그 자리엔 여관이 들어서 있었다.

백사장과 윤돌섬의 거리도 얼마 되지 않는 듯 보인다.

그 옛날, 젊은 아버지는 윤돌섬까지 헤엄쳐 들어갔다. 내가 대여섯 살 무렵이었다. 고무 튜브에 앉은 나는 점점 바닷물이 차가워지는데도 무섭지 않았다. 내 뒤엔 든든한 아버지가 있었다. 아버지는 튜브를 밀며 조금씩 백사장에서 멀어졌다. 젊은 아버지는 입으로 스며드는 바닷물을 요령껏 내뱉으면서 윤돌섬 가까이까지 갔다. 바닷가에 앉아 있던 어머니 말에 의하면 내 머리통이 까치 머리통만큼 작아졌다고 했다. 괜히 불안해져서 어서 오라고 빨리 오라고 손짓을 했다고 한다.

파도가 잠잠하던 그 바닷가도 8월 중순이 지나면 파도가 점점 거칠어지기 시작한다. 어린 시절 그 파도가 내가 입고 있던 팬티를 가져갔다. 순식간에 파도에 휩쓸렸고 허우적대며 나왔을 때 수영 팬티 대신 걸치고 있던 팬티가 없어졌다.

파도가 높아진다는 건 개학일이 다가왔다는 뜻이고 곧 집으로 돌아가야 한다는 이야기였다. 여름 한 철 사귄 아이들과도 이별이다. 점점 커지는 파도를 향해 아이들이 손에 손을 잡고 일렬로 늘어섰다. 파도가 덮치려는 순간 일제히 아이들이 높이 뛰어오른다. 한발 늦은 아이는 고스란히 파도를 뒤집어쓰고 물을 먹는다. 아이들이 캑캑대고 웃고 떠든다. 검둥이들이 뛰어놀던 백사장은 텅 비어 있다. 그 아이들은 다 어디로 갔을까.

구조라 해수욕장을 검색해보면 구조라리 500-1번지로 나와 있다. 해수욕장에도 주소지가 있다는 게 신기하고 재미있다. 구조라리에서 가장 큰 넓이를 가진 곳일 것이다. 그 넓은 백사장 한쪽에서 멸치들이 말라가고 있었다. 멸치는 한 번 삶아낸 뒤에 볕에 널어 말린다. 바닷바람과 태양에 비척비척 말라갈 때가 제맛이다. 물놀이를 하다 나온 아이들은 그 멸치를

먹는다. 뼈만 남고 살만 달랑 떨어진다. 고소하고 배리착지근
하다.

평생 배를 탔던 할아버지는 말년의 몇 년을 서울에서 지냈
다. 큰소리치며 배를 타고 소주를 벌컥벌컥 마시던 사내가 뒷
방 노인네로 물러앉았다. 태양에 그을렸던 등에는 수많은 종기
가 났다. 할아버지 방에서는 종기를 짜낸 고름 냄새가 배어 있
었다.

폐허에 서면 할 이야기가 많아진다. 아무래도 공간이란 우
리의 상상력과도 무관하지 않은 모양이다. 폐왕성에서의 오후
도 그랬다. 3년간 머물면서 대규모의 성을 쌓았다는 것이 믿기
지 않을 뿐이었다. 둔덕면 거림리 우두봉에 위치한 폐왕성 터.
그곳에서 내가 느낀 건 고독감이었다.

고려 18대 임금이었던 의종은 땅끝인 이곳까지 유배되었다.
그 먼 유배길 내내 그는 치욕감에 몸을 떨었던 복위의 꿈에
이를 앙다물었다. 그 먼짓길 끝에 그는 이곳에 도착했다. 폐허
에서 문득 할아버지의 외롭던 그 표정이 떠오른다. 할아버지
는 죽어서도 다시 고향에 돌아가지 못했다.

깊이를 알 수 없는 우물에는 얼마 전 내린 비로 물이 가득
히 고여 있었다. 적들에게 고립된다고 해도 물 걱정 없이 수많

은 날을 버틸 수 있을 것이다. 이곳은 육지와 거제도를 연결하는 견내량을 한눈에 조망할 수 있어 적을 관망하고 차단하는 길목에 위치해 있다. 이곳에선 그는 또 다른 왕국을 꿈꾸었다. 그러나 의종은 복위를 위해 서울로 가던 중 이의민에 의해 죽임을 당하고 만다. 자신이 총애하던 무신 중 한 사람이었다. 돌 조각이 나뒹구는 폐허엔 햇빛만 다글거린다. 그리고 우리들은 모두 우리들만의 이야기에 빠져 있다.

가끔 꿈에서 만나는 할아버지는 작은 텃밭에서 농사를 짓고 있다. 혼자 먹을 양식을 지을 만한 작은 밭에 가지런히 농작물을 심었다. 생전의 모습과는 딴판이다. 하지만 꿈을 좀 더 꾸다 보면 할아버지의 그 밭과 작은 집은 달랑 작은 섬 위에 있다는 게 보인다. 섬은 푸르디푸른 바다 위에 떠 있다. 바닷속에는 은빛 고기 떼가 부산히 헤엄쳐 다닌다. 할아버지 바다의 은빛 고기 떼다.

구조라 해수욕장과는 딴판인 몽돌 해수욕장에서 오랜만에 신발을 벗고 바닷물에 발을 담갔다. 같은 섬인데도 두 개의 해수욕장 사이에 또 다른 시간이 흘렀다는 느낌이 든다. 어릴 적 이곳에 왔을 땐 언젠가 이곳도 구조라 해수욕장의 백사장처럼 돌들이 모래가 될 거라고 생각했다. 몽돌 해수욕장에는 마지막으로 찾았던 스물셋 그때처럼 여전히 몽돌들이 있다. 둥글고 반질반질한 돌. 그런데도 그 돌들을 밟을 때마다 어쿠 소리가 저절로 난다. 달궈진 철판 위를 걷기라도 하는 듯 우리들은 어쿠 소리를 내며 절뚝이면서 바다로 들어갔다. 계절이 일러 바닷물은 차다. 귀를 기울이면 파도가 들어올 때마다 돌들이 뒤척이는 소리가 난다. 돌들은 자기들끼리 부딪히면서 저렇게 둥글어졌을 것이다. 상처가 나는 대신 저렇게 둥글어졌다.

이렇게 아름다운 곳을, 아버지는 왜 떠나지 못해 안달을 부렸을까. 고등어 배에 태우려는 할아버지를 피해 아버지는 서울로 도망쳤다. 그리고 서울에 뿌리를 내렸다. 여전히 비린 것을 좋아하는 채로. 서울 생활은 고단했다. 할아버지는 계집애처럼 곱상하고 책이나 파는 아들이 못마땅했다. 어려서 똘똘한 거 다 죽고 어리바리한 거 하나 남았다고 한탄하던 말을 들은 적이 있다. 그럴 때 할아버지의 표정은 다 잡은 고기를 놓친 듯한 표정이었다.

이곳에서는 자꾸만 풍경들이 멀어진다. 코끝이 자꾸 시큰해진다. "전화했나?" 또 아버지의 전화다. 아버지의 큰댁 형님의 아들이니 나하고는 몇 촌쯤 될까. "전화했는데 안 받아요, 아부지." 기껏 한 번 전화해놓고 큰소리다. 정말 그는 전화를 받지 않았다. 그는 아버지와는 달리 장승포에서 나서 지금까지 장승포에 살고 있다. 서울에 살아보려 했지만 잘 되지 않았고 바로 고향으로 돌아갔다. "그래? 됐다, 고마"라는 말과는 달리 아버지에게는 서운한 빛이 역력하다. 어쩌면 아버지는 나를 통해 아버지의 모습을 보여주고 싶은 건 아닐까. 잘 지내고 있다는. 서울에 잘 뿌리를 내렸다는.

사촌들은 서울에 올 때마다 젊은 아버지의 집에 머물렀다. 밥을 해대고 차비까지 챙겨주느라 젊은 어머니는 고단했다. 오래전 만난 사촌의 얼굴이 가물가물하다. 숙소의 창밖으로 장승포 시내의 불빛이 반짝인다. 저 불빛 중 하나가 사촌의 집일 것이다. 사촌은 생각보다 아주 가까운 곳에 있을지도 모른다. 숙소 밖 거리 하나를 사이에 둔 채로 우리는 만나지 못하고 있을지도 모른다. 사촌에게 다시 한 번 전화를 넣는다. 이번에도 전화를 받지 않는다.

그렇게 거제도의 밤이 깊어간다.

* '아버지 바다의 은빛 고기 떼'라는 제목은 박기동의 소설집 『아버지의 바다에 은빛 고기 떼』에서 차용했다.

공들인
음식

"겨울엔 역시 무지"라고 누군가 말하는데 겨울 무의 쏩쓰레하고 들큰한 맛이 떠올라 입안에 흠씬 침이 고였다. 김장 때면 어머니에게 얻어먹던 그 겨울 무 맛, 특히나 달고 사각대는 푸르스름한 윗동을 차지하려 동생들과 티격태격하기도 했다. 아이스크림이나 케이크, 치킨 등 간식거리가 흔해지면서 언제부턴가 아예 그 맛을 잊고 있었던 거다. 옛집 겨울 풍경이 떠올랐다. 골목 안으로 연탄들이 들어오고 대문 앞마다 배추 장사가 거대한 배추와 무 더미를 부려놓고 가면 드디어 겨울이 시작된 것이다.

유독 우리 집엔 군식구가 들끓었다. 외가와 친가 모두 지방인 데다가 작지만 서울에 집 한 칸이라도 가진 이가 부모님뿐이었던 탓도 있었을 것이다. 기술을 배우거나 구직을 위해 상경한 사촌들이 짧게는 며칠 길게는 두어 달 머물다 떠나가곤 했다. 아직도 어머니는 사촌 누구누구의 이름을 대면서 다 내손을 거쳐 갔다고 말하곤 한다. 그런 말을 할 때의 어머니 표정은 마치 그 사촌들을 낳고 길러 모르는 것 하나 없다는 표정이다. 지방에서지만 번듯한 직장에 아파트도 장만해 처자식을 잘 거두며 살고 있다는 소식이 들려오면 제 자식 일처럼 기뻐한다.

쉴 새 없이 들이닥치는 군식구들 덕에 어머니는 늘 부엌에 있었다. 그때는 화력이 좋은 가스레인지도 없었다. 난방 겸용이던 연탄아궁이와 냄비 밑에 검은 그을음을 묻히던 석유곤로가 전부였다. 지금처럼 온수가 나오기나 했나, 우리는 아침이면 밤새 아궁이에서 끓은 큰솥의 물에 찬물을 타서 아껴가며 머리를 감고는 했다.

일곱 개의 도시락을 싼 날도 있었다. 크기가 서류 봉투만 하던 노란 알루미늄 도시락. 칸막이 하나로 반찬 통이 나뉘던 도시락이라 늘 반찬 국물이 새곤 했다. 사촌 중 하나가 젊은 어머니에게 도시락을 내밀면서 왜 맨날 김치냐고, 김칫국이 흘러 창피해죽는 줄 알았다고 투정을 부렸다. 30년도 더 지난 일인데 어머니는 그 일을 어제 일처럼 이야기한다.

어머니는 고명을 올리거나 모양을 내는 음식에는 솜씨가 없었다. 카레나 짜장도 해주지 않았다. 계란말이보다는 계란찜이었다. 계란을 체에 밭지 않아 구멍이 숭숭 멋대로 뚫리고 밑바닥으로 가면 탄 맛이 나던 그런 계란찜이었다. 가끔 옆집 새댁처럼 카스텔라나 도넛 같은 간식을 만들어주는 세련된 엄마를 바랐지만 그럴 때마다 엄마기 준 것은 찐 고구미거나 술을 넣고 찐 빵이었다.

어머니 음식 중 일미는 단연 고등어구이였다. 연탄에 석쇠를 올려 굽는데 어머니만의 노하우가 있는 모양인지, 시내 유명한 연탄 고등어구이집의 맛도 어머니 맛을 따라가지는 못한다. 가스 불이지만 흉내 내보려 했는데 겉은 바삭하고 속은 부드러운 어머니 고등어에는 발꿈치도 따라가지 못했다.

이맘때가 되면 어머니는 쑥쑥 들어가서 드디어 바닥을 보이는 김칫독 때문에 슬슬 걱정을 하기 시작했다. 150포기가 넘는 김장을 해두었지만 김치볶음을 해서 도시락 반찬으로, 찌개로 한겨울을 나고 나면 별수 없었다. 봄까지는 좀 남았고 먹여야 할 입은 많고, 부엌을 서성이던 어머니의 나이가 지금의 내 나이보다 어렸다는 것을 안 건 얼마 전의 일이었다. 그리고 사람이 무얼 먹고 컸는지, 음식이 언어처럼 사람의 얼굴을 변화시킨다는 것도 알게 되었다.

나는 어머니의 공이 들어간 음식을 먹고 컸다. 추운 겨울, 마당에서 씻어 건져놓은 배추에서 나던 김이 선연하다. 젊은 엄마는 배추 다섯 포기에 한 번씩 곱은 손끝을 호호 불었다. 김장 전에는 메주를 쒔다. 옷에 냄새 밴다고 투덜댔지만 나는 배추속대로 끓인 된장찌개를 제일 좋아한다. 볕이 좋은 날에는 잊지 않고 장항아리의 뚜껑을 열었다. 어머니의 모든 음식에는 시간의 맛이 들어 있었다.

지금도 일주일에 한 번은 친정에 들러 어머니의 음식을 먹는다. 예쁘지 않고 투박하지만 어머니의 음식을 한술 떠 넣는 순간 나도 모르게 하, 막혔던 숨을 내쉰다. 일주일간 사 먹은 음식들, 일의 피로감과 긴장감이 한순간에 풀리는 순간이다. 어머니의 음식은 레시피로 정리될 수 없다. 소금 쬐끔, 참기름 쬐끔 늘 이런 식이다. 하지만 이제 좀 알 것 같다. 어머니는 먹을 사람을 생각하며 쌀을 안치고 국을 끓이고 고등어를 굽는 것이다. 먹을 사람이 맛있게 먹을 생각밖에는 하지 않는다. 그렇게 공을 들이고 또 들인다. 어머니의 밥을 먹을 때면 나도 한 상 정성껏 차려 그 누군가에게 먹이고 싶어진다. 어머니의 밥이 주는 한 말씀이다.

엄마

어느 날 시아버님이 마루를 종종걸음 치는 시어머님을 불러 세웠다. "어매요!" 어머님은 두 귀를 의심했다. 설마 잘못 들었겠지, 되묻기도 전에 다시 아버님이 어머님을 불렀다. "어매요!" 다 늙어빠진 할매라고 놀리는 건가 싶었다. 어머님도 장난처럼 아버님께 물었다. "내가 왜 당신 어매니꺼?" 사이를 두고 시아버님으로부터 청천벽력 같은 답이 돌아왔다. "그럼 누구니껴?"

가끔 물건을 어디에 두었는지 깜빡깜빡한다는 말을 전해 들은 게 몇 년 전이었다. 생신이라 가족들이 다 모여 식사를 하고 케이크의 촛불도 껐는데 자식들이 다 돌아간 그날 밤, 어지럽혀진 집 안을 둘러보며 "아까 누가 왔었는가?"라고 물었다는 이야기를 들었을 때 병원에 갔어야 했다. 요즘 들어 아버님은 별일 아닌 일에도 불같이 화를 내고 좀처럼 진정하지 못했다.

서울로 올라와 진찰을 받았다. 시아버님의 병명은 우리가 짐작한 대로였다. 초기라는 것과 약으로 진행 속도를 늦출 수도 있다는 것이 다행이라면 다행이었다.

나빠지지도 않았지만 좋아지지도 않아서 여전히 어머님을 어매로 부르고 난데없이 화를 내서 어머님이 간을 졸이는 모양이다. 아버님이 혼동할 만큼 두 분 모습이 닮았을까. 외모 때문이 아니라 집안에 그렇게 나이 든 사람이라곤 '어매'밖에 없다고 생각하는지도 모른다. 다행히 아버님이 착각하는 시간은 길지 않다. 그 수 초 동안 아버님은 얼마나 먼 과거까지 다녀오는 걸까. 어쩌면 결혼도 하지 않은 먼 과거일지도 모른다. 어머니의 귀여움을 한 몸에 받던 어린 시절이다. 아니면 신혼 무렵일까. 시부모님은 스무 살이 채 되기도 전에 혼인해 60년 가까이 살았다. 저렇게 늙은 여인이 당신 아내라는 걸 꿈에도 모를 것이다. 그 짧은 시간 아버님은 혈기 왕성하던 젊은 시절로 돌아가 있다.

반짝, 정신이 돌아오면 홍안의 아내는 온데간데없고 흰 머리에 주름살투성이인 아내가 서 있으니 그때마다 제일 많이 놀라는 건 아버님 자신일지도 모른다. 투정을 부릴 어매는 아예 없다. 그렇게 재확인하는 현실은 더욱 차갑기만 할 것이다. 여든 살이 넘은, 나이 들고 기력 없는 노인 하나가 있을 뿐이다. 꿈이라면 깨고 싶다. 그때마다 아버님은 누구에게랄 것도 없이 버럭 화를 낸다.

타국의 공항에서였다. 비행기를 기다리는데 "엄마" 하고 제 엄마를 부르는 아이의 목소리가 또렷하게 들려왔다. 그 목소리를 쫓다 백인 가족에 낀 동양 여자애를 보았다. 한국에서 입양된 아이들이 많다는 정보가 없었대도 한눈에 입양된 아이라는 걸 알았을 것이다. 엄마라는 말을 기억하고 있어 제 양어머니를 한국말인 '엄마'로 부르는 듯했다.

전날 한 모임에서 만난 시인도 어릴 적 입양되어 그곳에서 자란 젊은 여성이었다. 그녀는 동료에게 그토록 부유한 한국이 왜 아직도 다른 나라에 아이들을 입양 보내고 있는지 이해할 수가 없다고 했다. 자신을 이곳으로 보낸 한국이 싫어 한국 책까지도 멀리했다는 그녀가 내년 한국을 방문할 예정이다. 바로 엄마를 찾기 위해서다. 그녀는 혼자서 배운 한국말로 벌써 "엄마" 하고 불러보았을지도 모른다. 투정과 어리광, 미움과 그리움이 한데 섞였을 그 말, 엄마.

불현듯 집에서 엄마를 기다리고 있을 아이가 몹시 그리워졌다. 눈을 뜨자마자 아이가 제일 먼저 찾는 것은 제 엄마다. 엄마가 제 옆에 없으면 "엄마!" 크게 부르면서 단숨에 부엌으로 달려와 품에 안긴다. 겁이 났었는지 가슴이 콩닥거린다.

혹시나 아버님도 두려운 것이 아닐까. 남아 있는 삶에 대한 불안. 너무도 나약해진 자신의 처지가 한없이 비관스러울 것이다. 화를 내도 풀리지 않아 어릴 때 그랬던 것처럼 엄마를 찾는 것은 아닐까. 아버님이 어매를 불러 세워 말하고 싶은 건 이런 게 아닐까. "어매요, 나 무섭니더. 정말 무섭니더."

앉다
혹은 서다

매일 아침 새소리에 잠을 깨고 싶지만 실상 아침마다 잠을 깨우는 건 이웃 남자의 소변보는 소리다. 늘 같은 시간 기상하는 그는 밤새 참고 참았던 소변을 오랫동안 보는 걸로 하루를 시작한다. 10여 년 전에 지어진 아파트라 방음 시설이 좀 부실한 탓도 있겠지만 아침 6시는 아직 고요할 시간이다. 지금처럼 겨울이 다가올 때면 사위는 그때까지도 어둑하다. 발 아래쪽 천장을 타고 흘러내려오는 그 소리에 눈이 떠지면 맨 처음 드는 생각이 음, 별일 없으시군, 이다. 한 번도 만난 적 없고 이야기를 나눠본 적도 없지만 다행히 그는 건강하게 하루를 맞이하고 있는 것이다. 그러면서도 매번 생리적이고 자연스러운 그 소리가 달갑지 않다. 어느 날은 불쑥 이런 생각이 들고 말았다. '뭐야? 남자인 걸 자랑이라도 하는 거야?' 당사자인 그도 그 소리가 자신의 집 문밖으로 샐 줄은 꿈에도 알지 못할 것이다.

직업적인 습관이랄까, 잠은 진작 달아나고 일어나기는 싫고 뒤척이면서 이런저런 연상들을 해본다. 그의 나이와 신장, 변기에 낙하된 뒤 튀어 사방에 흩어질 소변 방울들의 긴 여정이 영화 〈마이크로코스모스〉의 한 장면처럼 떠오른다. 우리의 예측과는 달리 소변 방울은 아주 멀리 튀어 변기 옆 세면대, 세면대 위에 나란히 걸린 가족의 칫솔들에까지 튄다.

앉아서 소변보는 남자들에 관한 이야기가 오간 건 어느 주말 저녁이었다. 우리 부부와 동생네 부부, 내게는 시숙이 되는 남편의 형이 오랜만에 한자리에 모였다. "우리 회사 남자 직원 둘은 진작 앉아서 소변을 보고 있대." 동생의 말에 와, 탄성을 지르려는데 말을 잘못 들었다는 듯 시숙이 끼어들었다. "뭐요? 남자가 앉아서 뭘 해요?" 그에게는 금시초문인 이야기였다. 화장실 위생은 물론이고 잔뇨가 남지 않아 비뇨기 쪽의 질환에 걸릴 확률이 낮아진다는 동생의 말에도 그는 전혀 귀를 기울이지 않았다. 그에게는 앉아서 소변을 보는 행위 자체가 남자이기를 포기하는 일처럼 느껴지는 모양이었다. "남자가 왜 앉아요? 여자예요?" 독일은 물론 일본의 많은 남자 또한 앉아서 소변을 보고 있다고, 우리나라의 유명한 남자 배우도 그렇게 실천하고 있다는 이야기를 해도 그는 요지부동이었다.

시숙이 불쑥 남편에게 물었다. "닌 할 수 있나?" 남편이 자신 있게 말했다. "난 할 수 있다." 시숙은 어이가 없는 표정이었다. 그쯤 해서 우리는 화제를 바꾸었다. 이 문제도 어느 남자들에게는 종교의 문제처럼 타협의 여지가 없는 일일지도 모른다는 생각이 들어서였다. 소변보는 자세를 바꿀 생각이 조금도 없는 시숙에게 나는 솔직하게 말하지 못했다. 남자 손님들이 왔다 간 뒤 더러워진 변기 청소는 늘 제가 해왔답니다.

이제 다섯 살짜리 둘째가 혼자 소변을 보기 시작했다. 예전에는 어디서나, 쉬 소리만 하면 빈 우유병을 들고 득달같이 달려갔는데 이젠 제 스스로 볼일을 본다. 기특하다고 며칠 두었는데 그 뒷감당이 쉽지 않다. 변기까지 가지 않고 목욕탕 문 앞에 서서 타일 바닥에 소변을 본다. 물을 뿌린다고 했는데 금방 소변 냄새가 배었다. 타일 자국에도 소변 자국이 남았다. 몇 번이나 변기에 가서 소변을 보라고 주의를 주었지만 자신은 아직 키가 작아 변기에 맞지 않는다는 것이 아이의 변이다.

이 녀석 하는 걸 보니, 오줌을 누면서 장난도 친다. 가까이에 있는 슬리퍼를 겨냥하기도 하고 조금 떨어져 있는 샴푸병을 겨냥하기도 하는 모양이다. 여자는 생각조차 할 수 없는 일이다. 자연스럽게 아이는 자고로 남자란 서서 소변을 봐야 한다고 생각이 굳어질지도 모른다. 서서 소변을 보는 일로 여자와 다르다고 또 하나의 잣대를 가질지도 모른다.

오늘 아침도 나는 여전히 그 소리에 눈을 뜬다.

빈집

　어린이집에 가기 싫다는 아이의 투정을 받아주느라 하루 직장을 쉬었다. 아이는 겅둥거리면서 장난감 칼로 보이지 않는 괴물과 한판 대결을 벌인다. 마루 한쪽에 앉아 밀린 일을 뒤척이며 가끔 아이의 상대가 되어주고 아이가 휘두른 칼에 몇 대 맞기도 하면서 하루를 보냈다. 저녁이 다 되어오니 아이가 불안한 듯 묻는다. "엄마, 자고 나면 어린이집 가야 돼? 엄마 회사 가야 돼?" 혹시나 또 어린이집에 가지 않는다고 할까 봐 그렇다고 단호하게 대답해주었다. 아이가 시무룩해졌다. "해가 뜨지 않으면 엄마 회사 안 가도 되는데……."

　20여 년 전에 본 드라마 한 장면이 떠오른다. 아침마다 회사 가는 엄마와 떨어지기 싫어하는 아이가 장난감 칼을 들고 베란다로 뛰어나가 해를 마구 찔러댄다. 그때나 지금이나 달라진 건 없다. 아이들은 해가 뜨는 걸 싫어하고 아침마다 해는 떠서 아이와의 전쟁이 시작된다. 아이를 깨워 억지로 밥 몇 술 떠먹이고 어린이집으로 가는 차 안에서 아이는 곧잘 눈물을 뺀다.

잠자고 있는 아이를 들여다보니 부쩍 키가 자란 듯하다. 여섯 살 형님이 되었다고 제 입으로 말하면서도 종종 아기 짓을 하고 그게 부끄러워 "아하, 이젠 형님이지"라고 말해 우리를 웃긴다.

무럭무럭 자라주어 기쁘면서도 걱정이 앞선다. 초등학교 입학할 날이 멀지 않았다. 초등학교에 들어가면 어린이집에서처럼 종일 봐주지 않는다. 점심 먹고 귀가하면 부모가 퇴근해 돌아올 때까지 네댓 시간을 혼자 지내야 한다. 어쩌면 너무도 외로운 나머지 아이는 빈방에 대고 다녀왔습니다, 혼잣말을 할는지도 모른다. 오래전 어머니가 병원에 집에 없었던 한 달여를 나는 아직도 기억하고 있다. 텅 빈 집. 현관문을 열고 들어와 "다녀왔습니다"라고 말한 뒤에야 아무도 없다는 걸 깨닫고는 했다. 봄이었는데도 집 안은 썰렁했다. 누군가 고요히 내 내부를 들여다보는 듯했다.

예전처럼 아파트 열쇠를 목에 걸지 않아도 혼자 집을 지키는 아이들은 금방 티가 난다. 낯선 어른을 경계하고 웃으며 건넨 인사말에 대꾸조차 하지 않는다. 여차하면 뛰어내릴 기세로 엘리베이터 층수 판 옆에 딱 붙어 서 있다. 유난히 검은 옷을 자주 입는 나를 볼 때마다 화들짝 놀라는 여자애도 있다. 가끔 외투 단추를 잠그지 않거나 모자나 목도리를 빼놓고 다니는 걸로 보아 그 애도 집에 혼자 있다 학원에 가는 듯하다. 아이를 돌봐줄 이가 없어 방과 후 저녁때까지 이 학원 저 학원으로 돌린다는 친구의 말이 떠오른다. 나도 그래야 할까? 집에서 아이가 혼자 할 일이라곤 컴퓨터게임일 테니까. 어린이 게임이라도 수위가 너무 높다. 뿐만 아니라 성인물 같은 눈을 찌푸리게 하는 장면투성이다.

중학생이 되면 좀 나아질까. 외려 자신의 일에 대해 함구할는지 모른다. 우리도 그때부터 그랬으니까. 혼자만의 비밀을 갖기 시작했으니까. 시시콜콜 이야기하기 귀찮기도 하고 괜히 부모에게 걱정을 끼칠 수도 있으니까. 부모라고 고민은 들어주지 않고 보기만 하면 공부하라는 말밖에 하지 않을 테니까. 우리는 우리가 집을 비운 사이, 아이와 아이의 친구들이 빈집으로 몰려와 어떤 일을 하고 있는지 짐작조차 할 수 없을 것이다.

다니던 길에 뚝딱, 수많은 고층 건물이 들어섰다. 겉으로 보기에 이곳은 정말 살기 좋은 곳이다. 그런데도 왜 사람들의 눈빛은 빈집 같은 걸까. 이젠 작가들까지도 실적을 내놓아야 한다. 실적이 없다면 운영비 일부를 지원받는 집필실 이용도 어렵게 되었다. 지금 우리를 놀라게 하는 일들은 실적과 성과주의, 눈에 보이는 것만을 좇아온 우리의 탓이다. 그것이 부메랑이 되어 우리를 치기 시작한 것이다.

언제나 괜찮아질까. 번쩍 정신을 차리고 보니 여섯 살, 우리 아이가 곤히 자고 있다. 다행이다, 아직 여섯 살이다.

증조부로부터

합정역에서 상수역에 이르는 곳곳이 재개발 공사에 들어갔다. 낯익은 건물들과 즐겨 다니던 골목이 사라지고 어느 날 공사를 알리는 거대한 가림막이 시야를 가로막았다. 가림막 틈새로 들여다보니 무너진 건물 잔해가 산더미처럼 쌓였다. 순식간에 한 마을이 흔적도 없이 송두리째 사라졌다. 이 기세로라면 우리 아파트 바로 아래까지 밀고 들어오는 것도 시간문제다. 낡고 오래된 건물들이 사라진 자리에는 늘 그렇듯 초고층 빌딩들이 들어설 것이다.

얼마 전 지방에서 돌아오는 기차 안에서 곁에 앉은 선배의 고향 이야기를 들었다. 몇 개의 성씨 집단이 모여 사는 집성촌 이야기는 생소한 만큼 흥미로웠다. 선배는 증조부와 증조모의 행적을 환히 꿰고 있었다. 불현듯 그가 내게 "혹시 증조부의 함자가 어찌 되시는지?"라고 물어올까 봐 조마조마했다. 조부라면 몰라도 증조부에 대해 들어 기억하는 바가 전혀 없었다.

1970년 우리가 이사 들어간 집은 당시 집 장사로 불리던 이들이 지어 판 양옥이었다. 골목 하나를 사이에 두고 좌우로 늘어선 집들은 대문의 손잡이 모양까지 비슷해서 가끔 만취한 어른들이 다른 집을 찾아가 제집 아이 이름을 불러대곤 했다. 그들은 고향은 물론이고 직업이 다 달랐다. 그런 그들이 동네 공터에서 축구를 할 때면 호흡이 잘 맞았다. 아마 고향을 떠나 서울에서 일가를 이룬 가난한 가장의 사정을 서로 잘 알았기 때문일지도 모른다. 빚을 내 구입한 그 집값을 갚느라 부모들은 허리가 휘었다. 하루하루가 팍팍한데 과거를 돌아보고 제 뿌리를 기억하는 일이 여의치 않았을 것이다. 나도 겨우 조부의 함자를 외웠을 뿐이다.

집 안에 내력 있는 물건이라곤 없었다. 아버지의 박봉을 쪼개 월부로 산 텔레비전과 냉장고가 부의 상징이었다. 반짝반짝 새것일수록 더 좋았다. 새로 산 냉장고 문을 열어보며 신이 난 어머니 얼굴이 생생한데 지금은 그 골목도 찾을 수 없다. 진작에 골목은 없어지고 그 자리엔 아파트 단지가 들어섰다.

그 선배의 증조부로부터 시작되어 요즘 곳곳에서 증조부란 말을 접한다. 한 달 전 일본 교토에서였다. 우리가 묵은 일본 전통 가옥의 오카미상은 젊은 여성이었다. 그녀는 증조부로부터 물려받은 옛집을 보존할 방법을 궁리하다가 이렇듯 여행자들에게 개방했다. 소박한 6조 다다미방 곳곳에서 세월이 느껴지는 물건들을 발견했다. 오래된 가구들의 다리는 흠집투성이였다. 부지런한 안주인의 빗자루질에, 장난꾸러기 아이들의 장난감에 무던히도 부딪혔던 모양이다. 2층으로 올라가는 가파른 계단의 디딤판과 손잡이도 얼마나 많은 이의 발과 손이 닿았는지 반지르르했다.

미국의 한 젊은이가 지하실을 청소하다가 케케묵은 만화책들을 발견했다. 오래전 사망한 증조부의 유품들로 그는 평소 만화를 즐겨 읽었다. 그가 수집한 수십 권의 만화들 중 상당수가 희귀본들로 현재 시가로 수십억 원을 호가한다고 한다.

내 증조부들은 어떤 사람이었을까? 어쩌면 누구를 닮은 건지 알 수 없는 내 기질 중 하나가 바로 그 어른으로부터 물려받은 것인지도 모른다. 그도 가끔 나처럼 이유 없이 불안해졌을까. 물론 족보를 찾아보면 함자 정도는 알 수 있을 것이다. 그리고 보니 증조부는 물론 조부의 유품도 하나 남아 있는 것이 없다.

우리 집에서 가장 오래된 것들을 떠올려보았다. 20년 넘은 볼펜? 내가 태어나 목욕했던 '스뎅' 통? 그러다 생각났다. 우리 집에서 가장 오래된 건 바로 나다.

나는
월경月經하면서 월경越境한다

여자는 자신의 몸속에 집을 가지고 태어난다. 자궁子宮. 아기가 태어날 동안 아기를 보호하고 영양을 공급하는 이 집은 구중궁궐처럼 몸속에 숨어 보이지도 만져지지도 않는다. 배꼽 아래 서양배를 거꾸로 세워놓은 듯한 모양으로, 크기는 자신의 주먹 쥔 손 크기와 비슷하다. 난자가 수정되지 않으면 자궁속막의 벽에서 바깥층 세포가 떨어지는데, 그것이 월경이다…….

10년에 걸쳐 딸 셋을 낳은 엄마는 50대 중반에 폐경을 맞았다. 그 시기는 묘하게 내 결혼과 맞물렸다. 35년 남짓 힘차게 활동하던 엄마의 난소가 내게 바통을 넘겨주기라도 한듯 나는 그 이듬해에 딸아이를 낳았다. 나는 넘겨받은 바통을 쥐고 레이스를 뛰느라 레이스 밖으로 밀려난 엄마를 돌아볼 짬이 없었다. 게다가 난 그때까지도 엄마를 여자라고 생각해본 적이 없었다. 엄마는 여자도 남자도 아닌 엄마라는 제3의 성性을 가진 사람이었다.

그로부터 10년이 흘렀다. 차를 마시고 이야기를 나누는 모임에서 요사이 부쩍 나이 듦에 관한 이야기들이 불거져 나오기 시작했다. 선배들은 대략 내 나이보다 예닐곱에서 열 살 이상 연상으로 이미 폐경을 경험했거나 그 전조를 느끼고 있는 모양이었다. 이유 없이 얼굴이 붉어지고 가슴이 두근거릴 뿐 아니라 현기증이 나고 우울해진다. 노안 때문에 돋보기를 쓴다고 했을 땐 세월이 무상하다며 웃던 선배들이 폐경을 앞두고는 그 여유마저 잃어버렸다. 폐경기의 가장 큰 증후는 늙는다는 것에 대한 두려움인 것이다.

어느 순간 시든 꽃처럼 치장을 중단하고 펑퍼짐해져버리는 여자들, 아침저녁으로 쫓아오는 무엇인가로부터 도망치듯 운동에 매달리는 여자들. 폐경기가 되면 여자의 자궁은 사춘기 시절 이전처럼 작아지고 섬유화되며 혈액 공급이 줄어든다. 오정희 선생은 소설 『옛우물』에서 자궁이 "말린 오얏처럼 쪼끄러들었다"라고 했다.

딸아이가 다니는 초등학교의 학부모 모임에서 만난 한 엄마는 몇 년 전 종양으로 자궁 적출 수술을 받았다. 30대 중반으로 젊고 건강한 사람이었다. 가게를 하고 있어 학교 모임이 있는 날이면 종종 소형 트럭을 몰고 왔다. 자신의 이야기를 마치 남 이야기하듯 해서 듣는 사람들의 충격이 더 컸다. 얼굴에

난 점 하나를 제거한 듯한 무심한 어조였다. 집에 돌아와서도 그 엄마의 하얀 얼굴이 자꾸 떠올랐다. 빚보증을 잘못 서서 자신의 집에 붙은 차압 딱지들을 보는 표정이랄까. 느닷없는 일에 대해 아직 실감하지 못하고 있는 듯했다. 여자란 무엇일까. 생물 시간, 선생님이 월경과 임신, 출산, 호르몬의 이름을 나열하고 있는 동안 나는 공책 한 귀퉁이에 낙서를 끼적였다. '여자＝자궁.' 그렇다면 자궁이 기능을 상실하거나 아예 없어져버리면 여성성은 상실되는 것일까.

중학교 2학년이던 그해 여름, 다섯째 시간과 여섯째 시간 사이 초조初潮는 시작되었을 것이다. 나는 내 몸속에서 흘러나온 무엇이 내 속옷에 떨어지고 있다는 것을 알아채지 못했다. 어쩌면 며칠 전부터이거나 몇 주 전, 초조를 알리는 증상들이 나타났을 것이다. 불현듯 아랫배가 쿡 쑤셨다거나 이유 없이 신경질이 나 문제집을 풀던 연필심을 부러뜨렸다거나. 나는 속옷을 무릎께에 걸친 채로 그런 생각들을 했다.

붉은 얼룩. 손톱 크기만 한 얼룩 두어 개. 다급하지만 제대로 내지르지도 못한 내 비명이 핏빛으로 물든 듯했다. 어떻게 해야 할지 몰라 쩔쩔매고 있는 사이 화장실 밖에 줄지어 선 아이들의 신경질적인 노크 소리가 이어졌다.

내 초조는 그렇게 뜻밖의 방문객이 두드리는 노크 소리처럼 왔다. 달갑지 않은 손님이었다. 나는 아직 겨드랑이에 털 오라기 하나 없었고 가슴도 밋밋했다. 초경이 늦었다는 집안 내력도 한몫 거들었을 것이다. 엄마는 한 번도 내게 생리에 대해 말해주지 않았다. 집안의 맏이였기 때문에 그런 이야기를 해줄 언니도 없었다. 동화 속의 어린 소녀처럼 칼에 찔린 거라고 생각하지 않은 것만도 다행이었지만 사실 칼에 위협당하듯 공포스러웠다.

엄마는 생선과 파 사이에 묻어 월경 전용 속옷 한 장을 사왔다. 적자줏빛의 속옷에는 면 생리대를 끼울 수 있는 띠가 앞뒤로 두 줄 박혀 있고 생리혈이 새지 않도록 얇은 비닐이 덧대어 있었다. 그 빛깔이 어쩌나 촌스럽던지 딱 한 번 입고 서랍 속에 처박아버렸는데도 지금 손에 들고 있는 것처럼 기억이 생생하다. 엄마는 장롱 서랍을 열어 막내가 썼음 직한 묵은 기저귀를 여러 장 꺼내 펼쳐놓았다. 가위로 자르고 단은 감침질을 했다. 커다란 솥에 넣어 소청을 푹푹 삶았다. 빨래 삶는 내가 집 안에 진동했다. 그동안 나는 붉은 생리 전용 속옷에 엄마의 소청을 대고 앉아 있었다. 난 그때까지도 엄마가 아직도 생리 중이라는 것을 알지 못했다. 엄마는 한 번도 우리 앞에 생리대를 펼쳐놓지 않았다. 사용한 면 생리대는 봉투 속에 따로 모아 지하실에 둬왔다는 것을 나중에야 알았다.

소청을 삶고 물이 말개지도록 헹구었지만 어디에 널어야 할지 고민이었다. 우리 집에 기저귀를 찰 만한 아이가 없다는 것은 동네 사람이라면 다 알았다. 햇빛이 드는 옥상에 널어야 했는데 혹시 앞집에 사는 소꿉친구의 눈에라도 띄었다간 두 번 다시 그 애의 얼굴을 볼 수 없을 것 같았다. 결국은 엄마가 널고 엄마가 걷어주었다. 소청을 알맞은 크기로 접을 때는 한바탕 난리가 났다. 마침 아버지는 출장 중이었다.(북태평양의 섬에 사는 어느 부족은 초경을 하는 딸의 모습을 아버지가 보게 되는 날이면 그 딸이 소경이나 귀머거리가 된다는 믿음이 있다.) 막내는 소청으로 온몸을 둘둘 말고 미라처럼 장난을 치고 둘째는 내 얼굴을 빤히 들여다보다 꿀밤을 맞았다. 엄마가 뛰어다니는 막내에게 소리를 치고 막내가 소청 자락에 걸려 넘어져 찔찔 짜고 그러다 네 명의 여자가 숨이 넘어가게 웃었다. 그것이 내 초조의 파티라면 파티였다. 늦은 밤 나는 부엌에 쪼그리고 앉아 얼룩이 묻은 속옷을 비벼 빨았다.

엄마는 '그 귀찮은 것'으로부터 해방된 지 10년이 다 되었다. 10년 전 엄마는 어땠나. 내색은 하지 않았지만 내 선배들과 같은 증상들로 당황스러웠고 외로웠을 것이다. 폐경은 초조와는 또 다른 공포를 불러일으켰을 것이다. 귀찮은 것 안 하니 속 시원하다고 했지만 폐경 이후로 엄마는 잔병치레가 많아졌다. 급작스레 살이 찐 것도 그때 이후가 아닐까 생각된다. 초경이 있은 지 20년이 훌쩍 지났지만 나는 아직도 월경이 시작되면 약속들을 미루고 온종일 미열에 시달린다. 외출을 한다 해도 중학교 초조 때처럼 내 엉덩이에 혈흔이 묻지는 않을까 전전긍긍한다. 35년이라는 난소의 활동 시간으로 짐작하건대 내 난소는 벌써 반환점을 돌았다.

　스물여덟의 가을, 나는 열세 시간이 넘는 산통을 겪으면서 산부인과의 분만 대기실에 누워 있었다. 막달에 이르자 주먹만 하던 자궁이 수십 배로 팽창되었다. 출산은 큰 공포였다. 내가 누운 침상 위의 천장에 두 줄짜리 형광등이 박혀 있었는데 나는 어디선가 주워들은 대로 사물들이 검게 보일 때를 기다렸다. 개인 병원이라 분만 대기실 밖에 선 보호자들의 목소리를 들을 수 있었는데 어느 순간 그 목소리들 사이에서 엄마의 목소리가 두드러졌다. 날이 어두워지지도 않았는데 병원에 온 걸 보면 조퇴를 하고 온 듯했다. 내 옆에는 나처럼 출산을 기다리며 누운 임신부가 있었다. 산통이 가시면 한두 마디씩 짧게 이야기를 나누었는데 그 임신부는 초산에 만산이었다. 천장이 검게 물러났다. 쉴 틈 없이 산통이 밀려왔다. 오래전 막내를 낳던 엄마의 모습이 떠올랐다. 문밖으로 고통에 찬 엄마의 신음 소리가 흘러나오는데 산파는 문을 잠그고 열어주지 않았다. 새끼를 낳던 개도 생각났다. 고통 때문에 암캐는 마당 안을 *낑낑*대며 돌아다녔다.

고통을 이기지 못한 임신부가 기절을 했다. 비몽사몽간에 의사와 간호사 들의 슬리퍼 소리와 기계음, 정신 차리라고 큰 소리치는 간호사의 목소리를 들었다. 그 경황에 분만실로 갔고 얼마 후 아기의 울음소리와 딸이요, 라는 말을 들었다. 간호사가 분비물과 피가 묻은 아기를 내 얼굴에 들이밀었는데 안경을 벗어놓은 뒤라 아기의 얼굴이 희미하게 보였다. 아기의 얼굴을 잘 보려 눈을 찌푸리면서 나는 그 아이가 나와 비슷한 길을 걸어가겠다라는 생각뿐이었다. 분만실 밖에서 반나절을 서 있던 엄마가 나를 보며 울먹였다. "왜 하필 딸이라니……." 엄마는 말끝을 잇지 못했다.

딸아이와 전신 거울 앞에 나란히 서서 우리의 몸을 들여다본다. 자신의 배꼽 아래에 자신의 조막만 한 손을 가져가 붙이면서 딸아이가 웃는다. 아이가 자라 손이 커지면 아이의 자궁도 그만큼 커질 것이다. 그때쯤이면 더 이상 월경이 농작물을 썩게 하고 화초를 시들게 하고 싹과 꿀벌을 죽이고 과일을 떨어뜨리고 술을 식초로 만들고 우유를 상하게 하는 더러운 불순물로서의 피가 아니라 신성한 피라고 생각하게 될까.

『남자가 월경을 한다면』이란 책에서 글로리아 스타이넘은 말한다. "남자가 월경을 하게 되면 월경은 부러움의 대상이 되고 자랑거리가 될 것이다. 초경을 한 소년들은 비로소 남자가 되었다고 자랑스러워할 것이다. 남자들은 자신이 얼마나 오래 월경을 하며 생리량이 많은지 자랑하며 떠들어댈 것이다. 장군과 우익 정치인, 종교 광신자들은 월경은 남자들만이 전투에 참가해 나라에 봉사하고 신을 섬길 수 있는 증거라고 주장할 것이다."

엄마는 이제 월경과 임신, 출산으로부터 자유로워졌다. 이청해 선생님은 "이제 백바지를 마음 놓고 입을 수 있다" 환호했다고 한다. 어느 순간부터 나는 내 자궁의 자연스러운 리듬을 좋아하게 되었다. 수없이 반복하는 생성과 소멸. 우주의 이치가 내 배 속에 들어 있다. 나는 월경月經을 하면서 월경越境한다.

길고 길었던
여름이 간다

　엄마는 내 마음을 몰라줬다. 땅이 꺼져라 한숨을 쉬며 걷고 있는 날 보고도 무슨 걱정이 있느냐고 묻기보단 호주머니에 왜 손은 넣고 다니느냐고, 볼품없어 보인다고 지청구부터 하던 엄마였다. 사춘기를 겪으면서 일어나는 변화들도 엄마에게 듣기보단 앞서 경험한 동네 언니나 친구에게 들어 알았다. 그런 엄마가 야속하기보다는 좀 어색했다.

　그래서였을까, 딸을 낳았을 때는 엄마도 이렇게 힘들게 나를 낳았구나, 라는 생각은 잠시 내 엄마와 달리 나는 딸에게 친구 같은 엄마가 될 거라는 결심부터 했다. 당황하지 않도록 이런저런 귀띔을 해주고, 혹시나 준비물을 빠뜨리고 등교하면 혼이 나봐야 그런 실수 다시 않는다는 엄마의 주장과는 달리, 전력 질주해 딸아이를 따라잡곤 했다. 돌아오는 길에야 트레이닝복에 앞치마 차림이라는 걸 깨닫고 창피스러워졌다. 반은 흘려들을 거면서도 학교에서 돌아오면 무슨 일이 있었냐고 물었다. 그 애가 식탁 의자에 앉아 짧은 두 다리를 대롱거리면서

조잘조잘 수다를 떨 때면 사춘기에 접어든 딸을 두고 원수도 그런 원수가 없다며 고개를 젓던 여자 선배의 이야기가 남의 일처럼 느껴졌다.

그해 여름방학 내내 큰애는 하는 일 없이 뒹굴댔다. 여느 고등학교 2학년생이라면 꿈도 꿀 수 없는 일이었다. 지나치다 방 안을 들여다볼 때면 누워 있는 그 애의 모습이 보였다. 밀린 공부나 독서는커녕 친구도 만나지 않는 눈치였다.

고작 1년 반이었다. 자정 넘어 어둑한 아파트 광장을 들어서는 대형 학원 버스가 괴기스럽게 보이기 시작한 뒤로 아이와 결정해 내린 일이었다. 책가방을 들고 의무적으로 학교와 학원을 왕복하는 것에서 벗어나 입시와는 무관한 과목도 배우고 친구도 사귀고 자연 속에서 지내면서 안에 고갱이가 잡히기를 바랐다. 그 애가 엄마 손이 닿지 않는 지방 학교로 간 지 1년 반이었다.

아이는 입을 꾹 다물고 아무 말도 하지 않았다. 퇴근해 파김치가 되어 돌아온 어느 날 나도 모르게 소리를 지르고 말았다. "허리가 부러졌냐!" 내 목소리는 내가 듣기에도 낯설었다. 그 애는 마지못한 듯 일어나 앉았다. 내 얼굴은 바라보지도 않았다.

둘째를 낳고 산후 조리차 친정에 묵을 때였다. 초인종이 울리고 누군가 들어섰다. 혹시나 잠들었을 딸을 배려한 듯 엄마와 방문자는 소곤거렸다. 하지만 집 안은 저요해서 띄엄띄엄이야기가 건너왔다. 출산한 딸과 신생아의 건강에 관한 대화가 오갔다. 도란도란, 어느 말끝엔가 엄마가 수줍은 듯 말했다. "내 딸은 나랑 달라. 목소리도 나처럼 크지 않아. 나랑 정말 달라." 그제야 알았다. 내가 엄마를 어색해했던 것만큼 엄마도 딸이 어색했다는 것을. 콩나물 한 줌 더 달라며 실랑이를 벌이는 엄마가 창피해 멀찍이 떨어져 있던 딸. 물어봐야 모를 게 빤하다는 듯 "엄만 말해도 몰라"라고 쏘아붙이던 딸. 한 번도 엄마에게 힘들지 않느냐고 묻지 않았다. 딸도 엄마 마음을 몰랐다.

아이를 한 학기 동안 맡아주었던 홈스테이 선생님의 눈가가 촉촉해졌다. 밥도 잘 먹지 않고 수업도 빠질 만큼 끙끙 앓았던 날도 있었다고 했다. 선생님도 애가 많이 탔던 모양이었다. 그 애에게 어떤 고민이 있는지 아무것도 모른 채 서울의 나는 신이 나 학교를 뛰어다니는 그 애의 모습만 그리고 있었다.

아이를 학교에 내려놓고 차를 돌렸다. 해가 떨어지자 삽시간에 산 그림자가 마을을 뒤덮는다. 무슨 일 있어, 라고 묻지 못한 채 방학 내내 아이를 재우치기만 했다. 힘이 들면 좀 쉬어도 된다고, 때로는 아무 생각 없이 누워 있어도 괜찮다고 말하지 못했다. 지리산 계곡과 숲을 지나왔을 바람이 불었다. 어

제 바람과는 확연히 달랐다. 어느새 길고 긴 여름이 가고 있
었다.

거울아,
거울아

거울아, 거울아. 아이가 틀어둔 영어 테이프 소리가 웅얼웅얼 마루까지 날아온다. 『백설 공주』의 새 왕비가 마법 거울 앞에 서서 자신의 미모를 확인하는 장면인데 거울은 냉정하리만치 바른 소리만 한다. 아이는 새 왕비라면 질색이다. 나에게도 어린 딸처럼 백설 공주 편이던 때가 있었다. 새엄마를 미워하는 아이는 언젠가 자신의 모습에서 거울 앞에 서서 분노하고 좌절하고 가슴앓이하는 왕비의 모습을 발견하게 되리란 걸 아직 모른다.

몇 해 전 홍대 근처의 카페 화장실에서 낯선 얼굴과 대면한 뒤로 나는 거울을 제대로 보지 않는다. 화장실의 비누 얼룩 튄 거울 속에는 불그죽죽하고 세월에 긁힌 낯선 얼굴이 들어 있었다. 사방을 두리번거리다가 거울 속의 불안한 여자의 눈과 눈이 맞았다. 이 도플갱어를 어찌 해야 하나, 전전긍긍하고 있는데 누군가가 신경질적으로 계속 노크를 해댔다.

막내가 한 남자를 소개받았다. 성형외과의라는 말에 누구랄 것도 없이 우, 탄성을 냈다. 주변에 아는 의사라곤 한 사람도 없었던 탓이기도 했지만 다른 분야도 아니고 성형외과라는 사실에 혹했던 것이다. 어느 날 그 의사가 우리 세 자매를 병원으로 초대했다. 병원은 자그마했고 커피 끓는 냄새가 났다. 벽면 곳곳에 수술 전후를 찍어 붙여놓은 사진들만 없었다면 분위기 좋은 카페라고 해도 괜찮을 곳이었다. 병원 한쪽의 열린 문 안으로 여러 기구를 이용해 살을 빼고 있는 사람들이 보였다. 우리는 간호사의 도움으로 체지방 수치를 재어보았다. 평균치 아래의 몸무게라 자신 있었는데 간호사 말이 마른 비만이라고 했다. 그러면서 내 몸에 이런 지방 덩어리가 두 개 있다면서 누르스름하고 물렁물렁한 플라스틱 덩어리를 척 내놓았다.

의사는 수술 중이었다. 그사이 병원의 젊고 아름다운 매니저가 우리 얼굴을 쓱 훑어보더니 '견적'을 냈다. 우선 내 경우는 급한 대로 이마와 양미간에 주름을 제거하고 턱을 부드럽게 고칠 필요가 있다고 했다. 그제야 매니저가 들이민 거울 속에서 실금처럼 팬 주름살이 보였다. 강인하게 생긴 턱이 자칫 지나치게 고집스러워 보일 수 있다는 말을 들으니 왜 이렇게 얼굴이 고집스럽게 보이는지. "제가 몇 살일까요?" 느닷없이 매니저가 물었다. 기껏해야 30대 초반처럼 보였는데 40대 초반, 중학생 엄마라고 했다. 어쩌면 저렇게 동안일까, 의심스러워하고 놀라워하며 매니저의 얼굴을 요모조모 뜯어보는데 매니저가 자신의 손가락으로 이마와 코, 턱 그리고 배를 찍었다. 그러면서 말했다. "원장님과 친한 분들이니까 싸게 해드릴게요."

작년과 마찬가지로 올해 초도 동안童顔 열풍으로 시작하려는 모양이다. 신년 잡지를 뒤적이다가 「5년 젊어지는 법」이라는 기사를 발견했다. 예전 30대면 아줌마, 아저씨로 불렸는데 이젠 자신을 그렇게 생각하는 30대는 드물다. 사회 전반적인 풍토 때문일까. 예전 같으면 경제적으로 독립했을 20대들이 여전히 10대처럼 해맑은 얼굴을 하고 부모에게서 용돈을 받아 쓴다. 마흔에서 오를 빼면 서른다섯. 10년이면 모를까 5년 젊어지는 것으로는 턱없이 부족하다.

30대 중반, 소도시의 도서관에 들렀다가 한 독자로부터 질문을 받았다. "이제 중년의 삶으로 접어들었는데 어떤 계획을 가지고 계신가요?" 그때까지 한 번도 자신을 중년이라고 생각해보지 못했고 중년이 올 거라고 생각도 못했던 나는 충격 속에 말을 얼버무리고 말았다. 돌아오는 길에 택시를 탔는데 택시 기사가 룸 미러로 내 얼굴을 자꾸 훔쳐보더니 조심스레 "아, 줌마, 죠?" 했다. 대답 없음을 긍정으로 생각한 그는 택시에서 내리는 그 순간까지 나를 아줌마라고 불렀다. 그때 그에게서 껌을 질겅질겅 씹어대듯 나오는 아줌마란 말이 죽은 쥐를 밟은 것처럼 너무도 징그러웠다.

어머니의 40대가 떠오른다. 내가 엄마 얼굴을 엄마라고 지각하던 그 순간부터 지금까지 어머니 머리 모양은 늘 한결같다. 짧게 커트한 머리카락을 보글보글하게 파마했다. 어머니의 머리 모양은 어머니가 기쁠 때나 슬플 때나 뛸 때나 심지어 물구나무를 선다고 해도 늘 그 모양이었다. 어린 내 눈에도 어머니는 여자라는 생각이 들지 않았다. 어머니도 거울을 들고 가슴앓이하던 때가 있었으리라는 걸 나는 알지 못했다.

얼마 전까지만 해도 우리는 만나면 먼저 몇 년생이냐고 물었다. 조심스럽게 묻는다고 무슨 띠인지, 몇 학번이냐고 돌려 묻기도 한다. 나이를 알고 나야 그 사람을 어떻게 대해야 할지 나름 자세가 정해지는 것이다. 그런데 요즘은 나이를 묻는 것조차 실례가 되었다. 어느 대기업에서는 신입 사원의 나이를 묻지 않고 채용하기도 했다. 예전 남자애들은 술을 마시다가 나이 때문에 옥신각신했다. 이름은 기억 안 나는데 술에 잔뜩 취해 몸도 가누지 못한 채 전봇대를 붙잡고 서서는 "민증 까! 섀꺄!"라고 고함지르던 남자애 생각이 난다. 그 남자애도 지금은 어려 보인다는 말에 화장실에 가서 쿡쿡 웃을 나이가 되었을 것이다.

　나이가 든 남동생이 제 나이는 생각하지 않고 20대 초빈의 여자만 구한다고 친구가 혀를 찬 적이 있었다. 정신과 전문의가 쓴 칼럼에 의하면 남자들이 젊고 아름다운 여자에게 반하는 것은 바로 그 여자의 생산성 때문이란다. 그 여자가 아이를 잘 낳을 수 있나 없나, 은연중에 그것에 끌리는 것이다. 그렇다면 왜 이렇듯 신생아 수는 격감하고 있는 걸까. 아무튼 여자의 경우, 젊고 아름다움이란 경쟁력이다. 좀 나이가 들면 더는 시선을 받을 수도 없다. 전철을 탔다가 노약자 보호석에 앉은 할아버지 한 분이 계속 나를 올려다봐서 당혹했던 적이 있다.

　나는 10대 후반에도 아가씨로 불렸다. 나이가 들어 보이는 타입이었던 것이다. 그때는 어른스러워 보인다는 말이 칭찬처럼 들렸다. 아마도 실제 나이가 가지고 있는 자신감이 배후에 있었기 때문이었을 것이다. 그런데 어느새 나는 나이보다 어려 보인다는 인사성 멘트에 기뻐하게 되었다. 어두운 밤 한 청년이 정신없이 건네준 전단지를 받고 고마워 뛸 듯 기뻐하기도 했다. 전단지에는 "100% 부킹, ★★나이트클럽"이라고 쓰여 있었다.

　동생은 예닐곱 번 만남 끝에 그 성형외과의와 헤어졌다. 엄마가 왜 정형외과 의사랑은 잘 안 되냐고 막내에게 재우쳐 물었다가 "정형외과가 아니라 성형외과라니까"라는 핏대 높인 막내의 소리를 들었다. 우리는 그 의사를 소개해준 남자를 한 시간가량 욕했다. 어떻게 소개팅 한 사람을 상대로 영업을 하냐, 화를 내다가 그때 싸게 해준다고 할 때 할걸, 후회하기도 했다.

거울아, 거울아. 양미간의 가로 주름 두 개가 자꾸 신경 쓰인다. 가로 주름보다는 세로 주름이 더 지적으로 보인다는 글을 읽은 뒤로 이왕 생길 거면 세로 주름이 생겼으면 좋겠다는 생각을 한다. 가로보다는 세로 주름이 시각적으로 얼굴을 더 갸름하게 보이게 할 테니 말이다.

엄마가
없는 동안

　존 쿠체의 장편소설 『엘리자베스 코스텔로』에는 작가를 엄마로 둔 아들이 등장한다. 아들은 성인이 된 뒤에도 어릴 적 상처를 그대로 가지고 있다. 매일 아침이면 엄마는 글을 쓴다는 이유로 그와 동생을 떼어놓고 방으로 들어가 방문을 잠가버렸다. 어떤 상황에서도 아이들은 엄마에게 갈 수 없었다. 잠긴 문 앞을 서성이며 칭얼대도 문은 열리지 않았다. 그는 자신을 불행하고 외롭고 사랑받지 못하는 아이라고 생각했다. 그는 서른셋이 될 때까지도 엄마가 쓴 소설을 읽지 않았다. 그것이 글을 쓴다고 자신들을 방으로 들어오게 하지 못한 엄마에 대한 복수라고 생각했기 때문이었다.
　'엄마 가산점제'에 관란 논란을 지켜보면서 이 장면이 떠올랐다. 소설 도입부의 짧은 장면을 지금까지 강렬하게 기억하고 있는 것은 그 책을 읽을 무렵 내 처지는 소설보다 더 나쁘면 나빴지 좋지 않았기 때문이었다. 새로운 일을 막 시작했는데 돌이 지나 여기저기를 헤집고 다니는 아이를 데리고 출근

할 수는 없는 일이었다. 할 수 없이 아이를 친정에 맡겼다.

남자 작가인 쿠체가 어떻게 그 감정을 콕 집어낼 수 있었을까, 라는 감탄은 잠시, 걷잡을 수 없이 죄책감이 밀려왔다. 아이를 처음 친정에 맡기던 날이 떠올랐다. 혹시나 따라간다고 투정 부릴까 봐 슬그머니 일어나 현관으로 나오는데 거실 쪽에서 엄마를 찾는 아이의 목소리가 들렸다. 발길이 떨어지지 않았다. 다음 날 아침, 밤새 엄마를 찾지 않고 잘 잤다고 이렇게 대견할 수가 없다고 전화를 걸어온 친정 엄마 옆으로 아이의 목소리가 새어 들어왔다. "어마, 어마."

뭘 그리 대단한 일을 한다고 말도 제대로 못하는 아기를 떼어놓은 걸까. 갑자기 하고 있던 모든 일들이 하잘것없는 일처럼 느껴졌다. 그 무렵 세 살까지 아이는 엄마가 키워야 한다, 적어도 세 살이 될 때까지 엄마 손에서 자라야 아이의 정서가 안정된다는 요지의 책들이 연달아 출간되어 불안하기까지 하던 차였다. 그때마다 당장 아이를 데려오겠다고 마음먹었지만 몇 시간 지나지 않아 흐지부지되곤 했다. 퇴근해 해야 할 일도 산더미였다. 아이는 그렇게 18개월을 외할머니와 생활했다. 친정집 동네에서 친구들을 사귀고 "엄마"보다는 "할미"라는 말이 더 입에 붙게 되었다.

결혼과 출산, 육아로 자신의 꿈을 접는 친구들을 많이 보아

왔다. 이른 아침 아파트 광장에서 아이를 데려다주느라 젖은 머리카락을 말릴 겨를도 없이 송송거리는 엄마들과 부딪히기도 한다. 잠깐 우리는 서로를 바라본다. 서둘러 한 화장은 오늘도 하얗게 들떠 있다.

아이를 데려와 함께 생활한 지 오래되었지만 아직도 그때 일을 떠올리면 죄책감부터 밀려온다. 그땐 왜 그랬을까, 내 손으로 아이를 길러야 했는데…… 여전히 후회막급이다.

후배들이 가끔 질문을 해온다. 양육과 일, 두 가지에 늘 끌려다니는 나로서는 결혼하지 않은 후배들에게는 결혼하지 말라고, 결혼했지만 아이를 낳지 않는 후배들에게는 아이를 낳지 말라고 머리부터 흔든다.

왜 양육을 엄마에게만 떠넘기는지 모르겠다. 일을 선택한 많은 엄마들이 가지게 되는 죄책감에 대해서는 그 누구도 위로해주지 않는다. 세 살까지의 양육이 한 개인의 인성에 그렇게 중요한 것이라면 그때까지만이라도 부모가 번갈아가며 돌볼 수 있도록 지켜봐줄 수는 없는 걸가. 남편들의 육아휴직, 아이와 같이 출퇴근할 수 있는 직장 내 보육 시설 확충만으로도 많은 부분이 해결될 수 있을 텐데…….

18개월 엄마와 떨어져 있던 그 시기가 훗날 아이에게 어떤 식으로 나타날지 잘 모르겠다. 마흔이 넘어도 엄마가 증발한 것처럼 사라졌던 그날을 기억하고 깜짝깜짝 놀랄지도 모른다. 무엇보다 엄마인 나는 오랫동안 그 죄책감에서 벗어나지 못할지도 모른다.

통증

아이가 수술을 받고 병실로 올라간 시간은 밤 11시 무렵. 불 꺼진 병실은 어둑했다. 높낮이가 다른 숨소리 사이로 이따금 뒤척이는 소리와 신음이 끼어들었다. 침대에 달린 개인등 불빛에 흐릿하게 병실 윤곽이 드러났다. 병실 안쪽까지 좌우로 나뉘어 일곱 개의 침대가 다닥다닥 붙어 있다. 빈 침대는 없다. 오늘 누군가 퇴원하지 않았다면 우리 아이도 응급실 한쪽에서 밤을 보내야 했을 것이다.

열이 오르는 몸을 젖은 수건으로 닦아내는 동안에도 아이는 헛소리를 중얼댄다. "……시여." 무엇이 싫다는 걸까? 축축하게 젖은 수건이? 밥에 든 콩이? 어린이집 계단을 뛰다 선생님에게 혼나고 부동자세로 한참 벌을 선 것이? 아파도 참아야 하는 형이 되는 것이?

이렇게 아픈 줄 모르고 어린이집에 가기 싫어 꾀를 부린다고 의심했다. 아파서 제대로 서지 못하는 아이에게 "혹 어린이집 가기 싫어 그런 거면 솔직히 말해, 그럼 엄마가 회사 안 가고 일주일 내내 너랑 놀아줄 테니까." 아이는 긍정도 부정도 아닌 묘한 표정을 짓더니 배시시 웃었다. 놀리듯 아이에게 재우쳐 물었다. "너 꾀병이지? 꾀병 맞지?"

밤이면 왜 통증은 더 심해지는 걸까. 아이의 울음소리, 깜빡 존 모양이다. 우리 아이인가 싶어 화들짝 깼는데 맞은편 침대의 아이다. 얼마나 오래 아팠는지 마음껏 울지도 못한다. 아파서 우는데 우니까 더 아프다. 그르렁그르렁 가래가 끓어오르고 잠에서 깼지만 피곤에 절어 잠을 쉽게 떨치지 못하는 엄마의 짜증이 이어진다. 창가 쪽 아기도 깨어 운다. 울음소리로 미루어 갓난아기다. 가까스로 잠든 아이들도 소란에 칭얼댄다. 새벽에 몇 번이나 병실의 환자와 보호자는 모두 잠에서 깬다.

보호자 침상은 한국 여자 평균 키인 내 키에 딱 맞는다. 프로크루스테스의 침대. 다행이다. 이렇게 딱 맞으니 늘릴 일도 줄일 일도 없다. 다리라도 좀 들썩일라치면 침상 받침 중 하나가 끽끽 소리를 낸다. 침상 밖으로 떨어지지 않게 두 손을 배위에 공손하게 모았다. 절대 아프면 안 된다. 환자답게 아플 권리도 아무에게나 주어지지 않는다. 금세 견갑골이 배긴다. 이정도의 통증은 1일까, 2일까.

아침이 오고 밤새 앓았던 아이들도 잠이 들었다. 환자 대부분이 장기 입원 환자들이다. 인원이 적은 병실로 옮기고 싶지만 여러 달 쌓일 입원비는 감당하기 어렵다. 옆 환자도 석 달째라고 했다. 필요한 일용품들이 조금씩 쌓여 자취생 이삿짐 분량만큼 늘었다. 점심 무렵 창가 쪽 젊은 부부가 백일 떡을 돌렸다. 아기는 태어난 뒤 바로 이 병실로 옮겨져 이곳에서 백일을 맞았다. 부부의 소망은 돌 전에 귀가하는 것이다.

올해 두어 번의 병원 경험을 통해 알게 된 것 중 하나가 바로 통증 진단 척도다. 0에서부터 10까지 총 11단계로, 단계를 나타내는 수치 아래 얼굴 표정이 그려져 있다. 말을 하지 못하는 아이의 경우엔 그림의 얼굴과 아이의 표정을 비교해서 통증 정도를 파악하고 그에 따른 진통제 처방을 내린다. 참고로 분만 시 통증이 7에서 8이라고 했다.

우리 아이의 표정은 6과 7 사이, 수술 직후부터 쭉 진통제를 달고 있다. 밤에 깨어 칭얼대던 아이의 표정은 8, 웃는 듯 우는 듯 좀처럼 알 수 없는 얼굴이다. 아이는 수액으로 버티고 있다. 씹고 삼키는 식사를 한 지 오래되었다. 나보고 어떻게 하라는 거냐고 짜증을 내던 아이의 엄마 표정은 5. 옆 침상 석 달째 거동을 못하는 아이에게 매일 유동식 튜브의 호스를 갈아 끼우고 체중을 다느라 번쩍번쩍 아이를 들어 올리는 엄마의 얼굴, 그 표정은 11단계 어디에도 없다. 그녀는 아무렇지도 않은 듯 통증을 참고 있다. 그래서 존경스럽고 그래서 안타깝다.

태평한
미아

지난 2월 출장으로 두 번 대구에 갈 기회가 있었다. 일정도 짧지 않아 각각 사흘, 나흘이었다. 가족과 떨어져 혼자가 되는 기회는 정말 흔치 않았다. 일단 혼자 걸을 수 있다는 생각에 신이 났다. 일곱 살 아이의 보조에 맞추는 것이 아니라 내 속의 리듬에 따라 빠르게도 느리게도 걸을 수 있다.

첫 번째 출장 때는 일정이 너무도 바듯했다. 전철을 타고 약속 장소에 갔다가 저녁 늦게까지 일을 보고 다시 전철로 숙소까지 되돌아오는 일정이 반복되었다. 조금씩 낯선 지명도 눈에 들어왔다. 칠성시장, 아양교, 성당못, 안지랑…… 언젠가 그곳에 가보고 싶었다.

대구에 갈 때마다 기온이 급강하했다. 대구는 다른 도시보다 지하도가 발달해 있다. 여름의 혹서와 겨울의 혹한으로 바깥 생활이 어렵기 때문에 일찌감치 지하도가 발달한 거라고 지인이 알려주었다. 지하철 두 정거장 이상의 거리가 지하도로 연결되어 있다. 종종걸음으로 걸어도 30분이 좋이 걸릴 시간이다. 전국에서 가장 넓다는 지하 광장도 반월당역 근처에 있다.

졸업 철이었다. 꽃샘추위에 대구의 학생이란 학생들이 다 지하도로 몰려 진풍경을 만들기도 했다. 두 번 다 지하도 덕을 톡톡히 보았다. 지하상가 구경만으로도 재미가 쏠쏠했다.

두 번째 출장 때에야 여유가 조금 생겼다. 춥다고 숙소에만 있을 수는 없었다. "밥이나 먹을까?" 단출한 옷차림으로 길을 나섰다. 숙소에서 지하도로 길 하나를 건너니 바로 대구의 번화가라는 중앙로가 펼쳐졌다.

낯선 곳을 기웃거릴 때는 일단 '밥이나 먹자'라는 마음으로 걷기 시작한다. '산책'이란 말이 어쩐지 쑥스럽다. 대구로 떠나기 전날 인터넷으로 맛집과 볼거리, 교통수단 등을 검색해두었다. 대구 중앙로의 떡볶이 거리가 유명하다는 것을 알았다. 대구에 출장을 간다고 했더니 얼마 전 다녀왔다면서 친구가 맛집 몇 곳을 추천해주었다. 총각 둘이 밥을 던지듯 마는 김밥집은 꼭 들러보라고 했다.

길은 반듯하고 넓었다. 대형 건물들 중심으로 도시가 재정비되면서 자연스럽게 블록화되었다. 길들이 바둑판처럼 반듯반듯하다. 오래 전 삿포로를 찾았을 때 그 도시의 특징 중 하나가 블록화된 거리였던 것이 떠올랐다. 가로와 세로의 번호만

알면 찾고자 하는 곳을 금방 찾을 수 있다. 확실히 맨 처음 목적지를 찾아갈 때는 유용하다.

　큰길을 따라 걸었다. 총각 둘이 김밥을 만다는 가게는 중앙로 초입에 있었다. 총각 둘인 줄 알았는데 김밥집 뒷골목에 검은 유니폼에 두건을 쓴 청년 셋이 덜덜 떨면서 담배를 피우고 있었다. 청년 여러 번이 순번을 정해 김밥을 마는 모양이었다. 골목길 으슥한 곳에서 담배를 피우던 남자애들이 떠올랐다. 그 애들은 꼭 전봇대를 구심점으로 몰려 서 있었다. 춥지도 않은데 추운 것처럼 다리 하나를 떨어댔다.

　중앙로로 들어서면서 표지판을 보았지만 무시하기로 했다. 딱히 목적지가 있는 게 아니었다. 나중에 돌아가기 쉽도록 중간중간 특색이 될 만한 건물이나 가게의 상호를 기억해두었다. 그런데도 만약 돌아갈 길을 잃어버린다면, 그것이야말로 내가 고대하던 일이었다.

　낯선 도시에서 미아가 되는 것, 늘 해보고 싶던 일이었다. 물론 언어가 통하지 않는 이국땅이라면 좀 난처할 것이다. 종교나 국경 문제로 늘 신경이 곤두서 있는 곳이라면 좀 두렵기도 할 것이다. 하지만 대구다. 아무런 문제가 없다. 스스로 자신을 미아로 만드는 것. 늘 그것을 뭐라고 이름 지을까 고민했었는데 얼마 전 읽은『우연한 산책』이라는 책에서 딱 어울리는 이름을 발견하고 속으로 쾌재를 불렀다.

태평한 미아.

『우연한 산책』의 우에노 하라는 문구 회사의 중견 영업 사원이다. 근무나 휴일, 길을 나서면서 우연한 산보가 시작된다. 잡지나 텔레비전에서 소개한 골목길을 따라가는 것은 의미가 없다. 우연히 예상치 못한 골목에 접어들고 그 길을 미아처럼 서성이는 것이다. 그러다 발견하게 되는 일상의 풍경들.

밥을 먹자고 나섰지만 사실 대구에서 어떤 장소와 우연히 마주치게 된다면, 그곳은 옛 동료가 결혼했던 결혼식장 같은 곳이면 좋겠다는 생각을 했다. 대구가 고향이었던 옛 동료의 결혼식, 관광버스를 대절해서 직장 직원들이 모두 대구에 왔었다. 대구가 고향인 다른 직원의 안내를 따라 우르르 몰려다녔기 때문에 예식장 이름도, 동네도 다 잊어버렸다. 그러고 보니 그 직장에는 유난히 대구가 고향인 사람이 많았다.

결혼한 동료는 나와 띠동갑이었다. 나는 갓 스무 살 초반에 들어섰지만 그는 서른 중반을 향해 치닫고 있는 노총각 중의 노총각이었다. 뒤늦은 그의 결혼을 진심으로 축하했지만 돌아오는 버스 안에서 괜히 울적했다. 그가 결혼한 뒤에야 내가 그를 좋아했다는 걸 깨달은 것이다. 나는 늘 그를 삼촌뻘 아저씨로만 생각했다. 그도 나를 큰형의 딸로 대했다.

멋대로 길을 건넜다. 거리의 특징을 찾아내려 하지만 거기가 거기 같다. 서울에서 늘 보아왔던 브랜드 일색이다. 커피 전문점들도 체인점들이다. 대구만의 특색이 없는 듯해 아쉽다. 거대 체인점은 이렇듯 지역의 특색을 한순간에 없애버렸다. 지역의 맛도 한순간에 레시피화했다.

대구백화점, 이곳 사람들이 흔히 '대백'이라고 부르는 곳 앞을 서너 번 지나쳤다. 이미 방향을 잃었다는 증거다. 직장 동료의 결혼식 날, 우리는 대구백화점 앞을 지나쳤다. 술이 잔뜩 취한 직원 하나가 고래고래 노래를 불렀다. 대구에 맨 처음 생긴 백화점이라는 말에 다시 한 번 올려다보았을 것이다. 그때는 가장 높은 건물이었던 듯한데 지금은 사방의 고층 빌딩에 갇혀 있다.

건물과 건물이 좁은 골목을 만들었다. 골목 입구에는 골목 안의 가게를 알리는 간판들이 죄다 나와 붙어 있다. 서로 눈에 들어보려 아우성을 치는 듯한 간판들 속에서 재미있는 이름의 간판을 발견했다. 국숫집이다. 경주의 새색시가 대구로 이사를 와서 국수를 팔기 시작했을 것이다. 제대로 된 간판을 올릴 즈음 새색시는 이미 할머니가 되어 있었을 것이다. 그래서 붙여진 이름. 경주할매국수.

좁은 골목을 따라 들어가니 국숫집 간판 아래 노인 두 분이 서성이고 있었다. 모처럼 국수를 먹으러 왔는데 하필 문을 닫았다는 것이다. "요즘은 살기 편해져서 일요일을 다 찾아 묵는다." 그러더니 대뜸 여긴 어떻게 알고 찾아왔냐고 물으셨다. "간판을 보고 왔어요"라는 대답에 "대단하네, 대단해!" 웃으신다. "형님, 그럼 거로 가십시다." 허탕을 친 두 분이 2차로 고른 집은 육개장집. 문득 대구 토박이인 두 분을 따라가볼까, 라는 생각이 든다. 이렇듯 예상치 않았던 일도 하게 된다. 새로운 길로 접어드는 것, 밥을 먹으러 나왔다가 새로운 국면을 맞게 되었다. 이것도 태평한 미아만이 알 수 있는 기쁨일 것이다.

두 분은 대구에서 형님, 아우로 지내던 절친한 사이였다. 갑자기 서울로 간 형님이 아직 대구에 살고 있는 큰아들 집에 올 때면 늘 동생을 만나 식사를 하고 술잔을 기울이는 듯했다. 길이 낯설기는 토박이인 분들에게도 마찬가지였다. 거기가 거기 같은 길에 두 분도 길을 헤매다 겨우 육개장집의 노란 간판을 발견했다.

나는 '골목 끝 집 여자애'로 불렸다. 아파트에서 나고 자란 우리 아이들은 골목을 잘 모른다. 1단지, 2단지가 있을 뿐이다. 내가 살던 골목에는 또래의 여자애가 별로 없었다. 남자애들 천지였다. 연년생인 바로 밑의 동생은 여자애라기보다는 선머슴 같았다. 세 딸 중 맏이인 내게 엄마는 각별히 신경을 썼다. 머리를 길러 늘 양 갈래로 땋았다. 새 옷도 늘 내 차지였다. 그 골목에서 고등학교 2학년 때까지 살았다.

결혼하고도 늘 꿈을 꾸면 여전히 나는 그 집에 살고 있었다. 걸을 때면 마루가 삐걱거리던 집, 집 장사로 불리는 사람이 똑같이 지어 올려 대문의 문고리 모양까지 똑같던 집. 조금씩 그 집 가장의 취향에 따라 문과 담장 색깔이 변해가던 집.

가끔 술 취한 이웃집 아저씨가 자신의 집으로 잘못 알고 들어와 그 집 아이 이름을 불러대곤 했다. 우리 아버지도 같은 실수를 했다. 등교하려 버스 정류장까지 가려면 미로처럼 얽힌 골목골목을 한참이나 빠져나가야 했다. 늦잠을 잔 날이면 골목이 너무 길었다.

집들을 다 허문 그 자리엔 오래전 대단지 아파트가 들어섰다. 한참 돌아나가던 골목도 없어졌다. 아파트 광장을 가로지르는 데는 시간이 별로 걸리지 않는다.

육개장집을 나와서도 한참을 걸었다. 1978년에 문을 열었다는 통닭집도 있다. 길을 건너고 왼쪽, 오른쪽으로 꺾어 걸었다. 그러다 눈에 띈 커피집. '자가배전가배白家焙煎珈琲'라고 쓰인 간판이 독특하다. 간판을 보는 내공을 기르고는 있지만 늘 반은 맞고 반은 맞지 않는다. 자가 배전이라면 커피를 가게에서 직접 볶는다는 뜻일 것이다. 낡은 간판과는 달리 안은 젊은 손님들로 북적인다. 커피집 한쪽에 앉아 천천히 커피를 마시고 책꽂이에 꽂힌 책도 읽었다.

해가 조금 기울었다. 거리엔 여전히 젊은이들로 꽉 차 있다. 이제 슬슬 돌아가볼까. 그런데 전혀 알 수 없다. 방금 어느 길로 들어와 이 커피집에 온 건지도 생각나지 않는다. 기준점을 삼은 가게들이 모두 비슷비슷하다.

국숫집까지는 분명 길을 기억하면서 걸었다. 국숫집 앞에서 노인들을 따라가면서 방향이 엉키기 시작한 것이다. 나름 내가 걷는 방식이 있었지만 그분들의 방식에 휘말린 것이다. 어느 길로 들어왔는지도 모르니 육개장집 앞까지 가볼 수도 없다. 동서남북. 길은 너무도 반듯하고 가게는 엇비슷하다. 이젠 감이 떨어진 걸까.

어차피 저녁까지는 별다른 약속도 없다. 괜찮다. 마음 내키는 대로 걷기 시작한다. 길을 건너고 왼쪽으로 꺾는다. 그토록 되고 싶던 태평한 미아가 된 것이다.

나의
자전거

땡볕……. 맨 처음 자전거 페달에 발을 올려보던 그 순간이 아직도 꿈에서 되풀이된다. 꿈에서조차 나는 그날처럼 불안 불안하고 조마조마해 어쩔 줄 모른다. 이상한 건 자전거를 곧 잘 타게 된 뒤로도 그 꿈을 꾼다는 것이다. 그러고 보니 자전 거 꿈과 번갈아 자동차를 운전하는 꿈도 꾼다. 운전할 줄 몰랐 을 때는 무작정 내달리는 자동차 안에서 뭘 어떻게 작동해야 하는지 몰라 쩔쩔매는 꿈을 꾸었는데 운전을 하고 난 뒤로는 브레이크가 고장 나 말을 안 듣는다거나 자동차 전면 창이 거 대한 새의 똥으로 뒤덮여, 시야 제로인 상태에서 앞을 보기 위 해 애를 쓰는 꿈으로 구체화되었다. 그런데 자전거 꿈은 여전 히 자전거 페달에 첫발을 대던 초등학교 3학년에서 더 나아가 지 않는다. 자전거에 관한 한 꿈속에서 여전히 나는 초등학교 3학년이다.

땡볕이 내리쬐던 무더운 여름이었다. 수인성 전염병이 창궐 해서 진작 학교 수도는 단수되었다. 목이 탔다. 금방 옷이 소금

땀에 전 걸 보면 아마 여름방학을 1, 2주 정도 앞둔 어느 날이었을 것이다. 방과 후 학교 운동장에는 집으로 돌아가지 않은 조무래기들이 삼삼오오 모여 놀고 있었다. 우리는 학교 밖 자전거포에서 붉은 녹이 곳곳에 앉고 안장이 허리 높이쯤에 올려오는 두발자전거를 빌려왔다. 뒤에서 자전거를 잡아줄 사람은 없었다. 친구들 또한 나처럼 자전거를 배우느라 여념이 없었다. 친구들은 두 페달에 채 발을 다 올려보기도 전에 자전거와 함께 풀썩 뜨겁게 단 운동장에 나동그라졌다.

왜 느닷없이 자전거를 배우기로 마음먹은 것인지, 누구의 제안으로 방과 후 운동장에 남았는지는 다 잊었다. 앞뒤 장면이 잘린 채 우리는 땡볕이 쏟아지는 그늘 한 점 없던 운동장에서 제 몸보다 커서 힘에 부치던 낡은 자전거를 끌고 당기면서 자전거를 배우려 애를 쓰고 있다. 자전거가 쓰러질 때마다 햇빛을 받은 휠이 빛을 반사했다.

몇 번 넘어지면서 자전거 바퀴에 쓸리고 뜨거운 모래알들이 뺨에 달라붙었다. 나는 넘어지는 것이 겁났다. 머리를 쓴다고 쓴 것이 수돗가에 자전거를 기대두고 수돗가 위로 올라간 뒤에 안장에 엉덩이를 걸치는 거였다. 가까스로 올라앉으면 한 발로 힘껏 수돗가를 떼밀었다. 수 초 동안 자전거는 균형을 잡았다. 자전거가 균형을 잃고 넘어지려는 순간 나는 재빨리 한

발을 땅에 대서 자전거와 함께 넘어지는 것을 막았다. 그러니 그 뒤로는 한 번도 넘어지지는 않았다.

햇빛이 누그러졌다. 여전히 나는 수돗가 주변을 떠나지 못했다. 또다시 안장 위로 올라가기 위해 수돗가 위에 섰을 때 나는 친한 친구가 신나게 페달을 밟으며 운동장을 따라 원을 그리는 것을 보았다. 고작 몇 시간 동안 그 애는 자전거를 탈 수 있게 된 것이다. 자전거를 되돌려주려 자전거포에 갈 때 그 친구는 자전거를 직접 타고 갈 수 있었다. 나는 자전거를 끌고 터덜터덜 그 뒤를 따라 걸었다. 낙오자라도 된 듯 비참했고 친구에 대한 열등의식으로 가슴 한복판이 뜨겁게 아팠다. 그날 자전거는 내게 생채기 하나 남기지 않았다. 그런데 그 어떤 호된 기억이 자꾸 나를 그날로 끌고 가려는 것일까.

체육 시간이 심드렁해진 것은 그날부터였을지도 모른다. 100미터 전력 달리기의 출발선 앞에 서면 그날 신나게 자전거를 몰고 교문을 통과해 달려가던 친구의 뒷모습이 떠올랐다. 내 얼굴을 향해 날아오는 피구 공을 보고도 피하거나 잡지 못했다. 그렇게 초등학교를 졸업하고 중학생이 되었다.

어머니는 예순 살이 훨씬 넘은 어느 봄날, 처음으로 자전거 안장에 앉아보았다. 어머니의 체중에 아이의 두발자전거의 고

무바퀴가 납작하게 눌리는 것이 보였다. 그 무렵 어머니의 체중은 처녀 적 체중의 절반 이상이 넛붙어 있었다. 키 낮은 자전거 위에서 어머니는 땀을 뻘뻘 흘리며 균형 감각을 익혔다. 자전거가 넘어지려 할 때마다 어머니는 내가 그랬던 것처럼 땅을 발로 짚기부터 했다. 마른땅에서 먼지가 일었다. 자전거를 잡고 한 시간 넘게 씨름을 했지만 좀처럼 나아질 기미는 보이지 않았다. 보다 못해 소리쳤다.

"엄마, 넘어지는 걸 무서워하면 안 돼!"

하지만 나이 든 어머니는 넘어지는 것만으로도 치명상을 입을 수 있다. 가장 무서운 건 바로 어머니의 체중이다. 언제부턴가 어머니의 몸에 치명적인 것이 어머니의 몸이 되어버렸다.

넘어져봐야 자전거를 배울 수 있다는 걸 언제 알게 된 걸까. 휴일이면 서울 곳곳에서 몰려든 학생들이 여의도 광장으로 집결하던 때가 있었다. 차가 다니지 않는 그 광장을 수많은 자전거가 가로세로 질주했다. 그때 친구들과 어울려 자전거를 탔던 기억이 있다. 순식간에 내 앞에 끼어든 한 남학생의 자전거와 부딪히면서 둘 다 아스팔트 바닥에 나동그라졌던 기억도 생생하다. 그때 둘 중 하나의 바지가 북 찢기기도 했다. 그 뒤로도 자전거를 타다 곤잘 넘어졌다. 여름방학, 이모 집에 놀러 갔다가 논에 나가 계신 이모부에게로 급히 갈 일이 생겼다. 허겁지겁 담벼락에 세워둔 이모부의 자전거를 끌고 나갔다. 신작로를 벗어나 논길로 접어들었다. 푸르게 물이 오른 벼 사이로 좁디좁은 논둑이 숨어 있었다. 누군가 지나간 듯 자전거 타이어 자국이 또렷했다. 구불구불한 그 자국을 보고 덜컥 논길로 뛰어들었다. 논둑은 생각보다 훨씬 좁은 데다 울퉁불퉁하기까지 했다. 순간 겁을 먹었을 것이다. 내 몸은 자전거와 함께 그대로 논 안으로 곤두박질치고 말았다. 농약 뿌리기가 한창이었다. 얕은 물에 빠져 허우적대면서도 농약을 마시기라도 할까 봐 입을 꾹 다물었던 기억이 있다. 그런데 이상하게도 언제 어떻게 처음 자전거를 타게 되었는지 아무래도 기억이 나지 않는다. 수없이 넘어지고 다친 뒤에야 자전거를 타게 되었을 텐데 말이다. 아무튼 여전히 나는 내 키보다 작은 자전거를 선호한다. 위급할 때 두 발이 땅에 닿아야 마음이 편해지는 것이다.

결국 어머니는 그날 자전거 바퀴 한 번 제대로 굴려보지 못했다. 운동화와 바지 밑단에 운동장의 먼지만 잔뜩 묻혔을 뿐이다.

아파트 광장 곳곳에는 자전거 보관소가 있고 그곳에는 보관소의 한계를 한참 초과한 자전거들이 묶여 있다. 대부분 사용하지 않는 듯 먼지가 자욱이 내려앉았다. 녹이 슬거나 아예 인징이 빠져 달아난 자진거도 있다. 보름 전부터 관리소에서는 사용자를 알 수 없는 자전거를 찾아 처분한다는 공고를 냈다. 몇몇 주인만이 나섰을 뿐이다. 보름을 넘겨도 여전히 주인이 나서지 않는 자전거는 고물상으로 넘겨질 거라 한다.

자기 것의 자전거를 갖는 일은 꿈도 꾸지 못하던 시절이 있었다. 자전거를 묶어두는 자물쇠는 너무도 엉성해서 만능열쇠라 불리던 열쇠로 다 열렸다. 우리 동네에도 애지중지하던 자전거를 잃어버리고 어린애처럼 징징 짜던 고등학교 오빠가 있었다. 목욕탕에 벗어둔 아디다스 운동화를 잃어버리고 우는 고등학생 언니까지는 그런대로 괜찮았지만 남학생이 우는 것은 보기 민망했다. 덩치에 어울리지 않는다고 눈살을 찌푸렸는데 당시 그 정도로 자전거는 귀한 물건이었다.

"지금 주인 없는 자전거들을 경로당 앞에 쌓아둡니다. 마지막으로 자전거를 찾아가십시오." 아침부터 아파트 관리실의 방송 소리가 시끄럽다. 그 장관을 보기 위해 아이와 함께 광장에 나갔다. 광장 한곳에 자전거가 산더미처럼 쌓였다. 그렇게 눕혀 쌓아놓으니 영락없이 고물이었다. 두 개의 원과 그리 복잡하지 않은 장치로 한때는 먼 곳까지 사람들을 날라다주었을 것이다. 챙챙, 아파트 광장을 질주하는 자전거 떼가 보이는 것도 같았다.

　10여 년 전 찾아갔던 하노이의 해 질 녘 길거리는 눈이 부셨다. 어느 시간이 되자 도시의 거리는 자전거를 타고 거리로 쏟아져 나온 사람들로 가득 찼다. 삿갓 모양의 논라를 쓴 잘록한 허리의 처녀들, 스틸 재질의 자전거에서 반사되는 빛의 물결이 아름다웠다. 자전거 행렬이 길게 꼬리를 물었다. 거대한 덩어리가 조금씩 앞으로 움직이며 한없이 이어지는 듯했다. 신호등도 교통경찰도 없었지만 마주치는 자전거들은 서로를 방해하지 않았다. 규칙적인 듯하면서도 불규칙하고 불규칙하면서도 규칙적인 행렬은 복잡한 네거리에서 줄어들지도 끊어지지도 않은 채 매스게임을 하는 아이들처럼 서로 교차했다.

　그로부터 5년 뒤 다시 하노이를 찾게 되었다. 개발도상국들의 변화라는 것이 으레 그렇듯 하노이 역시 5년 전의 모습을 찾아보기란 힘들었다. 길거리는 하노이의 변화를 가장 실감나게 느낄 수 있는 곳이었다. 급격히 늘어난 자동차와 오토바이에 밀려 자전거의 모습은 간간이 눈에 띌 뿐이었다. 시끄러운 경적에 밀려 도로 가장자리로 밀려난 자전거들의 모습은 위태로워 보였다. 그곳은 예전의 모습이 아니었다.

　자전거들이 줄지어 서 있던 예전의 모습은 낭만적이었다. 이국적인 풍경을 담고 향수를 불러일으켰던 그때의 모습은 아름다녔지만 낭만이나 아름다움에 대해 이야기하고 싶지는 않다. 어느 나라 어느 도시든 현대화는 피할 수 없고 그것은 이방인이 논할 문제가 아니기 때문이다. 다만 자동차와 오토바이들이 늘어난 도로 위의 사람들의 삶은 과연 행복해졌을까, 라는 점에서는 회의적이 될 수밖에 없었다. 무질서한 듯하면서도 나름의 질서를 유지하던 도로는 자동차와 오토바이, 자전거가 얽힌 격투기장처럼 변해버렸다. 덩치가 큰 자동차가 그보다 작은 오토바이를 밀어붙이고 오토바이 역시 자신보다 작은 자전거를 밀어붙인다. 평화롭게 공존하던 자전거와 사람 들은 이들에 밀려 서로를 위협한다.

자동차를 타지 않은 대부분의 사람은 손수건으로 입을 가리고서야 길을 나선다. 하노이의 공기는 더 이상 맑지 않다. 자동차를 탄 사람들은 행복해졌을까. 서로 양보 없이 대치하는 길 위에서는 어떤 이도 빠르게 제 갈 길을 갈 수 없다. 막히는 길 위에서 늘어나는 것은 요란한 경적과 상대를 향한 고함, 누구에게랄 것 없는 짜증뿐이다. 적어도 길 위에서는 누구에게도 이득이 될 것 없는 상황이다. 규칙은 더 이상 존재하지 않는다. 조화 역시 존재하지 않는다.

하노이의 개발과 발전은 여전히 진행 중이다. 이 발전이 언제까지 지속될지, 얼마만큼의 성과를 낼 수 있을지는 알 수 없다. 하지만 한 가지 예측 가능한 일이 있다. 자동차가 얼마나 늘어나든 고층 빌딩이 얼마나 지어지든 GNP가 얼마나 되든 간에 베트남 혹은 하노이가 소위 말하는 선진 대열에 진입하기 위해서는 이런 혼란이 반드시 해결해야 할 것이라는 점이다. 도로 위에서 서로가 평등하고 조화로운 사회가 되지 않고서는 모두가 진정으로 행복해질 수 없다, 라고 생각하고 있는 사이에도 주인이라고 나서는 이는 없었다. 쓸 만한 자전거들이 추려지고 나머지 자전거들은 십자형 갈고리들이 들어 올려 짐칸에 실었다. 짐칸 속에서 자전거들은 고물이 되어갔다.

삼각형의 미니벨로를 마음에 두었다가 드디어 구입하게 되었다. 디자인이 마음에 들었다. 지하철과 버스에도 접어 들고 탈 수 있는 아담한 사이즈도 마음에 든다. 기어가 없는 자전거에 펌프, 라이트, 뒷등을 사서 장착했다. 헬멧도 구입해야 했지만 작은 자전거에 왠지 우락부락한 헬멧은 어울리지 않는다 싶었다. 자전거를 끌고 나갈 기회를 보고 있었는데 드디어 기회가 왔다. 로터리 근처 족발집까지의 거리는 걷기에도 차를 타기에도 어중간했다. 자전거를 펼치고 안장에 앉았다. 어스름한 저녁, 라이트와 뒷등을 켰다.

아파트 단지를 채 벗어나기도 전부터 자전거가 성가셔지기 시작했다. 보도는 보행자와 가로수로 너무 비좁았다. 도로는 달리는 자동차들 때문에 끼어들 엄두조차 낼 수 없었다. 자전거나 휠체어, 유모차 같은 것은 아예 고려하지 않았을 테니 당연히 도로 턱은 제각각, 노면은 울퉁불퉁했다. 쌩 달려 따끈따끈한 족발을 금방 사 오려는 생각은 어긋났다. 차라리 걸어갔다 오는 것이 더 나을 뻔했다.

어릴 적 골목길이 떠올랐다. 좁은 골목길이었지만 자전거와 사람이 함께 다녀도 충분한 길이었다. 외국에서 보았던 자전거 도로가 그리웠다. 자전거 도로는 끊김 없이 가고자 하는 곳까지 연결되어 있었다. 가끔 그 도로를 인도로 알고 서 있다가 달려오는 자전거 때문에 놀라기도 했다. 자신이 갈 방향에 따라 왼팔 또는 오른팔을 들어 수신호하는 것이 그들에게는 자연스러워 보였다. 무엇보다도 그곳에서 자전거와 자동차는 평등했다.

족발집 이후로 내 미니벨로는 자꾸 거처를 옮겨 다닌다. 거실에서 방으로 베란다로 다시 거실로. 가끔 핸들에 옆구리를 긁히기라도 하면 인상도 찌푸리게 된다. 그사이 자전거 보관소는 새로운 자전거들로 꽉 찼다. 시간이 얼마 지나지 않아 자전거 주인들은 자전거를 타고 나갈 도로가 없다는 것을 알게 될 것이다. 자전거는 자전거 보관소에서 조금씩 낡아갈 것이다.

자전거를 타고 신나게 달리며 벨을 울려대는 꿈을 꾸고 싶다. 어머니가 달려가고 나와 내 딸이 그 뒤를 달려간다. 아무것도 거리낄 것이 없다.

눈에서 멀어진다고
없는 것은 아니다

199쪽 사진 대학의 교지 〈예장〉의 편집실은 연구관의 꼭대기 옥상에 있었다. 촌스러워 보이는 저 복장도 당시에는 나름 최신 패션이었다. 뒤로 펼쳐진 건물들 2, 3층에는 영세한 봉제 공장들이 있었고 그 앞을 지날 때면 전기 미싱 소리가 들렸다.

멀리서
반짝이는

어릴 적 아버지는 곧잘 내 손을 잡고 남산에 갔다. 대여섯 살 계집아이에게 남산을 오르내리는 일은 힘에 부쳤다. 나중에는 아예 따라가지 않겠다고 투정을 부렸는데 그때마다 아버지는 다른 곳에 간다며 꾀를 부렸다. 남대문과 명동, 정말 다른 곳에 가는 줄 알고 신이 나 있던 나는 매번 귀신에라도 홀린 듯 남산으로 올라가는 계단 앞에 서 있곤 했다.

왜 그렇게 아버지는 남산에 갔던 걸까. 룸펜 생활이 길어지던 때였다. 벌건 대낮에 집에서 빈둥대는 남자는 금방 주변 사람들의 눈총을 샀다. 지금처럼 공원이 많지도 않았을 테니 아는 이의 눈을 피해 갈 곳이란 남산밖에 없었을지 모른다. 아버지는 소심해서 혼자 시간을 보내지도 못했다. 남산에 갈 때마다 아버지는 아이와 소풍 나온 사람처럼 굴었다. 아버지가 벤치에 앉아 신문을 펼쳐놓고 '사업 구상'이라는 걸 하는 동안 나는 놀이터의 기구들을 옮겨 다니며 하얀 타이츠에 여러 겹의 먼지 줄이 생길 때까지 놀았다.

아스라이 펼쳐지던 풍경들이 사라지고 수많은 불빛들이 반짝일 무렵 슬슬 일어섰다. 1970년대 초 서울은 만원이었다. 아버지도 자신의 꿈을 좇아 무작정 상경한 이들 중 하나였다. 아버지는 내 손을 꼭 잡은 채 산 아래 점점이 박혀 반짝이는 불빛들을 내려다보았다. 멀리서 반짝이는 수많은 불빛 중 우리 집은 어디일까. 배도 고프고 피곤이 몰려와 어린 마음에도 쓸쓸해졌다. 불빛은 저렇게 많이 반짝이는데 어디에도 자신의 집 불빛이 없다는 것에 젊은 아버지는 절망했을지도 모른다.

몇 년 뒤 우리는 이사를 했다. 세간은 단출해서 빌린 리어카의 반도 차지 않았다. 남은 자리엔 연년생인 우리 자매를 태웠다. 틀로 찍어낸 듯 똑같은 집들 중 하나에 아버지의 이름 석 자가 새겨진 명패가 달려 있었다. 아버지는 글자를 배우는 아이처럼 거기 적힌 자신의 이름을 또박또박 발음했다.

30년 상환 장기 대출을 받아 산 집. 30년이라면 얼마나 긴 시간일까. 다가오지 않을 영원의 시간처럼 느껴졌다. 밀린 이자를 독촉하는 우편물이 수시로 우편함에 꽂혀 있곤 했다. 자신 명의의 집을 지키느라 부모님이 얼마나 고단했을지 그 집을 떠나는 날에야 알았다. 집을 지키지 못한 걸 부모님은 창피해했다. 이웃의 배웅도 제대로 받지 못한 채 서둘러 골목을 떴다.

요즘 남편의 얼굴에서 얼핏 설핏 오래전 아버지의 얼굴을 본다. 이제는 떠돌지 않겠다는 결심이라도 하듯 2년여 세상을 떠돈 남편은 한국에 돌아와 집을 샀다. 이번에도 30년 장기 상환이란 말이 따라붙었다. 집에 대한 그의 생각은 확고해서 그의 고집을 꺾을 수 없었다. "집은 흔들리지 않는 곳이라야 한다." 얼핏 그 말을 듣자면 지긋지긋하게 이사를 다닌 사람처럼 느껴지겠지만 지금 그의 고향집은 그가 초등학교 때 이사한 곳이다. 아무래도 1960년 도시화를 쫓아 서울로 올라온 아버지들의 특성이 그에게도 있는 듯하다. 형제 중 그만 유일하게 서울에 집을 가지고 살고 있다. 고단하다는 서울살이에 자신의 집을 지키고 살고 있다는 것을 그는 부모와 형제들에게 보여주고 싶은지도 모른다. 바로 우리 아버지처럼.

집이 흔들리지 않는다고 믿으며 매월 힘들게 이자를 붓고 있는 남편의 생각과는 달리 우리의 집은 진작부터 흔들리기 시작했는지도 모른다. "집주인은 제가 아니라 은행이랍니다"라는 우스갯소리도 하지 않은 지 오래되었다. 아파트 상가의 부동산 중개소 유리창에 매물을 알리는 종이들이 수없이 나붙었다. 차마 우리는 하우스푸어, 라는 말을 입에 담지는 않는다. 하지만 요즘 들어 아버지 손에 이끌려 올라갔던 남산의 야경이 자꾸 떠오른다. 수많은 불빛이 명멸하던, 그 속에서 우리집 불빛을 찾던 그때가.

옛집 앞을
서성이다

옛집 꿈을 꾸었다. 초인종 소리에 "아빠다!" 소리 지르며 두 동생과 앞다퉈 마당으로 뛰어나가는 꿈이다. 아버지를 먼저 맞이하려는 욕심에 서둘다가 누군가의 슬리퍼가 벗겨졌다. 한데 엉켜 넘어지고 깔깔 웃어대다가 꿈에서 깼다. 6월, 지금쯤이면 마당 한쪽에 심긴 장미가 만개할 때다.

태어나지는 않았지만 사물을 분간할 무렵, 우리는 이미 그 집에 있었다. 방과 부엌, 장독대 등의 단어를 그 집에서 배웠다. 막내는 그 집 안방에서 태어났다. 나이 든 조산사가 뛰어오고 안에서 문이 잠겼다. 엄마의 신음에 우리는 조산사가 엄마에게 해코지를 하는 모양이라고 생각했다. 우리 엄마 살려달라고 울며 고함을 질렀다. 한참 뒤 문이 열리고 방으로 들어갔을 때의 신기함이란. 그렇게 우리는 작고 꼬물대는 붉은 아기, 막내를 그 집에서 만났다.

그 집을 떠날 때도 6월이었다. 등교하면서 둘러본 마당엔 계단 난간을 휘감고 선홍색 장미가 피어 있었다. 그 집을 떠난

지 30년이 다 되어오는데 아직도 나는 꿈에서 옛집에 산다. 여전히 나루는 삐걱거리고 조심성 없이 다락방 방문 모서리에 머리를 찧는다.

옛집을 다시 찾은 건 2년 전이었다. 버스만 타면 30분도 걸리지 않을 거리인데도 가볼 용기가 나지 않았다. 이정표처럼 남아 있는 옛 건물을 만날 땐 나도 모르게 환호성이 나왔다. 그런가 하면 아예 낯선 곳처럼 서성이게 만드는 곳도 있었다. 마침내 옛집으로 내려가는 언덕 위에 섰다. 그 언덕을 자전거로 내달리다가 전봇대에 부딪혔었다. 그때 아픔이 생생한데 그곳엔 언덕도 골목길도 전봇대도 없었다. 수십 채의 집들이 허물어진 커다란 구덩이엔 시공사를 알리는 플래카드와 포클레인뿐이었다. 구덩이 어디쯤이 옛집 자리였는지 알 수가 없었다. 그 시절의 추억은 다 어디로 간 걸까. 옛집은 내게 고향이었다. 내 고향집을 찾아 포클레인이 땅을 파는 걸 한참 내려다보았다.

옛집을 떠난 뒤로 이 집 저 집 옮겨 다녔다. 1층에도 살았고 24층 꼭대기에도 살아보았다. 1층은 한낮에도 불을 켜야 할 만큼 어두웠고 24층은 밤에 잠이 잘 오지 않았다. 내가 누운 아래로 23층이나 되는 집들이 있다고 생각하면 고공 타워크레인 위에 누운 듯 아찔했다. 아파트라 마당은 꿈도 꿀 수 없었다. 옛집을 떠나면서 쓰지 않게 된 단어들이 점점 늘었다. 장미 나무, 다락방, 지하실, 장독대, 분합문 등등.

조금 오래 산 아파트는 꿈에서 만나기도 했지만, 구조가 엇비슷해서 어느 동네 어느 아파트였는지 단번에 떠오르지도 않았다. 꿈에서 깨면 내용은 기억나지 않는데 뭔가로 속상하다. 꿈속에서도 혹시나 아이가 뛸까 봐 조마조마했던 건 아닐까. 아이에게 "뛰지 마!"라고 고함을 쳤던 건 아닐까. 까치발로 걸었던 큰애와는 달리 작은애에게는 어떤 엄포도 통하지 않는다. 참아주는 아래층 아주머니가 고맙고 언젠가는 울리게 될 인터폰에 전전긍긍이다.

공동육아를 함께하고 있는 부모들과 요새 계획하고 있는 일 중 하나가 바로 그 일이다. 전세살이에 지친 부모들과 공동 마당을 만들어 아이들이 뛰어놀게 해주자는 부모들, 생각은 조금씩 다 다르지만 한 가지 생각은 같지 않을까. 아이들에게 고향집을 찾아주는 것.

실행까지 가야 할 길이 멀다. 수많은 난관에 부딪히게 될 것이다. 하지만 벌써 내 가슴속 고향집엔 불이 켜졌다. 늘 그 자리에 있는 집, 언제든 그 자리에서 아이들을 기다려주는 집, 코때 묻은 아이들 물건이 남아 있고 아이들의 꿈에도 나올 집. 한 아빠가 우스갯소리를 했다. "아, 그럼 부부 싸움도 못하잖

아!" 괜찮다. 누군가 싸워도 고향 옛집 골목에선 모르는 척 눈
감아주곤 했다.

극동방송국과
카페 호호미욜 사이

　극동방송국과 카페 호호미욜 사이의 골목길을 빠져나오다
가 맞은편에서 달려오던 무언가와 부딪혔다. 눈 깜짝할 새도
없이 나를 덮친 그것은 희미하고 커다란 그림자 같기도 했고
작은 오토바이 같기도 했다. 그것이 무엇이든 간에 그 순간 그
것이 가지고 있는 운동에너지를 느끼기에는 충분했다. 비명
을 지를 새도 없었고 두 발로 땅을 지탱하거나 두 팔이나 어깨
로 상대를 저지해볼 틈도 없이 요령부득 나는 얌전히 나가떨
어졌다. 아주 짧은 시간 내 몸은 공중에 떴고 곧바로 걸어 움
직이던 그 점으로부터 한 1미터쯤 뒤에 떨어졌다. 뭉툭하고 속
이 덜 차 쿨렁쿨렁한 자루가 철퍼덕 소리를 내며 보도블록 위
에 부려졌다. 크고 작은 뼈와 근육, 비곗살이 덜그럭대고 흔들
리다 다시 제자리를 잡을 때쯤 부예졌던 시야도 회복되었다.
길 가던 사람들이 힐끗 돌아다보았다. 같이 식사를 하고 앞서
가던 동료가 놀라 뛰어오는 것도 보였다. 누군가 내 손을 잡아
나를 일으켜 세웠다. 희미하고 커다란 그림자이거나 작은 오

토바이일 거라고 추측했던 것은 사람이었다. 나는 바지에 묻은 흙을 떨어내고 자디잔 돌멩이들 자국으로 우툴두툴해진 붉은 손바닥을 들여다보다가 잠시 뒤에야 그를 보았다. 그는 안경을 낀 175센티미터가 넘을까 말까 한 키의 좀 마른 청년이었다. 털목도리를 친친 둘러 코 아래로는 보이지 않았다. 그는 막 달려오는 버스를 따라잡으려 전력 질주를 했다고 했다. 버스에만 정신이 팔려 골목을 빠져나오는 사람을 보지 못했다고 했다.

전력 질주라? 그와 내가 부딪힌 곳에서 버스 정류장까지의 거리는 꽤 멀었다. 전력 질주로도 따라잡을 거리가 아닌데도 그런 생각을 했다는 건 뭔가 바쁜 일이 있기 때문이었을 것이다. 학창 시절 평균적인 남학생들의 100미터 달리기 기록을 약 15초라고 하고 나이가 든 것을 감안, 그의 현재 100미터 속도를 16초라고 가정한다. 16초에 100미터를 뛰는 그가 동일한 속도로 1시간, 즉 3600초를 주행했다고 하면 2만 2500미터를 진행하는 것이 가능하다, 이론적으로. 시속으로 환산하면 22.5킬로미터가 된다. 가속도는 염두에 두지 않는다.

나의 경우 전깃줄과 간판 들을 보며 느릿느릿 걸어가고 있었으므로 (종종걸음으로 한 시간에 10리, 즉 4킬로미터를 간다고 치면) 아무리 많이 잡아도 시속 2킬로미터 이상의 속도로 갔다고 보기는 힘들다. 이때의 반발계수는?

반발계수는 두 물체가 충돌할 때 튀어나가는 정도를 나타내는 수치다. 충돌 전후의 상대속도의 비를 계산해본다. 두 물체의 충돌 전 속도를 v1과 v2, 충돌 후 속도를 v1′와 v2′라고 하면 반발계수 e = (v1′-v2′)/(v1-v2)의 공식으로 구할 수 있다. e = -(0-0)/(22.5-2)는 0이 되므로 완전비탄성충돌이라는 계산이 나온다. 둘 다 충돌 후 완전히 멈춰버린 것이다.

그런데 뭔가 이상하다. 찰흙 덩어리가 벽에 붙어버리는 경우나 총알이 나무토막에 박혀서 함께 움직이는 경우와 같이 충돌 후에 물체가 한 덩어리가 되어 같은 속도로 움직이는 충돌을 완전비탄성충돌이라고 한다. 사람이 둘 부딪혔는데 그럴 리가. 나는 짐처럼 부려졌고 그는 나처럼 튀어나가는 대신 진로 방향만 바뀌었을 뿐 얼마 간 앞으로 나아갔다.

계산에 오류가 있었다. 충돌하는 순간, 그 순간의 직후에 튀어나가는 속도를 계산해야 하는 것이었다. 다시 계산을 해본다. 그의 운동량은 분명 충돌 직전보다 느려졌다. 4분의 1로 치고 시속 6킬로미터 정도라고 어림짐작해본다. 나의 경우 충돌 직전보다 빨라졌다.(나는 날아가 떨어졌다.) 충돌 직후의 그보다도 확실히 빨랐다. 시속 9킬로미터로 계산을 한다. e = -(6-9)/(22.5-2)로 계산을 해보면 소수점 이하로 내려가는 긴 숫자가 나온다. 값은 0보다 크고 1보다 작다.(만약 내가 더 가벼웠다면 나는 훨씬 더 빨리 훨씬 더 멀리 날아갔을 것이다!)

비탄성충돌이란 물체 사이의 충돌 과정에서 충돌 전의 운동에너지의 일부를 물체의 변형이나 소리, 열 등으로 잃어버리고 충돌 후의 운동에너지가 감소하게 되는 충돌이다. 우리의 충돌은 비탄성충돌임에 틀림없었다. 우리의 운동에너지는 퍽, 철퍼덕 같은 소리에 그 일부를 잃어버리고 충돌 후 감소했다.

극동방송국과 카페 호호미율 사이에서 지난 1년 반 동안 많은 일들이 있었다. 지난겨울 그 길에서 술 취해 잠든 젊은이를 깨우기도 했다. 소리를 지르고 몸을 흔들어도 좀처럼 깨지 않던 젊은이는 우리 일행 중 누군가 장난삼아 한 반말에 잠이 깨서는 우리에게 대들었다. "몇 살인데 반말이슈?" 또 누군가는 자신의 운동화를 던져 전깃줄 위에 걸쳐놓기도 하고 누군가는 담벼락에 '예술, 예술인을 이용하지 맙시다'라고 래커 스프레이로 글을 써놓았다. 하지만 지난 10년간 이런 충돌은 전무후무했을 것이다.

평소 같았으면 샛길로 빠지지 않고 호호미율 앞을 지나 바로 사무실로 들어갔을 것이다. 그 사이로 난 골목길로는 대체 왜 간 것일까. 점심을 먹고 오는 길에 발을 동동 굴리면서 무언가를 줍고 있는 두 명의 여학생을 보았다. 그들은 바람에 날려 흩어지는 스티로폼 모형 조각들을 줍느라 울상이었다. 한 손에 커다란 구조물을 들고 있어 바람에 장난질하듯 요리조리 날리는 조각들을 잡는 일이 쉽지 않았다. 가볍고 날랜 스티로폼 조각들은 가벼운 바람에도 짓까불었다. 그들은 인근 대학의 건축학과 학생들로 기말 과제물로 제출한 미니어처 모형 재료를 가지고 학교로 가던 중이었다. 그들이 먼저 길을 건넜고 뒤따라 건너던 나는 차도 중앙에서 그들이 미처 줍지 못한 니은 자 모양의 조각을 하나 주웠다. "저기요!" 그들은 내 목소리를 알아듣지 못하고 극동방송국과 카페 호호미용 사이의 골목길로 들어섰다. 뭔지는 모르지만 이 조각은 그들에게는 없어서는 안 될 요긴한 조각 같았다. 나는 필사적으로 그들을 뒤쫓아 가며 그들을 불렀다. "여기요!" 골목 안에서야 그들을 따라잡을 수 있었고 겨우 조각을 전달해주고 나오는 순간이었다.

잿빛으로 낮게 가라앉은 허공에 걸린 전깃줄을 올려다보았다. 극동방송국과 카페 호호미용 사이의 전깃줄에는 작년 7월부터 운동화 두 짝이 매달려 있었다. 그렇게 긴 시간 운동화가 눈에 띄지 않았던 건 순전히 하늘을 올려다보지 않는 이들 때문이었을 것이다. 청소부 아저씨들이 매일같이 거리를 쓸었지만 그 누구도 허공에 치울 게 있다고는 생각하지 못했다. 길 건너편에 서서 누군가를 기다리다 불현듯 하늘을 올려다보지 않았더라면 나도 그 운동화를 만나지 못했을는지도 모른다. 운동화 끈으로 두 짝을 한데 묶은 뒤에 돌팔매질하듯 뱅뱅 돌려 힘껏 던져 올렸을 것이다. 여름이 가고 가을, 겨울이 왔다. 운동화는 그 자리에 대롱대롱 매달린 채로 빗물을 가득 채우기도 했다가 바람에 말랐다가 어느 날에는 소복이 흰 눈을 뒤집어쓰기도 했다. 부르르 끓어 넘친 한 젊은이의 객기 때문에 공중에 매달린 운동화. 극동방송국과 카페 호호미욜 사이에서 그 열정이 버거워 별안간 운동화를 벗어던진 그 젊은이는 그날 밤 맨발로 걸어 집으로 돌아가야 했을 것이다. 차게 식은 땅에 닿은 발부터 서서히 열기가 식고 조금 뒤에야 냉철해진 젊은이는 자신이 결코 되찾아올 수 없는 운동화를 생각했을 것이다.

텅 빈 전깃줄을 올려다보면서 그곳에 매달려 있던 운동화 생각을 했을 것이다. 운동화는 새봄 가로수를 정리할 때 가지치기된 가지들과 함께 버려졌다. 그러느라 맞은편에서 달려오던 청년을 볼 수 없었을 것이다. 청년은 내가 넘어진 뒤에도 멈추지 못하고 몇 발짝 더 앞으로 나아갔다. 마침 그때 버스가 달려오지 않았더라면 그는 뛰지 않았을 것이다. 오래전부터 그와 나 사이에는 이미 충돌이 내재되어 있었던 것이다. 10분

전, 내가 니은 자 조각을 여학생들에게 돌려주고, 그가 뒤에서 달려오는 버스를 발견하고 뛰려고 허리를 구부리기 그 이전, 아무런 상관도 없어 보이던 그 일들이, 어쩌면 1년 전으로 거슬러 올라갈 수도 있을 것이다. 이미 우리는 소설을 쓰기 시작한 것이다. 우리의 충돌에는 아무런 인과관계도 없어 보이고 그 어떤 작위성도 보이지 않는다. 철저한 우연처럼 일어났다. 이것도 또한 소설 쓰기에서의 우연의 함정이다.

극동방송국과 카페 호호미욜 사이, 충돌이 있었다. 우연을 가장한. 그다음은 소설적 결말이다. 그는 버스를 놓쳤고 나는 울었다. 어쩌면 자신이 바라던 것이 이렇듯 넘어지는 것이었다는 걸 깨달았다는 듯이. 자신이 기다리고 있었던 일이 짐짝처럼 날아 맨땅에 철퍼덕 부려지는 것이었다는 듯이.

극동방송국과 카페 호호미욜 사이에는 하루에도 수십 번 우연을 가장한 일들이 생긴다.

순간,
그리고

1. 오, 해피 버스 데이

내가 맨 처음 탔던 버스는 15번이었다. 친한 친구와 수다를 떨고 싶을 땐 다른 동네를 한참 에둘러 가는 30번 버스를 타기도 했다. 시간이 넉넉한 하굣길에나 가능했다. 30번 버스 회사가 운영난으로 문을 닫는다는 소식을 들은 것도 버스 안에서였다. 오목교와 화곡사거리, 신정사거리 등의 버스 정류장 이름과 졸업 후 만나지 못한 친구들 이름이 떠올랐다가 사라졌다.

그땐 대부분의 버스 번호가 두 자릿수였다. 언제부턴가 마을버스가 순환하는 낯익은 동네를 벗어나면 버스의 번호는 세 자릿수 이상이 되었다. 그때부터 서울은 더욱더 해독 불가능한 곳이 된 듯한 느낌이다.

버스 정류장까지는 너무도 멀었다. 골목, 골목을 빠져나오고도 한참 남의 동네를 가로질렀다. 버스가 집결한 공터가 눈에 들어오기 전부터 출발 직전인 버스의 엔진 음이 들려왔다.

그 버스를 놓칠까 봐 늘 조바심쳤고 만원 버스에 올라타려 안간힘을 썼다.

학교는 물론이고 영등포 지하상가나 여의도 광장, 강을 건너야 하는 홍대 근처에 갈 때도 그 버스를 탔다. 그 버스는 변두리의 나를 시내 중심 가까이로 데려다주는 유일한 수단이었다. 15번 버스는 좀 특이했다. 종점까지 한 번에 가지 않고 중간 집결지에 멈춰 승객들을 다 부려놓은 뒤에 다시 출발지로 되돌아갔다. 승객들은 그곳에 정차 중인 15-1번 버스로 갈아탔다. 또다시 2차전을 치러야 했다. 그렇게 두 번 뛰고 나면 수업 전인데도 녹초가 되었다. 요금은 한 번만 냈다. 지금으로 치자면 환승 개념인 듯하다. 물론 그땐 교통 카드란 게 없었고 지금처럼 "환승입니다"라고 기계가 일러바치지 않았다. 중학교를 졸업할 때까지 주야장천 그 버스를 탔다.

지금도 버스를 타면 안내양이 서 있던 자리를 확인하게 된다. 이미 20년 전 그녀들 모두 버스에서 모습을 감추었는데도 말이다. 만원 버스에 올라타지 못해 발을 동동 구르고 있으면 그녀들 중 하나가 내 목덜미를 휙 낚아채 버스 난간 위로 단짝 들어올렸다. 어떨 땐 나를 난간 위로 밀어 올린 뒤 내 등을 감싼 채로 위태롭게 출발하기도 했다. 가끔은 모지락스럽게 느껴지던 손, 부러질 듯 가늘고 작은 그 손에서 어떻게 그런 힘이 나오는지 신기하기만 했다. 그 손의 주인들이 겨우 내 또래이기나 많아야 서너 살 위였다는 걸 인 긴 그녀들이 사라진 한참 뒤였다. 그땐 그런 줄도 모르고 우리들은 그녀들을 "언니!"라고 불렀다.

승객이 얼마나 되든 그녀들은 버스 안으로 '쑤셔 넣었다.' 버스는 늘 초만원이었다. 버스 문가에 승차 정원 수가 적힌 안내판이 붙어 있었지만 그 수가 지켜진 걸 본 적이 없다. 개미 떼처럼 몰려든 승객을 버스 안으로 밀어 넣는 기술만으로도 누가 신참인지 고참인지 알 수 있었다. 승객을 다 싣고 나면 그녀들은 운전사가 들으라는 듯 큰 소리로 외쳤다. "오라~이!" 그 소리를 입 밖으로 내기까지 얼마나 용기가 필요했을까. 그 '오라이'가 '올라잇'이라는 걸 안 건 중학교 2학년 영어 시간에서였다. 출발하는 버스에 가볍게 올라타면서 버스 문짝을 두드리며 외치던 "오라~이"에서도 내공이 느껴졌다.

허리에 찬 전대와 더불어 그녀들의 상징은 단연 빵모자였다. 머리 중앙에 그 모자가 간신히 얹혀 있었다. 모자 한가운데 배꼽처럼 달린 고리. 못 하나 들어갈 고리는 야무져 보였다. 그 고리는 단지 그녀들이 단체로 머무는 숙소의 못들에 걸기 위해 있는 것처럼 보였다. 그녀들은 그 빵모자가 그 어떤 수난에도 떨어져 달아나지 않도록 수많은 실핀을 꽂아 머리에 고

정시켜놓았다.

　운전사가 틀어놓은 라디오로 송골매와 산울림, 조용필의 노래들을 들었다. 좋아하는 노래가 다 끝나지 않았을 땐 한 정거장 더 가기도 했다. 기억하기 싫은 성추행을 당한 것도 그 버스 안에서였다. 누군가의 손이 내 엉덩이를 더듬었을 때, 그게 그런 의미라는 것도 알지 못했다. 버스엔 늘 사람들이 너무 많았다. 책가방이나 손이 몸에 닿는 일이 허다했고 가끔은 버스 창에 얼굴이 눌린 채로 한참을 가기도 했다.

　평소에는 떠오르지 않는 추억도 버스 안에서 떠오른다. 대부분 버스와 관련된 일들이다. 비가 억수로 쏟아지던 날, 승객들에 밀려 버스를 타지 못한 어린 안내양이 울던 기억이 난다. 버스 문간에 사람들이 너무도 많이 달라붙어 정작 안내양이 올라탈 틈이 없었다. 버스도 출발하지 못했다. 맨 뒤에 달라붙은 사람의 등을 치며 안내양은 "제발요, 저 타야 돼요!"라며 울었다. 숱 적은 머리카락이 빗물에 젖어 달싹 달라붙었는데 그 작은 머리가 꼭 참새 같았다.

　버스가 출발하고 한참을 달린 뒤에야 안내양이 타지 못한 걸 알아챈 적도 있다. 문가에 섰던 고등학교 남학생이 안내양 역할을 능청스럽게 잘해냈다. 내릴 사람들에게 회수권을 챙기고 버스가 출발해야 할 땐 "오라~이!" 큰소리로 외쳤다. 이리 지리 눌려 괴성을 질러대던 사람들도 그 순간 나 웃었다. 버스를 놓친 안내양은 비싼 택시를 타고 그 버스를 뒤쫓아 왔다.

대부분 10대였고 많아야 스무 살 안팎이었을 안내양들, 한창 공부할 나이에 배움의 기회를 얻지 못하고 생활 전선에 뛰어들었을 그녀들의 입장을 조금이나마 이해한 것도 그녀들이 버스에서 사라진 뒤였다.

어느 날 그녀들은 약속이라도 한 듯 순식간에 버스에서 사라졌다. 안내양이 없는 버스를 타던 첫날 풍경도 어렴풋이 떠오른다. 운전기사 옆에 달린 요금 통에 돈을 내고 앞문으로 승차해 뒷문으로 내린다. 생각보다 어수선하지 않았다. 안내양이 없다고 잘못 내린 이도 없었다. 왜 안내양이 없는데도 요금은 그대로인지 의문이 들었지만 아무도 대답해주지 않았다.

버스에서 가장 좋아하는 자리는 맨 뒷자리, 창가 자리다. 자연스럽게 왼쪽보다 오른쪽에 가 앉는 건 오른손잡이인 때문일는지 모른다. 맨 뒷자리는 버스 안에서 단연 제일 높은 곳에 위치한다. 그곳에 앉으면 앞자리에 앉은 이들의 뒷모습을 볼 수 있다. 그 자리는 두어 정거장 가는 이들이라면 귀찮아 꺼리는 자리다. 사람들이 집중적으로 모여 선 앞과 중간에 비하면

덜 번잡스럽다. 그곳에 앉으면 종점까지도 방해할 이가 없다.

차창 밖으로 풍경이 흘러간다. 정류장에 모여 선 이들을 마음껏 볼 수 있다. 왜 남의 얼굴 쳐다보느냐고 시비를 걸어올 이도 없다. 버스 맨 뒷좌석에 앉아 기껏 수십 년 전 버스 안에서의 추억을 떠올리는 것이 다이지만, 이처럼 편한 장소가 또 없다.

종점까지 가야 하는 일이 생기면 반갑다. 언젠가 성남에 사는 한 친구와 점심 약속이 있어 다녀왔다. 점심을 먹고 차 한 잔 마시고 일어나 돌아왔는데 저녁이 다 되었다. 버스들이 나란히 정렬한 종점 풍경도 좋다. 종점 주변은 특유의 분위기가 있다. 종점마다 하나씩 있는 종점 다방뿐만이 아니다. 방금 청소한 버스 바닥은 물걸레 자국으로 번득인다. 물비린내가 휘발유 냄새와 섞였다. 앞차가 출발하면 정해진 시간을 두고 다음 차가 출발한다. 그런데 어느 순간 한참 앞서 출발한 앞차를 추월하는 사태가 발생하기도 한다. 쉽게 이해되지 않는 일들을 목격하는 그 순간이 재미있다.

기사님의 취향이 나와 비슷해 내가 좋아하는 라디오 프로를 틀어두었다면 정말 내리고 싶지 않다. 버스 안에서 듣는 라디오는 예전 외갓집에서 이모들과 엎드려 듣던 그때만큼이나 즐겁다. 청취자 사연을 듣다 웃음이 터지면 참기 어렵다. 이상하게도 버스 안이라면 더욱 그런 듯하다. 맨 뒷자리는 사람들의 시선에서 비교적 자유롭다. 가끔은 졸기도 하고 가끔은 창을 조금 열어 바람을 쐬기도 한다. 남학생들은 앞에 자리가 텅텅 비어 있는데도 맨 뒷자리로 몰리는 성향이 있다. 그 애들도 아는 것이다. 맨 뒷자리의 즐거움을. 한 무리의 남학생들이 우르르 올라타 그들과 나란히 앉아가는 것도 유쾌하다. 욕설이 절반이지만 이보다 더 그 애들의 관심사를 생생한 육성으로 들을 기회도 없을 테니까.

다만 맨 뒷자리에 앉을 때면 영락없이 이 이야기가 떠오른다. 버스가 급정거하는 바람에 맨 뒷자리의 한 학생이 운전석까지 튀어나갔다. 머쓱해진 나머지 운전사에게 이렇게 물었다나? "부르셨어요?" 다시 급출발해 맨 뒷자리로 되돌아온 학생, 친구에게 말하길. "별일 아니래."

우리 땐 유독 버스와 관련된 농담과 사연이 많았다. 남녀공학이란 게 없었고 남학생과 여학생이 마주칠 곳이란 교회 아니면 버스였기 때문일 것이다. 지금은 좀 줄었지만 급출발, 급정거도 심했다.

버스 안내양이 섰던 자리엔 아무도 없다. 자동 개폐 장치에 필요한 사슬과 요금 정산기, 하차 벨이 있다. 그 장치들로 버스 안은 더욱 비좁아진 느낌이다. 안내양이 사라진 만큼 버스를 타는 우리의 노동도 늘어났다. 완전 셀프다. 그 빈자리를 볼 때마다 그녀들의 목소리가 떠오른다. "오~라이!" 그녀들이 수없이 외쳤던 것처럼 그녀들의 삶도 별 탈 없이 행복하길.

2. 수성동, 한순간

봄이 왔고 드디어 길을 나설 때가 되었다. Y는 채근이라도 하듯 서울 시내버스 노선도를 복사해 건네주었다. 복사물은 꽤 두툼했다. 서울 시내의 버스가 이렇게 많은지 몰랐다. 낯선 번호와 낯선 정류장의 이름들을 확인하면서 언젠가는 이 나라 땅끝까지 버스로만 가는 계획을 세웠다.

일교차가 큰 날씨엔 낮 동안 벗어들고 다니는 외투도 짐이 되기 십상이다. 겉옷이 필요 없을 만큼 봄이 무르익었다, 라는 기억과는 달리 그날 Y가 찍은 사진 속의 나는 외투를 벗어들고 있다. 다른 손엔 메모할 수첩과 연필까지 쥐고 있다. 그런데도 왜 그날을 떠올리면 아무것도 걸리적거릴 게 없는 맨손이었다고 기억하는 걸까.

온종일 버스를 타고 싶다, 온종일 버스를 탈 순 없을까, 라는 단순한 생각에 시작된 기획이었다. 당연히 집이나 직장, 방문할 곳이 있어 버스를 타는 게 아니다. 어디에서 내려야 할지 버스의 안내 방송을 귀 쫑그리고 듣지 않아도 된다. 마치 종점에 볼일이라도 있는 것처럼 버스에 올라타고 제일 좋아하는 맨 뒷자리 창가에 앉는다. 안내양 생각도 하고 버스가 소재가 된 우스갯소리도 떠올리고 라디오도 듣다가 졸기도 한다. 그러다 불현듯 무언가에 끌리듯 어느 정류장에 내린다. 낯선 곳일 가능성이 크다. 초행자인 만큼 이 골목, 저 골목 헤매고 다닐 것이다. 정처 없이 걷다가 우연히 마주친 풍경이나 사물, 사람들에 대해 쓰는 것이다. 그 책의 가제는 '오, 해피 버스 데이'. 물론 버스는 생일birth이 아니라 버스bus다.

우연히 이루어진다는 책의 기획 의도와는 전혀 다르게 그날 일정은 치밀한 계획하에 이루어졌다. 미리 갈 장소도 정해두었다. 물론 버스로 움직인다는 것만은 지킨다. 결정적으로 Y가 뒤따라 나선 것도 기획 의도에 반하는 것이었다.

수성동水聲洞. 이 지명을 알았을 땐 '물소리가 들리는 마을'이라고 생각했다. 지금은 그 지명을 어디에서도 찾을 수 없다. 포털에서 수성동을 치면 전국에서 서로 다른 몇 개의 동네가 뜨지만 '물소리마을'은 아니다. 자료들을 찾아보다 동洞은 마을이 아니라 계곡이라는 것도 알게 되었다.

수성동을 알게 된 건 우연히 본 그림 한 점에서였다. 겸재 정선의 〈장동팔경첩〉. 그림의 좌우를 인왕산이 병풍처럼 두르고 있다. 그 사이를 나누는 것이 계곡이다. 계곡은 하류에 이

223

르러 폭이 좁아지고 그곳에 계곡의 양안을 잇는 다리 하나가 놓여 있다. 그 모양이 특이하고 강렬해서 맨 처음 눈에 들어온다. 다리 가운데가 굵은 선으로 잘린 듯 나뉘어 있는데 이 다리 모양 때문에 정선의 그림이 얼마나 사실적인지 알 수 있다.

다리 옆에 네 사람이 모여 서 있다. 인물들의 진행 방향으로 짐작해보면 그들은 막 다리를 건넜다. 산 쪽으로 좀 더 올라가려는 듯 보인다. 이 그림을 볼 때마다 조금 서늘해진다. 아마도 그림 속 계곡을 따라 흘러내리는 거친 물살 때문일지도 모른다. 비가 오지 않았다면 계곡물이 말라 다리 아래 바위 형세가 다 드러났을 것이다. 하지만 지금은 연일 비가 내렸고 계곡 아래로 쿨렁거리며 물이 흐른다. 계곡을 흘러내리는 물소리에 네 사람은 소리치듯 크게 말을 해야 했을 것이다. 물비린내가 훅 끼친다. 자디잔 물방울이 튀듯 팔 한쪽이 축축해지는 느낌이다. 희미하게 먹 냄새도 난다.

인왕산 계곡에 선 이들은 누구일까. 복장이 다른 왼쪽의 한 인물은 시종처럼 보인다. 그렇다면 세 사람은? 인왕산에서 반세기를 살았다는 정선, 중인들과 교류하면서 위항문학委巷文學을 꽃피웠다는 추사 김정희, 규장각 서리로 근무했던 중인 출신의 박윤묵 등이 화폭과 시에서 수성동을 예찬했다고 한다. 그림 속 갓을 쓴 세 인물은 혹시 이들이 아닐까. 그들이 남긴 기록에 보면 며칠 폭우가 쏟아졌다. 그 풍경은 장관이었을 것이다. 자료를 좀 더 찾아보니 그 나리가 있던 곳은 안평대군 옛집터다. 젊은 나이에 귀양 가 죽임을 당한 그의 집터 자리에 수백 년 뒤 중인, 서얼, 서리 등과 평민들이 모여들었다. 그림 속에서 서늘함이 느껴지는 건 비와 숲과 바람 때문만은 아닌 듯하다.

정선의 '수성동' 속의 다리를 사진으로 확인한 건 〈서울육백년〉에서였다. 거기 정선의 그림 속 다리와 똑같은 모양의 돌다리가 있었다. 다리 이름은 기린교麒麟橋였다.

버스에서 내려 골목을 따라 걸었다. 사직공원 못 미친 곳의 한 골목에서 담장을 타고 내려온 장미를 보았다. 미술관 옆 높은 담장 안으로 집의 내부는 보이지 않았다. 대신 장미 넝쿨만이 담장 밖으로 내뻗어 꽃을 피웠다. 분홍색 고급 장미다. 냄새를 맡아보려 했지만 담이 너무 높았다. 옥인동 방향으로 길을 건넜다. 분명한 목적지가 있으니 애초의 기획에서 벗어나도 너무 벗어났다. 헤매고 있지도 않다. 외려 시간을 낭비하지 않기 위해 지름길을 찾아 걷고 있었다. 장미나무 몇 그루가 더 나타났다. 5월은 장미의 계절이다. 담장들은 조금씩 낮아지고 익숙한 풍경이 펼쳐졌다. 30여 년 전까지도 우리도 이런 골목에 살았다. 개발제한구역으로 묶여 있었던 걸까, 그 골목만큼은 세월을 비껴간 듯했다.

새로운 길을 찾아가는데 자꾸 옛 추억이 떠올랐다. 장미 때문일 것이다. 고등학교 2학년 때 떠나온 옛집. 아직도 몸이 아플 때면 옛집 꿈을 꾸곤 한다. 마당 한쪽의 블록 몇 개를 걷어내고 어머니는 장미나무 한 그루를 심었다. 진홍빛 장미꽃이 피었다. 꽃은 예뻤지만 줄기에 빼곡하게 낀 진딧물이 징그러워 다가가지 못했다. 그 집을 떠난 뒤로 우리는 마당을 가지지 못했다. 기억이란 이상해서 가장 인상적인 기억에서 막혀 더 나아가지 못한다. 이 세상의 장미란 장미를 볼 때마다 아마도 나는 진딧물 들끓던 옛집의 장미를 먼저 떠올릴 것이다. 그때 마당 한구석에 있던 장미나무는 우리가 가져본 유일한 나무였다.

수성동의 일부가 옥인동이란 지명으로 바뀌었다. 마을버스 9번의 종점은 바로 옥인아파트 앞이다. 정확히 말하자면 옥인시범아파트다. 버스들이 선 축대 위로 아파트가 서 있다. 아파트를 빨갛게 뒤덮은 건 붉은 페인트로 휘갈겨 쓴 '철거'라는 글씨다. 언제 주민들이 떠난 것인지 창이란 창은 다 깨져 있다. 미처 챙겨 가지 못한 세간이 집 안에서 뒹군다. 베개와 침대 매트리스, 플라스틱 바가지 등이 널려 있다. 아파트는 모두 아홉 동이다. 계곡을 따라 지어진 아파트의 동수를 확인하며 걸었다. 인터넷에서 검색한 바에 의하면 기린교는 7동 옆에 있었다. 우편함에도 철거란 글자가 씌어 있다. 전단지 몇 장이 꽂혀 있을 뿐이다. 비누 때가 붙은 화장실 거울, 누군가 매일 아침 그 앞에서 면도를 하고 이를 닦았을 것이다. 부엌 쪽에선 찌개가 끓고 있었을 것이다. 어느 집 앞엔 뜯겨나간 앨범이 마구 흩어져 있다. 비를 맞은 흔적이 있다. 부부와 아이들이 활짝 웃고 있다. 결혼식 사진도 있다. 흔적 없이 사라질 테지만 이곳엔 수많은 사람이 살고 있었다. 추억의 장소가 사라지는 것에 대해 나도 알고 있다. 장미나무가 있던 그 집도 몇 해 전 철거되고 그 자리엔 아파트 단지가 들어섰다.

7동 사잇길은 무너진 건물 자재로 막혀 있었다. 겨우겨우 계곡 쪽으로 들어갔다. 그새 잡풀이 푸르게 자랐다. 비가 오지 않아 계곡의 물은 말라 있었다. 장마 때면 산 정상으로부터 흘러내려온 빗물로 몇 날 며칠 물소리가 끊이지 않았을 것이다. 아파트는 그 계곡에 바싹 붙어 서 있다. 방에 누우면 계곡을 흘러가는 물소리가 방으로도 흘러들었을 것이다. 물소리가 들려오는 밤, 두 귀는 여느 날보다 밝아졌을 것이다. 물소리를 들으며 잠든 사람들은 조각배를 타고 멀리멀리 흘러가는 꿈을 꾸었는지도 모른다.

이런, 계곡의 다리가 두 개였다. 건너편으로 건너가기 쉽도록 다리 한 개를 더 놓은 듯했다. 어떤 것이 기린교일까, 이 다리에 가 섰다가 다시 저 다리 앞으로 가보았다. 기린교로 짐작되는 돌다리 위는 시멘트로 포장되어 있었다. 쇠 난간도 박혀 있었다. 조금 벗겨진 시멘트 포장 아래로 오래된 듯한 돌이 얼핏 드러났다. 몇 해 앞서 기린교를 답사한 친구에게 전화를 걸었다. "여기가 기린교 맞아?" 그는 반 전문가였다. "장대석이 두 개인지 확인해봐"라고 말했다. 그의 설명으로 보자면 내가 선 곳이 바로 그 기린교였다. 계곡은 그림 속에서처럼 깊지 않았다. 무수한 세월 속에 흘러온 토사가 쌓였을 것이다. 다리를 건너 정선의 '수성동' 속 시종이 선 자리에 섰다. 수성동 수묵화가 겹쳐졌다. 1751년경 이 자리에 네 사람이 서 있었다. 그들은 잠시 뜻을 이루지 못하고 죽은 왕자에 대해 이야기를 나누었을 것이다. 두런두런 누군가 이야기를 나누며 내 옆을 지나가는 듯했다.

옥인동 골목이 저 아래로 펼쳐졌다. 저 아래 어디쯤에서 젊은 아버지는 한때 자취를 했다. 10대 후반에 서울로 야반도주한 아버지는 그 뒤로도 고향에 돌아가지 않았다. 할아버지의 바람처럼 배를 타고 고등어를 잡는 일이 죽는 것보다 싫었다. 스무 살 젊은 아버지는 좁은 방 한 칸을 얻어 살면서 고학했다. 어느 겨울 아침에 일어나보니 머리맡에 둔 물 사발이 얼어께져 있었다고 했다. 기린교 이전의 옥인동은 내게 젊은 아버지의 고단함이 깃든 곳이었다.

옥인시범아파트가 철거되면서 가장 큰 손해를 보았을 것 중 하나가 바로 9번 버스일 것이다. 25인승 소형 버스였다. 자리의 반도 차지 않은 버스가 옥인동 골목길을 빠져나갔다. 다행히 골목을 도는 동안 버스는 승객들로 꽉 찼다. 계획대로 움직인 탓인지, 기린교를 찾았다는 흥분감 때문인지 경복궁 역에 내렸을 땐 조금 고단했다.

그날로부터 2년이 흘렀다. 또다시 장미의 계절이 다가온다. 철거 중이던 옥인시범아파트는 그사이 흔적도 없이 사라졌다. 그리고 그 기획도 첫 회 연재를 끝으로 무산되었다. 그 뒤로 몇 번 버스를 탔지만 수성동에 갔던 것처럼 나는 계산적으로 움직였다. 기획이 무산된 뒤에야 버스 뒷좌석에 앉아 맘 편히 돌아다닐 수 있었다.

아파트가 철거된 뒤 그곳은 예전 수성동의 모습으로 복원되고 있는 중이다. 복원 중인 모습이 정선의 '수성동' 그림과 흡사하다. 하지만 그날 이후로 종종 그런 꿈을 꾼다. 계곡 바로 옆 아파트에 누워 물소리를 듣는 꿈. 돌돌돌, 물소리가 내 머리에서 내 다리 사이로 흘러간다. 그날 내가 흥분했던 건 아파트 바로 곁을 흐르는 계곡과 그 계곡에 걸친 기린교였다. 기린교가 역사적 기념물인 것처럼 옥인시범아파트도 누군가에게는 역사적 기념물이 아닐까.

내게 기린교는 철거 중이던 옥인아파트와 함께 떠오를 것이다. 사람들이 떠나버린 황량한 폐허는 여전히 그 흔적들로 부산스러웠다. 일상 속에 수백 년 된 다리가 있었다는 것이 나는 더 신기했다. 복원된 수성동을 다시 찾는다고 해도 어쩌면 그날의 그 흥분을 되살릴 수 없을지도 모른다. 이미 여러 번 경험했다. 똑같은 장소를 찾았지만 전의 기쁨과 감동을 느낄 수 없었던 적이 많았다. 결국 중요한 건 장소가 아닐지도 모른다. 한순간이다. 그날의 바람, 햇빛, 소음과 냄새 같은 환경이 절묘하게 만난 그 한순간이다.

그날 경복궁역 버스 정류장 앞에 섰을 땐 해가 지고 있었다. 퇴근을 서두는 사람들 틈에 섞였다. 그 정류장 앞의 햄버거집은 어느 날 북한산에서 내려와 가족과 들렀던 곳이다. 우리는 그곳에서 땀을 식히면서 차가운 청량음료를 마셨다. 갈증이 났지만 그 음료수 맛 또한 그날 맛이 아닐 것이다.

순간 누군가 나를 불렀다. 깜빡 잊고 있었다. 뒤돌아보니 거기 Y가 서 있었다. 행여 방해가 될까 그림자처럼 내 뒤를 따라

오고 있었다. 그날 여행을 즐겁게 한 많은 것 중에 Y도 있었다는 건 분명하다.

1000/60

그곳에 방이 있는 줄 몰랐다. 사무실을 빠져나와 잠깐 산책을 하는 뒷골목은 한낮에도 고요했다. 시선이 하늘로 향해 있기 십상이어서 다리 아래쪽은 눈여겨보지 못했는지도 모른다. 곰곰 생각해보니 그곳은 늘 누군가 내다 버린 쓰레기로 골머리를 앓던 곳인 듯하다. 감시 카메라를 설치했다며 으름장을 놓은 붉은 글씨의 벽보, 아무래도 그곳 담벼락에서 본 듯하다.

요란한 음악 소리가 아니었다면 이번에도 그냥 스치고 말았을 것이다. 사람들이 지나치는 길 바로 가까이에 창 두 개가 나 있었다. 창은 작지 않았지만 창틀이 콘크리트 보도에 턱걸이하듯 걸쳐 있었다. 유난히 무더웠던 올여름에도 창문 한 번 열 수 없었을 것이다. 한낮에도 전등을 켜야 하고 긴 장마에 습기와 곰팡이 냄새로 가득 찼을 방. 창문을 열면 환기는커녕 도로의 먼지와 누군가 버린 쓰레기가 튀어 들어올지도 모른다.

그동안 찾는 이 없어 비워두었을 수도 있다. 전세는 찾아볼 수 없고 천정부지로 뛰어오르는 전셋값에 덩달아 월세도 올랐으니, 얼마 전에야 세입자가 들어온 건지도 모른다.

홍대에서 신촌으로 넘어가는 큰길에 젊은 일러스트 작가의 작업실이 있었다. 간판에 '1000/60'이라는 숫자가 씌어 있었다. 버스를 타고 가다 그 간판이 눈에 띄면 궁금했다. 이 의미심장한 숫자는 무엇일까. 다소 도발적인 작업을 하는 작가와 무관하지 않으리라 생각했는데 나중에야 반지하인 작업실의 보증금과 월세라는 것을 알았다. 역시 그답다는 생각도 하고 그의 바람대로 영영 월세가 오르지 않았으면 좋겠다는 생각도 했다. 그런데 어느 날 그 간판이 보이지 않았다. 임대료 때문일까, 작가가 다른 곳으로 이사를 갔다는 소식을 나중에 들었다.

창문도 열 수 없는 길갓집 반지하, 그 방은 얼마일까. 건물 안까지 음악 소리가 따라붙는다. 전자음과 함께 여자인지 남자인지 알 수 없는 가수가 악을 쓴다. 여기도 사람이 산다고, 누군가에게 알리기라도 하는 듯 음악 소리가 골목에 쩌렁쩌렁 울린다.

사무실로 돌아오니 두 남자가 마주 앉아 일을 하고 있다. 그들의 나이 차는 열두어 살. 후배는 또래의 젊은이들과 비슷한 보증금과 월세를 내며 혼자 살고 있다. 1000/60. 여느 젊은이들처럼 부모님께 도움을 받을 수 없다. 매달 꼬박꼬박 월급의 4분의 1이 넘는 금액이 월세로 들어간다. 벅차지만 당분간 1000에 60이라는 그 규칙과 그 조건이 깨지지 않기를 바란다. 상가 건물 2층이라는데 아랫집에서 대형 가마솥에 하루 종일 무엇을 끓이기라도 하듯 바닥이 너무 뜨겁다고 했다. 후배는 언감생심 집을 사려는 생각은 하지 않는다. 결혼을 하면 전세 대출을 받아 전세로 옮기는 것이 목표다. 하지만 대출 이자를 내야 하는데 그 금액도 만만치 않다. 그렇다면 그것이 지금 살고 있는 월세와 무엇이 다른 건지도 생각 중이다.

제집이 있는 선배라고 사정이 다르지 않다. 후배와 달리 그는 부모님의 도움을 받아 결혼 생활을 시작했다. 계약 기간이 끝날 때마다 전세금 흥정을 하고 자주 이사 가는 것이 번거롭다며 무리하게 집 장만을 했다. 어느 해 여름 그는 해안가에서 죽은 소라게를 보았다. 커지는 몸집에 좀 더 큰 고둥을 찾던 소라게는 마땅한 집을 찾지 못했던 모양이었다. 비틀어진 탄산수 페트병을 집이라 생각하고 자리 잡았다가 죽은 듯했다. 소라게 때문만은 아니겠지만 그는 더 큰 집으로 이사 가겠다는 생각은 아예 버린 듯하다.

그도 매달 융자에 대한 이자를 내고 있다. 이것이 월세와 뭐가 다른지 가끔 혼동이 되지만 그래도 전세로 옮기자는, 요즘 같은 시대에 제집을 갖는 게 무슨 의미가 있느냐는 아내의 말을 듣지 않은 걸 천만다행이라고 생각한다. 아내가 한마디만 더 하면 그것 보라고, 전셋값이 오르고 올라 아예 전세를 찾을 수 없지 않느냐고 쏘아붙이고 싶지만 그렇게 말하기에 뭔가 이상하다.

뭔가 이상한 여름이 가고 있다.

단맛

그 베이커리 앞을 지나칠 때마다 두 가지 생각이 번갈아 들곤 했다. 첫 번째는 아버지. 덜컥 둘째가 들어서는 바람에 엄마 젖을 일찍 떼게 된 내게 젊은 아버지는 카스텔라를 사서 조금씩 떼어 먹였다. 요즘 엄마들이 들으면 펄쩍 뛸 일이지만 딱딱한 과자도 종종 이로 잘게 씹어 먹였던 모양이다. 그 때문은 아니겠지만 초등학교 1학년 건 검진표의 충치 수 난에 눈을 의심할 숫자가 적혀 있었다. 11. 젖니의 반 이상이 충치였다는 뜻이다.

유년의 선명한 기억도 이와 연관되어 있다. 치통으로 다들 자는 밤에 깨어 쓸쓸히 혼자 새벽을 맞았다. 치과에 치료를 받으러 갔지만 한눈에도 무시무시해 보이는 치과 장비에 놀라 줄행랑을 치기도 했다.

카스텔라 대신 분유만 먹었대도 사정은 달라지지 않았을 것이다. 분유 속에는 우리의 생각보다도 많은 당분이 들어 있다. 생후 한 달 된 아기가 120밀리미터씩 하루 여섯 병의 분유를 먹는다면 대략 50그램의 당분을 섭취하게 되는 셈이다. 우리는 너무도 빨리 단맛에 눈을 뜬다.

밑도 끝도 없이 '눈물 젖은 빵을 먹어보았느냐'라는 말도 떠오른다. 어린 시절 읽은 책의 한 구절인지도 모르겠다. 그 말이 사투리가 섞인 가느다란 남자의 음성으로 떠오르는 걸 보면 거나하게 취해 일장 훈계를 늘어놓던 아버지에게서 들었는지도 모른다. 그 말뜻과는 전혀 다르지만 실제로 울면서 빵을 먹어본 적이 있다. 향긋한 밀 향과 다디단 단팥소 맛에 섞이던 찝찔하던 눈물의 맛. 맛도 맛이려니와 그 모습은 어딘가 모르게 좀 우스꽝스러웠다.

열한 개나 되는 충치를 다 갈고도 단맛을 좋아하는 식성은 바뀌지 않아 어느 대학가의 와플과 빙수가 맛있는지 몇 시에 어느 빵집의 갓 구운 식빵이 나오는지 정도는 꿰게 되었다. 홍대의 그 베이커리도 출입한 지 20년이 훌쩍 넘었다. 우리 아이들도 그 빵과 같이 자랐다. 어느 빵집보다도 먼저 우리 밀을 쓰고 재료도 신선해 믿을 만했다.

그 베이커리가 문을 닫던 날은 마침 휴가 중이었다. 가게의 마지막을 함께할 수 없다는 사실이 두고두고 아쉬웠다. 매일같이 그 앞을 지나치고 일주일에 두어 번 빵과 과자를 구입했던 나로서는 홍대와 함께한 내 역사의 페이지 중 한 페이지가 닫히는 기분이었다.

물론 모든 이에게 가게 문이 활짝 열려 있었던 건 아니었다. 단맛이 그리워 지나치다 우연히 들른 이들 중에 비싼 빵과 과자 값에 화들짝 놀라는 이도 있었다. 계산대는 늘 종업원들이 지키고 있어서 단골이라고 알은체도 하지 않고 덤도 없었다. 그런데도 다디단 슈크림 하나를 사 들고 나올 때면 기운이 났다. 가끔 왜 이렇게 비싼 걸까, 재료비 때문일까, 속이 상하기도 했는데 천정부지로 오르던 임대료도 한몫했던 모양이다.

곳곳에서 대기업 체인의 가게들이 눈에 띄기 시작한 지 오래되었다. 빵집도 예외는 아니었다. 집으로 가는 골목에도 두 개의 빵집이 나란히 서 있다. 골목 빵집 옆에 느닷없이 대기업 체인의 빵집이 생기던 날, 개업을 축하한다고 세워둔 고무풍선이 미친 듯 춤을 추는 동안 동네 빵집 안 젊은 부부는 망연자실 서 있었다. 기세에 눌려 문을 닫으면 어쩌나 싶었는데 2년이 다 되도록 버티고 있다.

다행히 그 자리에 대기업의 빵집이 들어서지는 않는 모양이다. 단맛은 때때로 유혹의 상징이 되기도 하지만 때때로 우리 삶에 활력을 준다. 다디단 그 맛. 단맛 뒤에서 우는 이들이 없기를. 눈물 젖은 빵, 그 빵 맛은 그리 권할 것이 못 된다.

동시에
그리고 모든 곳에

사무실이 있는 오피스텔 건물이 철통 보안으로 악명이 높은 모양이다. 불평의 대부분이 주로 택배 배달을 하는 분들 사이에서 나오고 있다는 것도 알고 있다. 한시가 급한데 경비실에 들러 신분을 확인하고 출입 카드를 받아야 하는 절차가 여간 성가신 게 아닐 것이다. 출입 카드 없이는 아예 엘리베이터를 타고 올라갈 수 없다. 출입 카드를 소지하고 있는 입주자의 사정도 별반 다르지는 않다. 해당 층의 버튼 하나만 눌러지기 때문에 혹시라도 다른 층에 가야 할 때면 경비실에서 별도의 출입 카드를 받아야 한다.

배달 음식은 어쩔 도리 없지만 성미 급한 택배 기사들이 경비실에 물건을 맡겨놓고 가는 일이 종종 있다. 왜 사무실로 가져다주지 않느냐고 따지지도 못한다. 가끔 방문하는 손님들도 대뜸 "이 건물 왜 이리 경비가 삼엄해?"라는 말로 인사를 대신할 정도니까 말이다.

그날도 택배 기사가 두고 간 택배를 찾으러 경비실로 내려

갔다. 얼핏 경비실 안쪽에서 백남준의 비디오아트를 흉내 낸 듯 쌓아올린 모니터들을 보았다. 잘게 분할된 화면들은 바로 지금 이 시간 건물 안의 동정들을 보여주고 있었다. 출입 카드로는 성에 차지 않는지 건물 구석구석 CCTV 카메라가 설치되어 있었다. 두 대의 엘리베이터는 물론이고 주차장과 복도 등이 한눈에 다 보였다. 순간 떠오른 건 동시에 그리고 모든 곳에 존재한다는 '그분'이었다.

CCTV의 존재를 알 길 없는 이들은 자연스러웠다. 저 혼자라고 생각한 젊은이는 엘리베이터에 타자마자 거울에 얼굴을 바싹 들이댔다. 양 뺨을 번갈아 부풀리는 모습이 우스꽝스러웠다.

CCTV가 설치되지 않았을 때 엘리베이터는 남의 이목으로부터 잠깐 벗어날 수 있는 공간 중 하나였다. 사무실에서 하지 못해 참았던 말을 동료와 풀기 시작하는 곳도 엘리베이터였다. 엉클어진 머리도 매만지고 흘러내린 바지도 추켜올렸다. 지하 주차장 CCTV에 한 남자의 뒷모습이 잡혔다. 그는 급히 걷다가 주차 방지 턱에 걸려 넘어질 뻔했다. 우리의 사생활을 누군가 지켜보고 있었다.

건물 밖 골목에도 얼마 전 CCTV가 들어섰다. 대낮에도 인적이 뜸한 곳이기는 했다. 점심을 먹고 느긋하게 팔자걸음으로 걷던 길인데 이젠 예전 같지 않아졌다. 범죄 예방 차원에서 참 다행이다 싶으면서도 감시 카메라가 달린 전신주 아래에 오면 나도 모르게 발걸음이 엉킨다. 카메라를 의식하고 있는 것이다.

우리 동네에는 과연 몇 개의 감시 카메라가 있는 것일까. 어느 곳에서는 어린이를 보호하고 어느 곳에서는 치안을 담당하고 있을 것이다. 불법 주정차를 하는 차들을 내려다보고 쓰레기를 무단 투기하는 이들의 얼굴도 다 찍고 있을 것이다. 그리고 어느 곳에서는 방심한 나의 모습을 보았을지도 모른다. 숨기고 싶은 내 모습이 찍히고 있는지도 모른다.

감시 카메라 앞에서 당당해지자고 다짐했다. 그런데도 그 아래 서면 혹시라도 죄 지은 게 없는지 돌아보게 된다. 문제는 며칠 전 일어났다. 모임을 마치고 돌아오는 길이었다. 어둠이 짙게 내려앉은 아파트 단지를 걸어 들어오는데 별안간 신호가 왔다. 엘리베이터는 꼭대기에 멈춰 서 있었다. 생리적인 현상을 참느라 두 다리를 배배 꼬고 발을 동동 굴렀다. 경박하기 짝이 없었다. 아무도 없는 것이 다행이었다. 그러다 반짝 정신이 났다. 감추고 싶은 이런 모습이 여과 없이 보여지고 있을 관리실의 CCTV가 떠올랐다. 봤을까? 설마, 봤을까? 전전긍긍하는 내 모습은 영락없는 『1984』의 윈스턴의 모습이었다. 소리를 줄일 수는 있으나 절대 끌 수 없다. 당이 이를 통해 사람들의 일거수일투족을 감시할 수 있다. 낮이나 밤이나 작동되는 이 기계를 끌 도리는 없다. 윈스턴은 텔레스크린의 사각지대인 모퉁이를 찾아내기에 이른다. 그 순간 내게 필요한 것은 바로 그런 모퉁이였다.

편의점에
간다

아이의 어린이집이 있는 골목 끝에 편의점이 있었다. 아이들을 어린이집으로 들여보낸 엄마, 아빠 들이 편의점 파라솔 아래 앉아 잠시 숨을 돌리곤 했다. 종종 편의점에 물건을 대는 물류 회사의 대형 트럭이 길을 막고 서 있어 몇 번 경적을 울린 적도 있었다. 어느 날 그 편의점이 사라졌다.

우리나라엔 현재 2만여 점의 편의점이 있다고 했다. 사라진 한 개의 편의점 수를 메우려는 듯 사무실 바로 앞에 또 한 개의 편의점이 늘어났다. 2차선 도로를 사이에 두고 예전부터 있던 편의점과 새로 생긴 편의점이 삐딱하게 마주 서 있다. 점점 느는 편의점 수로 이곳의 유동 인구를 짐작할 수 있다. 그들이 편의점에서 구입하는 건 일주일 치의 장이 아니다. 음료수나 아이스크림, 담배 등과 같은 소소한 물건이다. 문득 신고 있는 스타킹 올이 풀린 걸 발견한다 해도 걱정할 것 없다. 바로 코앞에 편의점이 있으니까.

편의점의 등장은 신선했다. 지금처럼 편의점이라 부르지 않고 꼭 '24시간 편의점'이라고 불렀다. 어두컴컴하고 비좁은 동네 미니 슈퍼와는 외형부터 달랐다. 산만한 진열대 위로 자꾸 쌓여가는 물건들 때문에 발 디디기도 힘들던 가게와는 달리 편의점엔 우리의 취향을 고려한 물건들이 산뜻하게 진열되어 있었다. 슈퍼 아저씨라면 음료수 상자들을 쌓아둘 자리를 과감하게 고객에게 할애했다. 미니 바에서 우리는 컵라면과 어묵 같은 즉석식품들을 먹었다.

밤새 영업한다지만 늦어도 전철 막차를 타야 했기에 새벽의 편의점을 볼 기회는 없었다. 그 무렵 학생들의 습작품 속에 편의점이 등장하기 시작했다. '그는 새벽 세 시 편의점에 들러 담배 한 갑을 샀다. 잠을 자지 못한 아르바이트생의 얼굴이 형광등 불빛 같았다.' 몇몇 학생들이 겉멋이 잔뜩 든 문장이라고 지적했다.

새벽의 편의점을 본 건 몇 년 뒤였다. 잠든 가족을 깨우지 않으려 살금살금 밖으로 나왔다. 어둠 속에서 반짝이던 편의점 불빛은 따뜻했다. 잠들지 못한 이들이 거기 있었다. 깊은 밤에도 깨어 있는 이들이 생각보다 많았다. 그날 두 개 사면 하나를 덤으로 주는 껌을 샀다.

사무실 1층의 편의점을 가장 많이 들르는 건 가깝기 때문이다. 그걸 편의점 사장님은 단골로 생각하는 듯하다. 얼마 전까지만 해도 편의점엔 늘 아르바이트생들이 있었다. 편의점 주인과 1대 1로 마주치지 않았다. 물건을 사고 값만 지불하면 되었다. 불쑥 들러 아무것도 사지 않고 나와도 눈치 줄 이 없었다.

어느 날부터 나이 지긋한 사장님이 계산대 앞에 서 있었다. 아르바이트생 대신 주인이 카운터를 보고 있다는 건 인건비라도 줄여볼 심산이었을 것이다. 사장님이 과자를 사는 우리 아이를 보고 "귀엽게 생겼네"라고 한마디했다. 그 뒤로 얼굴을 익혀 이젠 가게 밖에서 사장님을 만나도 인사를 하는 사이가 되었다. 그러다 보니 건너편 편의점 때문에 매출이 준 건 아닐까 괜한 걱정도 하기 시작했다. 예전처럼 눈에 띄는 편의점에 마음 편히 들르지도 못하게 되었다. 이래선 편의점이 아니다. 조금 거리를 두고 싶다고 생각했는데 얼마 전 출근한 사모님과도 인사를 나누고 말았다.

아이의 어린이집 편의점 자리에 들어선 것은 다름 아닌 미니 슈퍼다. 아주머니 한 분이 의자에 앉아 놀러온 이웃과 수다를 떨고 있었다. 물건 진열도 조명도 영락없는 추억의 미니 슈퍼다. 골목에 돌아온 미니 슈퍼의 힘에 대해 생각하다가 문득 편의점을 접고 떠난 전 주인이 떠올랐다.

지금도 어디선가 하나의 편의점에 없어지고 또 하나의 편의점이 늘고 있다.

도시 중독자의
외로움

아파트 꼭대기인 25층에 한 1년 남짓 살게 되면서 버릇 하나가 생겼다. 일 때문이든 불면 때문이든 혼자 새벽을 맞이하게 되는 밤이 많아졌는데 그럴 때면 베란다에 팽개쳐둔 플라스틱 슬리퍼를 꿰어 신고 베란다로 나가 멀리까지 펼쳐진 네거리를 따라가보거나 어둠을 훑어 아직 불이 꺼지지 않은 창의 개수를 세어보는 일이다. 밤늦도록 꺼지지 않고 반짝이는 불빛을 보고 있자면 동지애를 느끼기도 하지만 한편 가슴이 아릿해지기도 한다. 저 사람은 무슨 일 때문에 아직 잠들지 못하고 있는 것일까. 저 불빛의 누군가는 불면의 밤을 보내느라 뒤척이고 있는가 보다, 그 누군가는 심장을 쥐어짜는 고통으로 긴 밤을 보내고 있을지도 모른다. 몇 블록 건너에서 반짝이는 대학 병원의 불빛을 볼 때면 더욱 그렇다. 그래서 불이 꺼진 창들을 바라볼 때는 마음이 홀가분하기까지 하다. 잘 주무시라고 좋은 꿈들 꾸시라고 손이라도 흔들어주고 싶다.

한강이나 북한산을 조망할 수 있는 최적지이기는커녕 우리 아파트 베란다로 내려다보이는 곳은 아름다움과는 거리가 먼 곳이다. 아직 건물을 올리지 않은 사유지들이 곳곳에 웅덩이처럼 자리 잡고 앉아 잡초들을 키우고 있다. 들쭉날쭉 상가 여기저기 매달린 간판들 또한 불쾌감을 줄 뿐이다. 하지만 상반신을 쭉 빼고 보면 내가 운동 삼아 걷는 소로들이 드러난다. 왕복 한 시간 이상이 걸려 매일 꾀를 부리고는 하는 그 길은 높은 곳에서 바라보는 그 길과는 너무도 동떨어져 웃음이 나오고는 한다. 칙칙한 아파트 단지 사이에 긴 주택들의 옥상마다 하나씩 얹힌 노란 물통은 민들레처럼 또 얼마나 활기를 주는가.

그렇게 창가에 서서 노닥거리고 있자면 맞은편 아파트의 모든 창들에 불이 꺼진다. 모든 근심들이 사라지는 순간이다. 희끗희끗 내 발 아래로 아파트 꼭대기의 철제 난간들이 반짝이는데 수없이 겹쳐진 아파트의 철제 난간들이 내게는 꼭 파도처럼 보인다. 오히려 진짜 바다보다도 그런 풍경들에 나는 마음이 편해진다. 그렇게 서 있다 보면 아파트 철제 난간들이 파도처럼 쏴아 소리를 내면서 연신 밀려와 내 발을 적시고 물러난다. 아, 나는 아파트 바닷가에 서 있는 것이다. 남편과 아이는 깊은 잠에 빠져 있고 나는 혼자 밤을 새우고 있다. 괜찮은 고독이다.

학창 시절에 오락부장이었다고 하면 나를 잘 알고 있는 사람들도 곧이곧대로 믿으려 하지 않는다. 삼삼칠 박수를 쳐대고 코미디언 이주일 선생의 걸음걸이를 흉내 내던 시절이 있었다. 오락 시간이면 반 아이들의 검은 눈동자가 내게로 쏠렸고 인기가 좋아 쉬는 시간이면 친구들에게 둘러싸여 지냈다. 그런데 어느 때부터인가 말수가 줄어들더니 지금은 재미없는 사람 쪽에 가까워졌다. 왁자지껄한 자리에서는 재담 있는 친구들의 이야기를 듣는 것이 더 재미있고 조용한 자리는 조용한 자리 나름대로 마음의 평화를 얻는다. 이제야 '차 같은 친구'라는 구절을 이해하겠다.

그럼 고요하고 외진 곳으로 이사를 가면 어떻겠냐고 권하는 사람들이 있다. 문을 열면 강의 지류 하나가 발치 아래로 흘러가고 산 건너에서 물미역 냄새가 풍겨오는 그런 곳에서 마당 있는 집을 짓고 사는 것에 대한 동경이 전혀 없었던 것도 아니다. 고백하자면 나는 그럴 용기가 없다. 나는 철저한 도시 중독자다. 시야가 탁 트인 평야보다는 이렇게 다른 아파트로 앞이 막힌 아파트라는 공간이 편하다. 새벽에도 물건을 살 수 있는 편의점이 편리하고 교통 체증으로 약속 시간에 늦을까 노심초사하는 것이 익숙하다. 낮은 담과 항상 열어놓은 대문으로 낯선 사람이 내 집 안에 불쑥불쑥 들어서 내 시간을 방해하는 것도 달갑지 않다. 비가 오면 이웃끼리 어울려 김치전을 부쳐 먹고 친목회를 얽어 단체 관광을 벼나는 섯도 부럽지 않다. 밤새 일하고 잠깐 단잠을 자는 짧은 시간을 느닷없는 방문객에게 내어주는 것도 좋아하지 않는다.

도시에서 나고 35년을 도시에서 자란 사람에게 무슨 고향의 정취 같은 것이 있겠느냐고 묻는 사람들이 많다. 고향이 어디냐고 물어 서울이요, 하면 그쪽에서 그럴 줄 알았다는 듯 아하, 한다. 내 외모나 태도 어딘가에 도회적인 것이 묻어 있는 모양이다. 물론 내가 나고 자란 곳이 사대문 밖이어서였겠지만 예전의 서울에도 밭이 있었고 논이 있었다.

지금은 복개가 된 청계천을 차로 지날 때면 그 밑 어딘가에서 돌돌 흐르고 있을 물길을 상상한다. 아파트 단지가 들어서 비가 와도 흙 하나 묻히지 않는 아스팔트 위를 걸어 다니지만 그곳에서 푸르게 자라 바람에 흔들리던 파밭을 떠올린다. 내 기억 속의 그곳이 바로 내 고향이다.

명절이면 고향으로 내려가지 않는 나는 남아도는 시간을 서울 시내를 쏘다니면서 보낸다. 한산해진 거리를 기웃거리는 것에 재미가 붙었다. 택시 요금도 평상시보다 훨씬 적게 나오고 정체 구간도 없고 향락 시설의 문은 모두 문을 걸어 닫았다. 좌측 통행을 하지 않아도 맞은편에서 오는 행인과 어깨를 부딪힐 일도 없다.

하지만 가끔 그런 도시에도 싫증이 날 때가 있다. 도시라서기보다는 아마 같은 장소에 대한 싫증일 것이다. 미루고 미루었던 철도 회원이 되면서 마음만 먹으면 인터넷으로 내가 갈곳의 기차표를 예약할 수 있게 되었다. 철도 회원이 된 기념으로 간 곳이 경주였다. 결혼을 하지 않은 여동생 둘과 딸아이와동행했다.

경주로 갈 생각이라고 했더니 대뜸 어머니가 말했다.

"또 경주야? 경주에 꿀이라도 숨겨놨니?"

어머니의 말마따나 경주만 벌써 네 번째였다. 수학여행 때의 좋지 않은 추억 때문에 한 동안 생각도 하지 않았다가 별생각 없이 들른 경주에서 나는 뜻하지 않은 편안함을 느꼈다.1월이었고 경주의 날씨는 서울보다 한참 내려간 듯 쨍 소리가날 만큼 청명하고 추웠다. 오들오들 떨면서 남산에 올라가 감실석과 옥룡암, 보리사를 찾고 반월성터에 서서 달구경을 했다. 집으로 돌아온 후에도 경주의 잔상은 불쑥불쑥 찾아들어한동안 머물다 떠났다. 경주에 대한 느낌은 한마디로 외로움이었다. 여기저기 흩어진 능과 숲과 빈터들. 그 여백이 온통 외로움이었다.

처음에는 책을 뒤지고 지도를 펼쳐보아야 했지만 지금은

눈을 감으면 경주 시내가 눈앞에 펼쳐졌다. 오히려 내가 살고 있는 곳보다 골목골목 눈이 밝아졌다. 난풍은 이제 끝물이었다. 기림사 입구에 내렸을 때는 오후 4시경이었지만 이미 산 그림자가 짙어지고 있었다. 여동생 둘과 딸아이가 먼저 올라가고 그 뒤를 따라갔다. 퇴색할 대로 퇴색한 기림사의 요사채 앞에서 한참 맨흙을 밟았다. 우수수 나무들이 남아 있던 이파리를 떨궈냈다. 아주 먼 곳에서부터 바람이 몰려왔다. 바람이 오는 곳에서부터 나무들이 울어댔다. 몇 차례 찾아온 경주였지만 바람 소리가 귀에 들어오기는 처음이었다. 그야말로 풍파였다. 바람의 파도였다.

수백 년 된 나무들 앞에서 천 년이 넘은 능과 부처상들 앞에서 나는 점점 더 작아지고 외로워질 뿐이었다. 그 앞에 앉아 있자니 환청처럼 천 년 전의 사람들이 지나가는 듯 옷감 스치는 소리가 났다. 그들에게 나는 한순간 지나가는 여행객에 불과할 뿐이었다.

돌아오기 전날 저녁, 숙소로 돌아가는 보불로에서 교통사고를 목도했다. 정면충돌한 두 대의 자동차는 보닛이 반쯤 우그러들었고 김이 오르고 있었다. 우리가 탄 택시는 사고 현장을 용케 피해 재빠르게 지나쳤다. 우연히 돌아다보았는데 거미줄처럼 타고 올라간 차창 안에서 부동자세로 쓰러진 두 사람의 실루엣을 보았다. 교통사고 현장을 본 것이 처음이라 놀라움도 컸지만 이상하게도 그 장면 위에 겹쳐진 것은 500년 넘은 은행나무와 1000년이 넘은 부처상들이었다.

숙소에서 그 사고에 관한 소식을 들었다. 텔레비전 뉴스의 지방 방송으로 살짝 스쳐 간 보도에 의하면 그 사고로 여덟 명이 사상했다고 했다. 일요일 저녁이었으니 그 차들에 탔던 누군가는 여행에서 돌아가기 위해 숙소에서 나와 고속도로로 진입하려 했을 것이다. 그 사고가 나기 바로 전 그들은 무슨 이야기를 나누었을까. 불국사의 인파와 계림에서의 자전거 하이킹, 감은사지에서 바라보았던 석양에 대해 이야기했을지도 모른다. 시간이 나면 다시 와봐야겠다는 말도 했을지 모른다.

토함산이 바라다 보이는 숙소 창가에서 오랜만에 별똥별들을 보았다. 사방이 고요했다. 집으로 돌아가고 싶었다. 내가 나고 자란 고향으로 가고 싶었다.

그날 밤은 새벽까지 잠이 오지 않았다.

문자와로
서로 사맛디 아니할세

그날 저녁 모임은 화기애애했다. K 씨가 깜짝 선물로 준비해 온 케이크에 초를 꽂고 불을 붙일 땐 분위기가 최고조에 달했다. 몇 해 전 우리가 처음 만나던 날이 떠올랐다. 조금 얼떨떨한 표정으로 우리는 서로의 이름과 얼굴을 확인하고 깍듯하게 인사를 나누었다. 나이와 직장도 다 다른 우리는, 흔히들 오래 가기 어렵다고 하는 사회에서 만난 이들이었다.

식사가 거의 끝나갈 무렵 K 씨가 불현듯 앞에 앉은 Y 씨에게 물었다. "늘 궁금했는데, 문자가 좀⋯⋯." 문자? 문자메시지를 말하는 모양이었다. 돌발 질문이라도 받은 듯 Y 씨가 좀 당황했다. K 씨는 모임의 막내로, 모임의 발의부터 이 사람, 저 사람 사정을 고려해 시간과 장소를 잡는 번거로운 일을 도맡아 오고 있었다. 물론 그 모든 것이 문자만으로 이루어진다. 서로의 안부가 궁금할 때도 우리는 먼저 연락할 엄두는 내지 못하고 K 씨가 연락해오기만을 기다릴 때가 많았다.

오랜만에 얼굴 볼까요, 라는 문자에 돌아오는 Y 씨의 답문자는 '네'. 몇 날 몇 시 어디에서 보기로 했어요, 나오실 거죠? 라는 문자에도 역시 '네'라는 짧은 답변만 돌아온다는 것이다. 그에게서 받은 가장 긴 대답이라곤 '네, 알겠습니다'였다고.

Y 씨와 문자 안부를 주고받을 기회가 별로 없던 나로서는 그의 문자 스타일인가보다, 생각은 하면서도 한편 K 씨처럼 의아스러움이 드는 건 어쩔 수 없었다. 실제로 만나는 그는 수다스럽지는 않지만 늘 따뜻한 말로 우리를 격려하고 가끔은 자신의 개인사도 털어놓으면서 우리의 이야기를 귀담아듣곤 했기 때문이었다.

그에게서 온 문자를 확인하던 K 씨는 어느 날 이런 의문이 들었다고 했다. 혹시 이 사람, 이 모임에 나오고 싶지 않은 건 아닌가. 매번 '네'라는 짧은 대답만 해놓고 모임에 나와 보여주는 모습은 짧은 대답과는 천양지차라 좀 혼동이 된다고 했다. 술이 좀 오른 김에 K 씨가 결연히 물었다. "어떤 게 진짜 모습인가요?"

분위기가 애매해지려는 순간이었다. 남긴 음식과 휴지 조각으로 어지러운 식탁 한쪽에 우리가 촛불을 끄고 나눠 먹다 남긴 케이크가 찌그러진 채 놓여 있었다. 어색한 분위기를 피해보려 다들 한마디씩 거들었다. 문자 그대로, 조금도 과장 없이 사실 그대로, Y 씨의 직업 때문이 아닐까요. 이모티콘을 달아

보는 건 어떠신지요. Y 씨는 휴대폰을 만지작거리면서 아직도 휴내폰 이용이 어렵나며 웃었다.

Y 씨는 K 씨의 이런 반응이 당황스러울 뿐더러 아내에게도 그와 똑같은 단답의 문자를 보내고 있으며 앞으로도 자신의 문자 스타일을 바꿀 마음이 없다고 조곤조곤 따뜻하게 말했다. K 씨의 궁금증은 사라지지 않은 듯했다. 혹시나 술자리에서만 즐거워지는 남자들의 습성은 아니냐고 꼬집었다.

텔레비전에 나온 한 연예인이 다른 연예인 누구누구와 '문자로 안부를 묻는 사이'라고 말하는 것을 듣고 의아해진 적이 있었다. 꽤 친하다는 표현일 텐데 문자를 주고받는 사이란 직접 통화를 하는 사이보다는 좀 더 거리감이 있다는 뜻이 아닐까. 그러고 보니 나도 오래전부터 문자를 더 선호해왔다. 계속 문자만 주고받다가 차라리 통화를 하는 게 낫지 않겠느냐는 가족의 지청구를 듣기도 했다. 아이의 방에서도 친구와 통화하는 말소리보다 문자 발신음과 도착음이 새어나온 지 오래다. 우리는 상대방과 이렇듯 적당한 선을 지킨다.

K 씨는 계속 이해할 수 없다고 하고 Y 씨는 그런 그녀의 심정을 이해하지 못한 채 밤이 깊었다. 문득 고등학교 시절 달달 외우던 훈민정음 언해의 서문 한 부분이 떠올랐다. '문자와로 서로 사맛디 아니할세…….' 세종도 수백 년 뒤의 우리 현실

을 예측하지는 못한 듯하다. 옆에 앉은 누군가 장난스레 말했다. "그렇다면 '네'가 아니라 '넹'이라고 하시는 건 어떻습니까?" 누가 먼저랄 것도 없이 웃음이 터졌다. 그날 그 자리를 화기애애하게 지켜낸 '종결자'였다. 종결자? 무슨 말이냐고 누군가 눈을 동그랗게 떴다. 점점 문자로 통하는 일이 어려워진다.

불 꺼진
창

　몇 해 전 봄, 선배들과 중국에 다녀왔다. 역시 중국은 광활했다. 가도 가도 목적지가 나타나지 않았다. 한 도시에서 다음 도시로의 여정은 짧아야 500킬로미터, 서울 부산 간 거리를 달려가 경승지를 둘러보고 식사를 한 뒤 다음 도시로 출발하는 일정이 계속되었다. 하루 종일 버스가 쉬지 않고 달린 거리라야 중국 전체 국토를 놓고 보자면 크게 표시 날 거리도 아니었다. 풍광은 엇비슷해서 잠깐 졸다 깨면 버스가 같은 곳을 헤매고 있는 건 아닐까, 라는 착각이 들었다. 비행기를 타고 이륙해 저 아래 펼쳐지는 장난감 같은 건물과 자동차 들을 내려다볼 때처럼 모든 것이 비현실적으로 느껴지기도 했다. 그런 상황에서야 우리는 비로소 우리 자신을 돌아보게 된다. 통로를 사이에 두고 옆자리에 앉은 그 선배도 내내 그런 표정이었다. 조금은 담담하게 조금은 얼떨떨한 표정으로.

　시간을 내기 어려운 선배들이 모처럼 한자리에 모였다. 그 많은 선배들과 이렇듯 긴 시간을 보내기는 처음이었다. 10여

년 전 그들과 보낸 시간이 떠올랐다. 지금의 모습이 그 시절과 대비되어 깜짝 놀란다. 흰머리가 섞이고 머리카락 숱도 줄었다. 짐을 꺼내려 일어설 때마다 앞 칸에 앉은 선배들의 드러난 정수리가 보인다. 예전의 날램은 어디로 가고 무릎이 구부정해졌다. 짧은 머리카락 아래로 드러난 귀도 예전과 다르다. 반질반질하고 날 서 보이던 귀가 주름도 잡히고 날도 무뎌졌다. 선배들의 눈에 비친 나도 마찬가지였을 것이다. 환한 대낮, 눈가와 이마의 잔주름은 진작 들키고도 남았다.

그 선배와는 관광지 곳곳에서 툭툭 마주쳤다. 그는 일행과는 조금 떨어져 느릿느릿 걸었다. 이미 몇 번 와본 곳인 듯 주변을 휘 둘러볼 따름이었다. 어쩌다 그와 눈이 마주쳤는데, 그의 눈이 불 꺼진 창 같았다. 일말의 호기심도 일말의 기대감도 없는 그는 너무도 낯설었다. 예전 그의 얼굴 속에서는 개구쟁이 적 모습이 보였다. 바쁜 시간을 쪼개 여행을 떠나고 자신의 꿈에 주저함 없이 뛰어들었다. 격조했던 지난 몇 년 사이, 대체 그에게 무슨 일이 있었나.

빡빡한 일정에 모두 지쳤다. 숙소에 도착하면 파김치가 되어 있었다. 숙소의 엘리베이터 문을 열렸다. 트렁크를 끌려는데, 옆에 선 누군가의 트렁크와 바퀴가 얽혀 꼼짝하지 않았다. 바로 그 선배였다. 먼저 들어가라는 양보도 없이, 미안하다는 말도 없이, 멋쩍을 때면 소리 없이 씩 웃던 그 웃음조차도 없이, 그는 아무것에 관심을 기울이지 않은 채 단지 자신의 트렁크를 당겨 엘리베이터로 올라가느라 바빴다. 사려 깊던 예전의 그가 아니었다.

여행은 끝났고 그 뒤로 선배를 볼 일은 없었다. 하지만 불 꺼진 창 같던 그의 눈은 잊히지 않았다.

생전의 강원용 목사님을 딱 한 번 뵌 적이 있었다. 팔순을 한참 넘긴 목사님은 한참 어린 후배의 이야기에 귀를 기울이고 성심성의껏 말씀하셨다. 그분의 말씀은 늘 이런 식으로 시작되었다. 1965년 4월 오후 2시…… 이야기는 생동감이 흘러넘쳤다. 돌아가시기 얼마 전, 사람들이 모인 자리에서 목사님은 이렇게 말씀하셨다고 한다. 파토스(충동, 정열)가 없는 인생이란 그저 단백질 덩어리에 불과한 것이다. 열정을 가지고 한 번 태어나 하고 싶은 일에 최선을 다하라. 종교인으로서 자신의 속에서 불꽃처럼 일렁이던 파토스와 부단히 밀고 당기기를 하셨을 목사님의 얼굴이 그 선배의 얼굴과 교차되었다.

그 무엇이 선배 속에 있던 그 불씨를 꺼뜨린 것일까. 물리적인 시간, 일에 대한 스트레스? 아니면 커다란 상심일까. 한 아내의 남편이고 아이들의 아버지인 그의 모습을 떠올리면 서글퍼진다. 선배여, 힘내시길. 타올라라, 불!

이시카와,
샤미센 가락에 밤이 저문다

　바다는 방파제를 넘어 발을 적실 듯 바싹 따라붙다가도 키
작은 숲과 겹겹의 차선들 너머로 온데간데없이 자취를 감춰버
린다. 눈에서 멀어진다고 없는 것은 아니다. 바다는 보이지 않
는 곳에서 여전히 일렁거리고 있다. 노토 반도에서 시작되어
남쪽의 가가 시市에 다다를 때까지, 해안선의 길이가 자그마치
581킬로미터나 된다. 사라졌다 불쑥 나타나기를 반복하는 끝
없이 긴 해안선. 그것이 이시카와의 첫인상이었다.

　해 질 녘 가나자와 시의 히가시차야 거리를 걸었다. 가나자
와 역에서 도보로 10분 정도 걸어 들어가면 고즈넉하게 펼쳐
지는 히가시차야 거리는 2001년에 일본의 중요 전통 건물 보
존지구로 선정된 유서 깊은 곳이다. 큰 돌들이 깔린 뒤얽힌 골
목길. 골목길 양쪽으로 격자문이 달린 목조 가옥들이 어깨동
무를 하듯 늘어서 있다. 촘촘히 박힌 나무살 너머로 작은 정
원이 얼핏 설핏 들여다보일 뿐 집의 구조는커녕 세간도 좀처
럼 엿볼 수 없다. 수종을 짐작할 수 없을 만큼 목재들은 오랜

세월 동안 거무스름하게 변색되었다. 이 많은 목조건물이 오랜 시간 온전히 부존될 수 있었던 것은 가나자와가 전쟁으로부터 살짝 벗어나 있었기 때문이다.

저녁 산책을 나온 사람들 뒤를 개 서너 마리가 뒤쫓아 갔다. 갑자기 골목이 비좁아진 듯했다. 어둠이 골목 끝에서부터 천천히 밀려왔다. 구부러진 골목길 저 끝에서 두런대는 사람들의 말소리와 개 짖는 소리가 잦아들었다. 어느 순간 어둠과 함께 거리가 텅 비었다. 골목이 어두워지자 하나, 둘 집들의 불이 켜졌다. 돌 닥에 격자무늬의 그림자들이 졌다.

어느 집에선가 샤미센 가락이 튀었다. 소리 없이 격자문이 열리고 기모노로 성장한 게이코가 나와 종종걸음으로 골목길을 걸어 사라졌다. 골목에 머문 시간은 해 질 녘 한 시간 남짓이었다. 골목을 걸어가는 게이코의 왜나막신 소리가 아니었다면 잠깐 졸면서 꾸는 꿈인 줄 알았을 것이다. 오래된 것들 앞에서는 이상하게도 한없이 무력해진다.

거리의 집들 거의 다 찻집과 음식점 들로 개조했다. 자야茶屋란 게이샤를 불러 놀면서 연회를 하는 곳이다. 호타루야란 음식점에서 저녁을 먹었다. 호타루는 반딧불, 그러니까 호타루야는 반딧불집이란 뜻이 될 것이다. 가옥의 내부는 현대식으로 개조했지만 옛 목조 가옥의 구조는 그대로 남아 있는 듯싶었다. 디근 자 모양의 중심에 작은 나무와 석등이 놓인 정원이 자리 잡고 있어 집 안 어디에서도 정원이 내려다보인다. 몇 겹의 덧창들로 집 안은 집 밖과 철저히 분리된다. 어지러운 밖으로부터 한 발짝 물러난다.

2층의 다다미방으로 올라갔다. 가이세키 요리는 우리의 한정식과 비슷한데 개인 상에 1인분씩 따로따로 올라온다는 점이 조금 다르다. 음식은 눈으로 즐긴다는 말이 새삼스러울 정도였다. 각양각색의 접시와 그 위에 놓인 회 한 점, 무 한 조각을 들여다보는 재미도 쏠쏠했다.

게이코는 게이샤의 이곳 사투리라고 했다. 늙은 게이코는 샤미센 연주에 맞춰 노래를 불렀다. 버드나무 아래의 춘심을 담은 노랫가락에 맞춰 젊고 아름다운 게이코가 춤을 추었다. 춤동작은 간결하고 단순했다. 늙은 게이코의 목소리가 버드나무 가지 끝처럼 꺾일 때마다 젊은 게이코가 손에 쥔 부채를 펼쳐 들었다. 게이샤가 발끝을 추켜올리자 발가락이 갈린 일본 버선 끝이 드러났다. 봄밤이 깊어갔다. 늙은 게이코의 목소리는 샤미센 가락을 따라 잦아들었다. 가사를 알아들을 수는 없지만 노래의 끝은 봄날의 덧없음으로 맺는 듯했다.

기모노 깃 위로 드러난 뒷목이 무척이나 매혹적인 게이코는 노련하다. 십수 년이나 그 일에 종사했다고 한다. 그의 표정을 보고 있노라면 자신의 일에 대한 자긍심을 느낄 수 있다. 몇 잔 술이 오가니 넌지시 아이 둘의 엄마라고 귀띔해준다. 일의 어려움도 슬쩍 내비친다. 교토의 게이샤에 뒤질 것 없는 예능인들이지만 지금은 그 수가 점점 줄어들고 있다고 했다. 그가 하는 "아이아토"라는 말은 감미롭다. 아이아토는 아리가토의 이곳 사투리다.

교토나 오사카, 도쿄가 익숙한 이들에게 이시카와는 다소 생소한 곳일 수 있다. 하지만 이번 여행에서 제일 마음에 든 게 바로 그 점이다. 교토와 오사카 여행에서는 수없이 한국인 관광객들과 마주쳤다. 왁자지껄한 모국어를 만날 때면 반가워 뒤를 돌아보지만 한편으로는 쓸쓸해졌다.

객창한등客窓寒燈. 밤이 깊어지고 골목길은 인적이 끊겼다. 격자문 안의 불빛만이 더욱 짙어졌다. 객창에 비치는 쓸쓸한 등불. 낯선 이국의 좁은 골목길. 볼거리와 먹을거리에 앞선 여행의 기쁨 중의 하나는 바로 객창감일 것이다. 여행지에서 나는 극한까지 외로워지고 싶다. 히가시차야를 벗어나 숙소로 오는 길 내내 늙은 게이코의 구슬픈 노랫가락이 뒤를 쫓아왔다.

가가의 야마시로 온천에는 스물두 곳의 료칸이 있다. 료칸이 발달한 것은 17세기 에도 시대였다고 한다. 여행은 귀족의 전유물이었고 귀족들의 여독을 풀고자 온천을 겸비한 료칸들이 세워지기 시작했다. 귀족들을 상대하던 오카미상들의 몸에 밴 친절을 경험하는 것도 료칸의 매력 가운데 하나다.

우리가 머문 곳은 루리코 료칸이었다. 들어서면 우선 유카타로 갈아입는다. 걸을 때 발가락이 좀 아프지만 왜나막신을 신어보는 경험도 이색적이다. 료칸 곳곳에서 유카타 차림의 여행객들과 마주친다. 수시로 온천을 하기 때문에 한쪽 손에는 간단한 세면도구가 든 비닐 주머니를 하나씩 들고 있다.

객실문은 '후스마'라고 불리는 장지문으로 되어 있다. 문을 열고 방으로 들어서자 다다미 특유의 짚 냄새가 물씬 풍겨왔다. 오카미상의 서비스는 식사 때는 물론 잠자리까지 이어진다. 저녁 식사는 주로 방 안에서 하는데 가이세키 요리를 편안히 방 안에서 즐길 수 있다. 작은 화로에 불을 피워 전골을 데우는 일부터 빈 그릇을 치우는 일까지 상 한켠에 지키고 앉은 오카미상이 직접 해준다. 차림표가 있어 음식의 이름은 물론 재료까지 쉽게 알 수 있다.

에도 시대가 되면서 서민들의 여행도 늘어나기 시작했다. '고쿠미'라는 계 조직을 만들어 온천 여행을 즐겼다. 지금도 일본에서는 무리로 온천을 찾는 이들이 많다. 일상사에서 벗어나 1년에 한두 번 귀족이 되어보는 것이다.

뭐니 뭐니 해도 일본 온천의 매력은 노천탕에 있다. 봄밤의 서늘한 공기가 욕탕 밖에 내놓은 두 팔과 목에 선득선득 소름을 돋게 한다. 조용한 숲 건너편에서 알싸한 숲의 냄새가 실려 오고 바람에 나무들이 후드득 움직인다. 그때마다 불안해져서 숲을 응시한다. 이시카와는 눈이 많은 곳이다. 한겨울의 노천탕은 생각만으로도 아름답다. 눈 쌓인 곳에서의 노천 온천.

물속에 담긴 두 발이 퉁퉁 부었다. 겐로쿠엔과 무사의 집, 가나자와 성 등으로 분주히 움직인 기억이 발끝에 남아 있다. 역대 가가 영주가 조영한 임천회유식의 대정원인 겐로쿠엔은 오카야마의 고라쿠엔, 미토의 가이라쿠엔과 더불어 일본의 3대 정원 가운데 하나로 꼽힌다. 산, 강, 연못, 폭포 등의 경치에 봄의 벚꽃, 여름의 철쭉, 가을의 단풍, 겨울의 설경 등 사계절마다 다른 모습이 녹아들어 변화무쌍한 정원은 그 자체로 완벽한 하나의 세상이 된다.

상춘객들의 울긋불긋한 옷차림이 때마침 만개한 꽃들과 더불어 섞였다. 겐로쿠엔 기쿠자쿠라. 벚꽃이 만개하면 300장이 넘는 벚꽃 잎이 부풀어 오른다. 커다란 못에 다리를 걸친 우치하시테이는 금방이라도 신을 벗고 올라가 차를 마시고 싶은 곳이었다. 일본의 정원은 대개 물과 다리, 동산, 나무를 조화롭게 배치한 회유식回遊式 정원과 교토의 절에서 흔히 볼 수 있는, 모래와 바위로만 이루어진 가레산스이枯山水 정원으로 나뉘는데 겐로쿠엔은 회유식 정원 양식을 대표한다.

겐로쿠엔 앞의 가나자와 성의 매력은 텅 빈 공간이다. 해자였을 강은 오래전에 없어지고 도로가 그 자리를 채웠다. 다리를 건너 성 안으로 들어서면 메이지 시대 이후 세워진 목조 성곽 건축물로는 일본 최대 규모인 가나자와 성이 한눈에 들어온다. 넓은 공터 한가득 햇살이 다글거린다. 가끔 바람이 불면서 텅 빈 곳을 가로질러 간다. 그때 이곳에는 무슨 일이 있었나. 상상으로 시간을 보내기에 더없이 좋은 곳이다. 성 밖으로 나서면 성하城下 도시로 번성한 가나자와 시가 내려다보인다.

교토가 귀족 문화의 번성지였고 오사카가 상인들의 도시였다면 가나자와는 무사들의 도시다. 무사 노무라의 집의 정원은 뜨거운 햇살을 피해 잠시 쉬어 가기에 좋은 곳이었다. 가지런히 늘어선 다다미방을 지나면 2층으로 올라가는 계단이 보인다. 계단은 크고 작은 돌을 옮겨다 그대로 툭툭 놓은 듯한데 다시 한 번 들여다보면 치밀한 계산이 들여다보인다. 맨발바닥에 닿는 돌의 차디찬 감촉이 좋아 몇 번이나 계단을 오르내렸다. 집 뒤뜰은 인공 연못으로 마루에 앉아 발을 내려뜨리면 연못 속의 잉어에 발이 닿을 듯하다. 크고 작은 나무들 사이에 놓인 석등과 대나무로 만든 수로가 인상적이다. 무사의 방에 전시된 잘 벼린 칼들과 아름답고 고요한 정원 사이에서 일본 무사의 정신을 느낄 수 있었다.

걸을 때마다 유카타 자락이 젖은 두 다리 사이에 감긴다. 여독이 밀려와 노곤하다. 방에 도착하니 오카미상이 흰 요를 깔아두었다. 낯선 곳에서 잠은 더디게 온다. 이시카와에서의 여정이 순서 없이 머릿속을 헤집는다. 나는 가나자와 성에 앉아 있다가 무사의 집에 전시된 날 푸른 칼들을 들여다보기도 한다. 루리코에서 상연된 도깨비 북춤의 북소리가 둥둥둥 다가온다. 밤공기 속에서 퍼져나가는 북소리와 현란한 도깨비 가면의 강렬함. 문득 잠이 들었던가. 마지막으로 기억하는 것은 다다미의 향긋한 짚 냄새다.

저
깃발은

　문산역에 모인 우리는 통근 열차를 타고 임진강역에 내렸
다. 최종 목적지에 도착한 열차는 더 이상 움직일 생각이 없는
데 이를 모르는 외국인 관광객들만 조바심이 났다. 열차가 떠
나기 전에 사진을 찍느라 부산을 떤다.

　신촌역이 지상과 지하, 이렇게 둘이듯 경의선으로 불리는
철도가 두 개라는 것을 이번 기회에 새삼 확인했다. 경의선과
경의선. 앞의 경의선은 서울역을 출발해 문산역이 종착역이던,
예전 우리가 교외선이라고 부르던 그 철도다. 오후 수업이 없
을 때면 우리는 무작정 신촌역에 집결해 백마로 떠나곤 했다.
주머니에 있는 돈이란 돈은 다 털었다. 그때도 지상 신촌역이
아니라 애먼 2호선 지하 신촌역에 가서 일행을 기다리느라 진
을 다 빼고 한참 뒤에나 물어물어 우리를 쫓아온 친구들이 더
러 있었다.

　그 교외선이 2004년 폐지되고 통근 열차가 생겼다. 서울역
을 출발해서 도라산역까지 운행하던 이 통근 열차도 문산에

서 도라산 간만 운행한 지 이제 얼추 1년이 다 되었다. 그나마 통일호의 흔적이 남아 있던 이 통근 열차는 얼마 전부터 민통선 안의 출입이 규제되면서 민통선 바로 밖의 역인 임진강역까지만 운행하고 있었다.

우리도 하루하루 예측이 어려운 이 상황을 저 외국 관광객들은 알고나 있을까. 그들은 한 손에 똑같은 팸플릿을 들고 있었다. 그 안에 그들이 열차가 떠나기 전에 열차 옆에 서서 '인증 샷'이라도 찍어야 하는 이유가 들어 있을는지도 모른다.

그들이 통근 열차에 대한 추억 때문에 이 열차를 탔을 것 같지는 않다. 아무래도 그들의 목적지는 또 다른 경의선의 출발점인 도라산역일 것이다. 삽시간에 변한 한국의 정세를 미처 한국관광공사의 팸플릿도 수정할 짬이 없었을 것이다 서울의 한 관광 안내소에서 받았을 팸플릿. 임진강역에서 도라산역으로 갈 마음이었을 텐데.

접고 접으면 수첩만 해지는 넓은 종이 안에 우리는 지금 우리의 이 상황을 어떻게 적어두었을까.

남한의 최북단에 위치한 도라산역. 서울과 신의주를 잇는 경의선京義線의 한 역이다. 민통선 안에 위치한 지역이므로 임진강역에서 출입과 관광에 관한 신청들이 이루어진다. 경의선 건설에 얽힌 강대국들의 야심에 관한 이야기는 뒤로 미루자.

철마는 달리고 싶다, 라는 말이 전쟁 통에 끊긴 이 철도에서 비롯된 말이라는 것쯤은 알고 있다.

도라산역은 끊긴 철도의 복원 사업의 상징물이다. 그 뒤로 임진강역까지 4킬로미터 남짓한 구간을 연결하는 공사가 진행되었다.

그렇다면 그들이 자국에서 가져온 안내 책자에 한국은 어떤 나라라고 씌어 있을까. 세계 유일의 분단국가. 이제 분단은 관광 코드의 하나가 되었다. DMZ를 검색하면 DMZ 관광 상품들이 코스와 가격대별로 우르르 떠오르니 말이다.

임진강역을 알리는 표지판에 열차가 떠나온 곳의 지명이 적혀 있다. 서울. 반대편 열차의 진행 방향을 알리는 화살표는 평양을 가리킨다. 통일대교를 건너고 200킬로미터 남짓 달려간 곳에 평양이 있다. 차로 밟으면 두 시간 안에 갈 거리다.

그 시간 통근 열차는 빈 좌석이 많았다. 군기가 잡힌 군인들 몇과 군기가 빠진 군인들 몇, 그리고 단체로 온 중학생들. 군인들이 역사 밖으로 다 나갈 때까지도 중학생들이 한곳에 모여 지도교사로 보이는 남자로부터 무슨 이야기를 듣고 있다. 그러고 보니 내 차림도 영락없는 소풍객 차림이다. 가벼운 배낭에 카메라, 나는 그 카메라로 무엇을 찍고 싶었던 것일까.

통근 열차를 탈까 차로 올까. 결국은 몇몇 일행과 함께 통근 열차를 타보자고 마음이 맞았다. 이제 흔적으로만 남은 통근 열차. 놀이공원의 관람차라도 타는 듯한 기분이었던 것은 아닐까. 차창 밖으로 흘러가는 논과 밭 들을 현실과 동떨어진 것들로만 본 것은 아닐까. 그렇다면 임진강역에서 더 앞으로 가지 못하는 열차 옆에서 사진을 찍는 저 외국인들을 보고 있는 나는 누구인가. 우리도 지도교사의 훈계를 듣느라 몸을 배배 꼬고 있는 저 학생들도 모두 다 관광객들이 아닐까. 단지 다른 것이 있다면 나는 저들처럼 통근 열차 옆에 서서 활짝 웃지 못한다. 저들처럼 손가락으로 브이 자를 그리지 못한다는 것뿐.

차창 밖으로 펼쳐지는 철책선들도 몽환적으로 보일 뿐이었다. 끝 간 데 없이 이어진 철책선 곳곳에 군인들이 보초를 서고 있다. 수십 년 전 떠난 옛집 골목이 떠오른다. 좀도둑을 막느라 누구 집이랄 것도 없이 담장 위에 저런 철책을 둘러놓았다. 눈앞에 보이는 철책선은 그 철책을 수십 배 부풀린 형상이다. 이곳만 시간이 정지해 있다는 느낌이다. 아주 먼 과거에 시간이 머물러 있다.

철책선 안으로 들어섰다. 이것이 바로 민통선, 민간인 통제선이라는 것도 새로 안 사실이다. 여기저기서 주워들은 단어들을 늘 혼동하고 있었다. 민통선과 군사분계선, 판문점은 무엇이고 남방한계선과 북방한계선은 무엇인가. 이곳에는 수많은 선이 있고 그것은 모두 인간이 만들어놓은 선들이다.

지난 2000년인가, 파주시는 녹슬고 삭은 민통선의 철책선을 새것으로 교체하면서 옛 철책선을 상품화시켰다. 철책을 보면서 안보에 관한 마음을 다잡을 수 있다는 취지였다. 적당한 길이로 자른 철책선을 액자 속에 넣어 팔았는데 아직도 그 상품이 유통되고 있는 걸 보면 아무래도 가짜가 판을 치고 있는 듯하다면서 동행 중 한 분이 웃는다.

절대 고정되어 움직일 것 같지 않은 이 선들도 가끔씩 출렁움직일 때가 있었다. 민통선의 위치가 북쪽으로 상향 조정됨으로써 많은 마을이 자유로워지기도 했다. 민통선 안에서도 토지 거래가 자유롭다는 사실을 이번에 처음 알았다. 이곳에서도 부동산 중개소들이 보인다. 이런 점을 악용해서 아예 민간인이 들어설 수도 없는 DMZ 안의 땅을 판 사기꾼들도 있다는 농담에 씁쓸해졌는데 지금 차가 남방한계선을 지났다고 누군가 알려주었다. 너무도 쉽게 차는 남방한계선을 지난다.

이곳부터 비무장지대다. 말 그대로 무장이 금지된 지역이다. 군대가 주둔할 수 없고 무기를 배치할 수 없다. 남방한계선을 기준으로 2킬로미터 지점에 군사분계선 우리가 휴전선이라고 부르는 또 다른 선이 있다. 그 위 2킬로미터 지점에 북방한계선이 있으니 DMZ의 길이는 남북으로 4킬로미터인 셈이다. 약 10억 제곱미터의 넓은 땅에 무기란 없다. 전쟁으로 생긴 구역이지만 지금 이 구역만큼 평화스러운 곳이 지상에 없다는 것은 아이러니였다.

하지만 그 선이라는 것도 조금씩 좁혀들고 있었다. 갈등과 우발적 충돌 등이 있을 때마다 남북 모두 알음알음 전진한 탓이다. 아무튼 DMZ 안의 남측 관할은 유엔이 맡고 있다. 우리가 이곳을 방문하도록 승인한 것도 그들이다.

비무장지대 안에는 특이한 곳이 둘 있다.

공동경비구역. 일명 JSA. 우리에게는 영화로 잘 알려진 곳이다. 우리가 도착했을 때 벌써 한 무리의 외국인 관광객들이 도착해 한참 설명을 듣고 있는 중이었다. 영화에서 보았던 낯익은 장면이 눈앞에 펼쳐졌다. 정면으로 판문점이 올려다보였다. 물론 그쪽으로는 발을 들일 수 없다. 엄연한 북쪽 땅이다.

우리가 판문점을 올려다보듯 그쪽에도 우리를 내려다보고 있는 이들이 있었다. 이렇듯 양측에서 손님들이 오면 양측 경비병들이 움직인다. 막사에 반쯤 몸을 가린 채 부동자세로 선 경비병의 모습이 인상적이었다. 영화는 영화. 우리 군과 북측

군이 대화하고 우정을 쌓는 것은 영화에서만 가능한 일인 듯 했다. 그들은 무표정한 얼굴로 사열하듯 걸어갔고 서로의 얼굴을 보지도 않았다.

동서 방향으로 늘어선 일곱 채의 조립식 막사, 역시 뉴스에서 많이 보던 곳이다. 막사들 사이로 조금 돋아오른 턱이 바로 남과 북을 가르는 군사분계선이다. 이 선을 넘을 수 없는 영화 속 인물들은 선을 넘어온 상대편 그림자에 침을 뱉곤 했다.

그림자로서나 넘어오고 넘어가는 그 경계선을 유일하게 가로질러 넘는 선이 바로 '돌아오지 않는 다리'였다. 어린 시절 그 다리를 배경으로 한 영화를 본 적이 있다. 그 다리를 넘어 우리 측으로 돌아와야 할 병사가 그 다리를 채 건너기도 전에 총에 맞는, 총에 맞는 채로 겨우겨우 기어 그 다리를 건넌다는, 아무튼 전후 이야기는 다 잊었지만 영화 속 그 다리가 실제 다리가 아니라는 것은 알겠다. 아무도 다니지 않는 다리는 어느새 잡초가 무성하다. 가끔 야음을 틈타 고니나 야생동물들이 그 다리를 넘나들기는 할까. 그나마 다리의 중간쯤에 말뚝이 박혀 있었다.

군사분계선은 우리가 들어갔던 T1, 중립국감독위원회 회의실 안이라고 비켜 가지 않는다. 회의실 가운데 놓인 탁자, 그 탁자의 중앙에 놓인 마이크 선이 바로 그 선이다. 이 안에서는 선을 넘는 것이 자유로웠다. 선을 넘어 북쪽으로 다시 남쪽으로. 고무줄놀이 하듯 두 발을 옮겼다. 그러다 창밖으로 우연히 마주친 북한 경비병의 얼굴. 창틀 때문에 반밖에는 보지 못했지만 그는 우리의 움직임을 의식하며 바짝 긴장해 있었다.

T1, T2, T3…… T로 시작되는 숫자는 그날 오후에 방문한 중립국감독원 캠프에서도 발견했다. 판문점에서도 보았던 조립식 막사와 똑같은 막사에 단지 스위스를 연상시키는 빨간 색깔의 페인트를 칠한 가건물들이 여기저기 툭툭 놓여 있었다. 얼마나 덧칠했는지 막사의 페인트칠은 한눈에도 두터워 보였다. 어쩌면 방한용으로 무언가를 덧댔는지도 모르겠다.

T는 'temporary'의 약자다. 임시라는 뜻. 대충대충 지은 이 막사 같은 건물들은 곧 사용 용도가 없어질 거라고 생각했던 것과는 달리 60년을 버텼다. 몇 번의 수리를 거쳤는지는 잘 모르겠다. 수리했다 해도 막사를 걷어내고 또 다른 막사를 짓는 것이었을 것이다. 그 긴 시간을 지났음에도 여전히 그 용도가 없어질 거라는 희망을 이처럼 아이러니하게 보여주고 있는 것이 또 있을까.

아이러니로 가득한 곳이지만 이만한 곳이 또 있을까. 세상에서 가장 위험한 골프 코스. PAR 3, 192야드의 골프 코스가 캠프 보니파스 안에 있었다. "위험하다고? 러프에 떨어진 공만 줍지 않으면 돼"라는 안내문이 적혀 있다. 이 위트에 찬 문구에서 나는 조소를 읽는다. 세계 유일무이한 분단국가. 60년 전의 전쟁으로 수많은 이들이 목숨을 잃었다. 이 땅은 부모 잃은 고아가 넘쳐났다. 그 뒤로도 수많은 이가 남과 북으로 나뉜 채 가족의 생사조차 모르고 살아왔다. 믿기지 않지만 그런 일들이 있었다. 그 상처의 한가운데 지뢰밭 위에 골프 코스를 만들 생각을 한 건 누구였을까. 따분한 하루를 보내기 위한 누군가의 아이디어에서 생겼을 그 골프 코스. 어쩌면 그것이 우리를 보고 있는 저들의 속마음이 아닐까.

대성동 마을은 남한에서 유일하게 비무장지대, 공동경비구역 안에 위치한 특수한 마을이다. 마을에 들어서자 맨 먼저 눈에 띈 것은 한참 올려다보아야 그 끝이 보이는 국기 게양대였다. 태극기가 힘차게 펄럭이고 있습니다라는 건, 나의 생각일 뿐이고 태극기는 펄럭였다 멈췄다 다시 펄럭였다. 차에서 내려 방문을 허락받기까지의 시간이 없었다면 교회가 있는 여느 농촌 마을과 다를 바 없었다. 마을 공터에는 누군가 내다 넌 붉은 고추가 햇볕과 바람에 잘 말라가고 있었다.

2층 높이의 마을 회관은 마을 제일 높은 곳에 세워졌다. 회관 옥상에 서면 먼저 마을에 옹기종기 들어선 집들이 조감도처럼 내려다보인다. 지붕과 작은 마당, 가끔 주민들이 고개를 들고 물끄러미 손님이 선 회관 옥상을 올려다본다. 그러나 그뿐. 이곳을 찾는 외부인들이 많아 이미 익숙해진 모양이다. 조금 각도를 달리하면 저 앞으로 북한의 기정동 마을이 눈에 들어온다. 기정동 마을까지 제법 폭이 넓은 도로가 직선으로 뻗어 있다. 자전거를 타면 단숨에 도착할 거리다. "저기 저 숲이 무성한 곳 보이지요." 마을의 촌장이 손가락으로 가리켰다. 그 길은 그곳에서 끊긴다. 최전선에 있는 만큼 얼마 전 천안함 사태 때는 많은 이들이 전화를 걸어와 안부를 물었다고 한다.

마을 주민은 213명이지만 현재 거주하는 인구는 약 100여 명 남짓. 대부분의 주민이 아이들 교육 때문에 나가 있다고 했다. 교회가 있지만 신도는 두 명. 목사는 파주에 거주하고 있다. 아직까지도 이곳은 토속신앙이 뿌리 깊게 자리 잡고 있다.

주민들 대개가 이곳이 고향이다. 휴전이 된 뒤 다시 고향으로 되돌아와 살기 시작했다. 마을 위치의 특성상 남자는 전입이 어렵다. 원적이 이곳인 이들만 거주할 수 있다. 마지막으로 이곳 주민이 는 것은 지난 5월, 결혼으로 여자 주민 한 명이 늘었다.

땅은 비옥하고 햇살도 풍부하다. 스모그가 없어 햇살은 눈을 뜨지 못할 정도로 세고 따갑다. 초가을이었지만 조생종부터 벼 베기를 시작했다고 했다.

도토리를 주우러 나갔던 모자가 군사분계선을 알지 못하고 선을 넘었다가 납북된 사건은 유명하다. 어쩌면 자연스러운 일인지도 모른다. 군사분계선을 알리는 쇠말뚝은 200미터 간격으로 서 있었다. 대부분의 말뚝이 낡고 삭았다. 간신히 서 있는 것도 있지만 어느 지역의 것은 쓰러진 것도 있을 것이다. 그 위에 낙엽이라도 쌓이면 분간이 어렵다. 떨어진 도토리만을 보며 한 발 한 발 나간다는 것이 그만 넘지 말아야 할 선을 넘고 만 것이다. 모자는 닷새 만에 귀가했다.

비무장지대를 도는 내내 군사분계선을 알리는 쇠말뚝을 보았다. 아주 멀게 가끔은 좀 더 가까이에서. 그 말뚝을 가장 가까이에서 본 것은 중립국감독원에서였다. 녹슬고 낡아 글자도 알아보기 힘든 쇠말뚝은 철망 바로 뒤에 박혀 있었다. 철망 사이로 손을 넣으면 잡힐 만한 거리였다.

깃발은 기정동 마을에도 있었다. 북한의 선전용 마을이라는 기정동 마을. 이제 그 마을에도 사람들이 들어와 살기 시작했다고 했다. 잠시 들렀던 도라산 전망대의 망원경 속에서도 그 깃발을 보았다. 수십 배로 당긴 망원경 속에서 깃발은 바로 내 동공 앞에서 흔들렸다. 망원경 속의 마을은 인적 없이 조용했다. 깃발마저도 비현실적이었다. 망원경에서 눈을 뗐을 때 내 시야는 현실감을 찾기 위헤 조금 시간이 필요했다. 하지만 대성동 마을에서 바라보는, 기정동 마을의 깃발 역시나 대성동 마을의 태극기처럼 펄럭이나 멈췄다 다시 펄럭였다. 두 깃발 사이에는 같은 세기의 같은 바람이 부는 듯했다.

깃발만 보면 무의식적으로 "저것은 소리 없는 아우성"이라고 시작하고 보는 나로서는 그 크기와 높이에 아우성이라는 단어를 떠올리지 않을 수 없었다. 대성동의 국기 게양대가 99.8미터로 국내에서 제일 높고 태극기도 가로 18미터, 세로 12미터로 제일 크다고 한다. 하지만 기정동의 인공기 게양대는 훨씬 더 높은 158미터다. 이토록 큰 깃발을 펄럭이려면 보통 바람으로는 어림도 없다.

저 높은 곳 두 개의 깃발은 아주 먼 곳에서도 보일 것이다. 아주 먼 곳까지 분단된 국가의 현실이 보여질 것이다. 하지만 대성동 마을 회관 옥상에 서서 보는 두 개의 깃발은 '소리 없는 아우성'일 뿐이었다. '노스탤지어의 손수건'일 뿐이었다.

그렇다면 맨 처음 공중에 달 줄 안 그는 누구인가. 이렇게 슬프고도 애달픈 마음을.

비에 젖은 자는

뛰지 않는다

281쪽 사진 수많은 시간을 지나 오늘에 이르렀다. 내일의 나는 어떤 모습일까. 막 도착했지만 또 어디론가 떠나는 듯한 모습으로도 보인다.

무한 경쟁으로
내몰리나

산책을 하다 낯선 동네 안으로 들어서게 되었다. 4차선 도로 하나를 건넜을 뿐인데 고층 아파트 단지들이 밀집한 건너편과는 사뭇 다른 풍경이다. 재개발을 목전에 둔 듯 오래된 주택가 곳곳에 재개발을 축하한다는 노란 플래카드가 내걸렸다. 오밀조밀 모여 있는 다세대, 연립 주택들 사이사이로 간신히 차 한 대가 다닐 만한 골목길이 나 있다. 별안간 튀어나온 건물 앞에서 두 갈래가 된 골목은 서로 간격을 벌이며 멀어지는가 싶더니 한참 뒤에서 자연스럽게 하나로 합쳐졌다.

그 학원은 이제쯤 막다른 골목이 나오지 않을까, 생각한 그 지점에 있었다. 학원이라곤 하는데 가정집 2층이었다. 간판도 따로 없이 2층 창문 두 쪽에 붙은 종이에는 '때밀이 배워드립니다'라고 쓰여 있었다. 아, 때밀이 강습 학원이구나, 고개를 주억거리다가 별별 학원이 다 있다는 생각이 들었다. 가정집 2층 방에서 대체 어떤 때밀이 수업과 실습이 이루어지는지 때밀이를 배워드린다는 잘못된 문장만큼이나 묘한 구석이 있어 자꾸만 안으로 들어가보고 싶어졌다.

남탕의 경우는 잘 모르겠지만 여탕의 경우 일반인들이 범접하지 못하는 공간이 목욕탕 한쪽에 있다. 비닐 장판을 깐 침상과 커다란 플라스틱 물통, 오이 같은 채소와 각종 물비누들이 놓여 있는 곳. 때밀이 아주머니 전용 수도꼭지도 있다. 알몸이고 화장도 지워 얼굴 분간이 어려운 부연 목욕탕 안에서도 때밀이 아주머니가 한눈에 띄는 것은 그 독특한 복장 때문이다. 양손에 이태리타월을 한 장씩 낀 채로 손뼉을 치면 이제 시작하겠다는 신호이고 잠시 뒤에 또 손뼉을 치면 뒤집으라는 신호다. 재빠르면서도 꼼꼼히 놓치는 부분 없이 때를 밀며 위에서 아래로 훑어 내려가던 낭비 없던 그 동작과 솜씨에 탄복했는데 그 비결을 전수하는 학원이 이렇게 따로 있었다.

'사우나 마니아'인 친구가 떠올랐다. 몇 해 전 그 친구와 속초에 간 적이 있다. 역시 그쪽 마니아답게 근방에서 유명한 때밀이 아주머니가 있다는 찜질방으로 나를 데려갔다. 얼마나 솜씨가 좋길래 서울까지 소문이 자자한 걸까, 평소 목욕탕을 좋아하지 않지만 궁금증 때문에 마지못해 따라나섰다.

유명세 때문인지 때를 밀겠다는 손님들이 우리 말고 두 명이나 대기 중이었다. 우리는 예비 단계로 온탕 속에 들어가 얼굴이 붉어질 때까지 때를 불렸다. 얼굴만 빼꼼히 내놓은 채로 때밀이 아주머니의 솜씨를 바라보던 친구가 중얼거렸다. "저 기술이나 배울까? 저게 다 얼마야?" 수입도 생기고 그렇게 좋아하는 사우나를 원 없이 할 수 있으니 딱 친구에게 맞는 직업이라는 생각이 들었다.

아주머니의 솜씨 중 백미는 맨 마지막에 드러났다. 모든 과정이 다 끝난 뒤 아주머니는 우리의 급소들을 하나하나 재빠르게 꼬집었다가 놓았다. 당황스러울 만큼 아픈 손맛 때문에 눈물이 찔끔 났다. 기술을 배우겠다는 말이 진심이었는지 친구는 꼬마 주스 병 하나를 들고 대기실로 나가는 아주머니의 뒤를 쪼르르 따라갔다.

장난삼아 창문에 적힌 전화번호를 적어 와 친구에게 전화를 걸었다. 그런 학원이 다 있더라는 말이 채 끝나기도 전에 친구가 모르는 소리 하지 말라면서 목소리를 높였다. 목욕탕의 때밀이 자리 잡는 일이 얼마나 어려운 일인지 아느냐고, 하늘의 별 따기만큼이나 힘든 일이라고, 그 자리를 따기 위해 그곳에서도 이른바 물밑 작업이라는 것이 이루어진다고, 그곳도 치열한 경쟁 세계라고……. 이야기를 듣고 보니 그 기술을 배우겠다는 말이 농담이 아니었던 듯하다. 이미 그 일에 대해 알아볼 만큼 알아본 모양이었다.

아, 경쟁 없는 곳이 없구나 생각하니 또 한 번 힘이 빠진다. 때밀이 강습 학원에서 시작한 이야기는 자연스럽게 아이들 교육 문제로 흘렀다. 몇 번 뽑았냐? 몇 번 뽑았다. 얼마 전 있었던 교육감 선거에 관한 이야기다. 그 친구는 이른바 8학군이라 불리는 곳에 살고 있었다. 명문대 배출 학생 수를 구별로 조사해 발표한 신문 기사의 내용에 의하면 명문대를 가장 많이 배출한다는 곳 가운데 한 곳이었다. 그에 비해 내가 살고 있는 곳은 한 자릿수였다. 우리 아이들이 그 한 자릿수 안에 낄 수 있을지, 애써 태연한 척했지만 조그만 돌 하나가 이쪽에서 저쪽으로 자리를 옮긴 듯 균형이 깨졌었다.

요사이 베이징 올림픽 경기를 보면서 새삼 달라진 나를 돌이켜보게 되었다. 예전 같으면 금메달이 몇 개인지 누가 금메달을 땄는지부터 챙겨 보았을 것이다. 그런데 이번에는 달랐다. 나는 애당초 우리나라가 목표한 10위 안에 들든 들지 않든 그것에는 관심이 없었다. 금메달인지 은메달인지 메달의 색깔도 중요하지 않았다. 경기의 룰을 알아가는 재미와 스포츠 과학의 발달과 그 선수의 노력과 인체의 아름다움, 승부 근성 같은 것을 지켜보는 것이 훨씬 흥미로웠다. 장미란 선수가 안간힘을 다해 역기를 들어 올리는 순간 코끝이 찡했던 것은 금메달 때문이 아니라 그 자신과의 싸움, 약속, 힘겨운 인내의 시간 때문이있다. 그것이 나만의 생각은 아니었던지 인터넷에도 메달은 따지 못했으나 감동을 안겨준 선수들의 이야기들이 종종 올라오곤 했다.

그런데 어느새 사회 분위기는 다시 경쟁 쪽으로 돌아선 듯하다. 무한 경쟁이다. 교육감은 "초등학교 때부터 철저히 경쟁해야 한다"고 말했다. 그 전부터 사교육에 내몰린 아이들은 버거워하고 있었다. 야구나 축구, 노는 일에조차 과외 선생이 따라붙는다. 그렇다면 뭘 더 어떻게 경쟁해야 한다는 말일까. 영어 유치원과 같은 특수 유치원을 떠올리면 경쟁은 어쩌면 유치원에서부터 시작되었는지도 모른다. 경쟁이 판을 치는 엄혹한 세상에 나오려면 미리 경쟁하는 법을 배워야 한다는 글도 읽었다. 하지만 나는 아직도 기억한다. 사회에 나와 내가 처음 알고 배웠던 것들, 몸으로 부딪혀 스스로 깨우쳐간 것들, 그전까지 알지 못했기에 당황했으나 그러므로 더 값진 깨달음이었다.

경쟁, 어쩐지 나는 이 단어 앞에서 맥을 추지 못하겠다. 같은 목적을 두고 서로 이기거나 앞서려고 다툰다는 뜻의 이 말에서 상대방에 대한 배려는 느껴지지 않는다. 무한 경쟁 속에 던져진 아이들의 목표는 이기는 것이다. 이기는 것만이 최선이라고 배운 아이들이 이기기 위해 어떤 수단을 동원해도 된다는 생각을 하게 될까 겁이 난다.

경쟁의 장은 혼자서는 성립되지 않는다. 최소 둘 이상일 때 경쟁은 시작된다. 경쟁은 나 혼자만의 독주가 아니라 상호 보완적인 관계다. 경쟁하는 이가 누구인가에 따라 달라지는 올림픽 기록을 보면 쉽게 알 수 있다. 그러기에 상대방에 대한 배려 또한 배워야 한다. 경쟁하는 법이 아니라 최선을 다하는 법에 대해 배워야 한다. 그러면서도 문득 속초의 때밀이 아주머니가 떠올랐다. 아주머니가 내 엉덩이를 맵게 내리치며 말하는 듯했다. "때 하나도 빡빡, 경쟁하듯이, 빡빡."

5월은
푸르구나

가정의 달 특집 다큐멘터리를 시청하다 만감이 교차했다. 마침 그날 점심에는 오랜만에 만난 친구와 식사를 했다. 밀린 수다를 떠느라 아이의 귀가를 챙기지 못한 우리는 번갈아가며 전화를 걸어 아이들에게 잔소리를 했다. 문단속은 잘했느냐, 밖엔 절대 나가지 마라, 낯선 사람에겐 문을 열어줘선 안 된다…… 늘 신신당부하던 말이었지만 그날따라 우리의 말은 절박하게 울렸다.

그토록 바랐지만 혜진이와 예슬이는 집으로 돌아오지 못했다. 놀이터에서 아이들의 모습이 자취를 감춘 지 오래되었다. 방과 시간이 되면 학교 밖에는 아이들을 데리고 가려는 어머니들이 줄을 선다. 경보 업체 등 불안에 떠는 부모와 아이들이 새로운 블루슈머로 부상했다. 가까운 곳은 '추리닝'에 모자를 푹 눌러쓰고 다니던 내 옷차림도 바뀌었다. 엘리베이터에서 만난 아이들이 그런 내 모습에 지레 겁을 먹고 경계의 태세를 갖추었기 때문이다. 예전처럼 아이들이 귀여워 "몇 학년이니?"

라는 인사를 건네지도 못한다.

다큐의 주인공은 이제 열한 살인 여자아이로 작년 겨울 엄마를 잃고 여섯 살, 네 살 두 남동생을 돌보고 있었다. 여자아이의 모습에 한 번도 본 적 없는 엄마의 말투와 평소 버릇까지 그대로 읽혔다. 아이는 제 엄마의 행동을 흉내 내며 어린 두 동생을 씻기고 먹였다. 어리디어린 '새끼'들이 눈에 밟혀 젊은 엄마는 어떻게 눈을 감았을까.

넉넉한 형편은 못 되었지만 늘 아이들을 깨끗하게 씻기고 정성을 다해 길렀던 엄마였을 것이다. 그러니 제 앞가림도 어려운 어린 누나가 제 엄마가 평소 했던 그대로 제 동생들을 씻기고 있을 것이다. 플라스틱 바가지로 물을 떠 머리에서부터 들이부으니 네 살 난 꼬맹이는 코가 매워 바락바락 운다. 조만할 땐 아이를 안아 들고 옆구리에 끼운 채 반쯤 눕혀 살살 머리를 감겨야 하는데, 제 엄마가 있었으면 그렇게 했을 것이다. 그런 걸 알 턱이 없는 어린 누나는 엄마의 말투를 그대로 흉내 내며 우는 동생의 몸을 수건으로 훔친다. "얘는 목욕할 때마다 울어요." 여섯 살 난 둘째는 그나마 좀 컸다고 누나가 머리를 잘 감길 수 있도록 몸을 구부려 돕고 "사나이는 울지 않는 거야"라고 씩씩하게 말을 한다.

세 아이의 아버지는 새벽같이 밥만 해놓고 인력시장으로 나가 그날그날 치의 일을 얻는 일용직 근로자다. 어린 딸에게 아이들을 맡겨놓는 것이 불안불안하지만 생계를 위해 아이들을 두고 일터로 나올 수밖에 별다른 뾰족 수가 없다. 아침에 두 동생을 깨워 씻기고 밥 먹이고 어린이집 버스를 태워 보낸 뒤에야 누나는 학교로 가는 버스를 탄다. 두 동생이 정부 보조로 어린이집에 다닐 수 있는 것이 그나마 다행이라면 다행이다. 방과 후 동생들 뒷바라지는 여전히 어린 누나의 몫이다. 아버지가 귀가하려면 아직 한참 남았다. 장난꾸러기인 두 동생과 놀아주고 꾸짖기도 하면서 누나는 간신히 숙제를 한다. 그러는 사이 엄마에게 투정도 부리고 장난도 칠 나이의 누나는 점점 어린 엄마로 조숙해간다.

아버지가 돌아오기 전까지 어린 세 아이들은 아무런 보호를 받지 못한다. 말 그대로 아이들은 '방치'되어 있다. 아무나 드나들 수 있을 정도로 문단속이 허술한 집처럼 보여 불안했다. 시청자들로부터 성금이 답지할는지도 모르겠다. 그러나 세 아이들에게 가장 시급한 것은 일시적인 '온정'이 아니라 아이들이 성인이 될 때까지 지속되는 '보호'와 '안전'이었다.

중세 시대, 어린이는 곧 '작은 어른'이었다. 어린이의 세계가 인정받지 못하던 시대였으므로 일가의 가장이 죽으면 어린이가 가장이 되어 일가의 생계를 떠맡았다. 힘겨운 노동과 쉽게 벗어날 수 없는 가난 속에서 어린이들은 조로했다. 어린이들에게 혹독하기만 했던 중세 시대까지 되돌아볼 필요도 없이 지금 우리 주위에는 이처럼 어른의 보호 밖에 방치된 어린이들이 많다.

어린이들이 부모의 보호 밖에 놓여 있는 공백의 시간이 바로 공포의 시간이다. 오후 1시에서 오후 7시 사이의 시간이 어린이 대상 성범죄의 50퍼센트를 차지했다. 부모가 집에 없어 방과 후 보호가 필요한 6세에서 18세 사이의 어린이와 청소년의 수는 200만 명으로 추산된다. 시골 아이들은 범죄보다 사고에 노출된 위험이 크다. 등하교 시간이 길고 통학 거리에는 차들이 내달리는 허허벌판이 많다. 한적한 시골길에서 사고를 당한다 해도 도움을 청할 방법이 없다. 등하굣길에 실종된 아이들의 수도 적지 않다.(《한겨레21》, 「가난한 아이들이 위험하다」 참조.)

한 흉악범은 CCTV가 없는 곳만 골라 범죄를 했노라고 털어놓았다. 재범자들이 느는 추세인데 재범자들은 범죄에서 최소의 비용을 들이는 방법을 체득한다고 한다. 불특정 다수를 대상으로 한 범죄에서 저소득층, 소녀 가장, 농산어촌, 장애아동 등 사회적 약자층 어린이들이 희생될 가능성이 높아졌다. 이젠 경제력이 안전에까지도 영향력을 끼치기 시작했다. 사회의 양극화가 안전의 양극화로 이어지는 셈이다. 그런데도 아이들의 방과 후 시간을 책임지는 공부방은 전국을 통틀어 2029개소밖에 되지 않는다고 한다. 턱없이 부족한 공부방의 수도 문제지만 공부방에 대한 편견 또한 달라져야 할 것이다.

우리 아파트에도 맞벌이 부부가 태반이다. 정규직은 아니지만 일주일에 서너 번 집을 비우니 우리 집도 사정이 다르지는 않다. 낮 시간이면 놀이터는 아기들과 '이모'들로 가득 찬다. '이모'란 아이들을 돌봐주는 도우미 아주머니들을 이르는 새로운 호칭이다. 어린이집이나 유치원에 맡길 수 있는 유아를 둔 맞벌이 부모라면 그나마 다행이다. 초등학교에 입학하는 순간부터 아이들은 온전히 자기 자신을 돌봐야 한다. 아이들의 안전장치라곤 학원이다. 방과 후 몇 개의 학원을 거쳐 늦은 오후 집으로 돌아오지만 그래도 부모의 퇴근 시간까지 아이들은 홀로 남겨져 있다.

그 뒤로 아이들은 안전한가. 무사히 돌아왔지만 그때부터 아이들은 또 다른 위험에 노출되기 십상이다. 아이들이 부모의 주민등록번호쯤을 알아내 성인 사이트에 접속하는 일은 식은 죽 먹기다. 음란물 사이트의 접근은 너무도 쉽다. 우리를 경악케 한 대구의 한 초등학교를 휩쓴 '집단 성폭력' 사건 또한 방과 후 방치에서 그 원인의 하나를 찾을 수 있을 것이다. 이런저런 이유로 아이들은 아이다움을 잃어간다.

　언제부턴가 주변에서 아이들의 웃음소리가 사라졌다. 어른들 사이에서는 블랙 유머가 사라졌다. 하루하루가 살얼음판을 걷듯 불안불안하기만 한데 누가 아이를 낳겠는가. 국가의 출산 장려책은 변죽만 울릴 뿐이다. 마음은 세기말로 내밀린 듯 초조하다. 이렇듯 국가가 손을 놓고 있다면 어쩔 수 없이 엄마들이 총을 들어야 할 것이다. 차마 자신의 목숨을 지키라고 아이들에게 총을 들릴 수는 없기 때문이다. 혹독하고 무서운 5월이다.

우리 속의
영원한 후남이들

동네마다 이런 여자애들이 꼭 한둘 있었다. 머리를 사내애처럼 귀 위로 바싹 잘라 붙인 데다 늘 바지 차림이어서 멀리서 볼 때면 영락없이 사내애처럼 보이는 여자애들 말이다. 가끔 타지 사람이 지나치다 알쏭달쏭해서 "너 남자냐, 여자냐?"라고 물으면 턱을 치켜세우고 "여자예요, 여자!"라고 쏘아붙이던 여자애들 말이다.

우리 골목에선 내 동생이 그랬다. 그 무렵 사진을 들춰 보면 양 갈래로 머리를 땋아 내리고 원피스에 빨간 구두를 빼입은 내 곁에 선머슴같이 내 동생이 서 있다. 사내애처럼 키워져서일까 그 앤 늘 바람처럼 동네를 쏘다니곤 했다. 사내애들과의 딱지치기나 구슬치기에서도 좀처럼 밀리는 법이 없었다. 그 시절 그 애의 손등은 찬 바람에 터져 거북이 등 같았다.

대학에 입학해서야 그 앤 짧은 머리와 바지에서 벗어났다. 그런데 그때까지 단 한 번도 그 애 입을 통해 바지 싫어, 짧은 머리 싫어, 라는 투정을 들어본 적이 없다. 그 애가 처음 화장하던 날, 거울 속에서 점점 살아나던 그 애의 이목구비를 들여다보다가 나는 그 애가 낯설어졌다. 투피스에 굽 높은 구두를 신고 그 애가 외출할 때에야 나는 그 애가 나를 졸졸 따라다니던 선머슴 같던 여자애가 아니라 예쁘고 날씬한 여자애라는 것을 처음 깨달았다. 그때까지도 나는 그 애가 나를 부러워했을 거란 생각은 해보지도 않았다. 엄마는 초등학교 때까지 나를 무릎 앞에 앉히고 머리를 땋아주었다. 나는 늘 반질반질 윤이 나는 리본 달린 구두를 신었다. 어쩌면 그 앤 짧은 머리를 억지로 묶어보거나 내 구두에 제 발을 넣어보곤 했을지도 모른다.

그 애를 사내애처럼 길렀던 엄마의 이름은 규남. 언젠가 엄마 고향에 들렀을 때 엄마를 반기며 달려 나온 친구들이 "교냄아!" 하고 엄마를 불렀다. 엄마는 당황했다. 엄마는 엄마의 이름을 좋아하지 않았다. 다행히도 엄마는 엄마가 싫어하는 그 이름으로 불릴 일이 많지 않았다. 자매들 사이에서는 넷째나 또 다른 이름인 규옥으로 불리다가 그 뒤엔 누구누구의 엄마로 불렸다.

재작년 독일에서 만난 소설가 이종남 씨는 나보다 세 살 아래로 독일인과 결혼했다. 데뷔할 당시 필명은 이풀잎. 그가 자신의 본명을 좋아하지 않았을 거란 짐작은 쉽게 할 수 있었다.

따를 종, 사내 남. "그래서 남동생을 보았어요?"라고 물었더니 종남 씨는 대답 대신 배시시 웃었다.

지난 2월, 산후조리원의 신생아실에서 고물대는 아기들을 볼 때마다 나는 세 명의 여자들을 떠올렸다. 신생아들의 요람에는 엄마의 이름과 '나는 남자입니다' 또는 '나는 여자입니다'라는 글귀가 적힌 종이 표가 달려 있었다. 굳이 그 종이 표를 들여다보지 않아도 분홍과 파란색 이불만으로 아기의 성별을 알 수 있었다. 매일 몇 명의 아기들이 퇴실하고 다시 새로운 아기들이 그 자리를 채웠다. 아기들은 하루가 다르게 부쩍 자라 처음 들어온 아기가 눈도 못 뜨고 바락바락 울어댈 때 며칠 된 아기는 신병을 바라보는 상병처럼 느긋하게 사방을 둘러보았다.

첫아기를 낳던 10여 년 전에 비해 확연히 달라진 건 엄마들의 이름이었다. 터울 진 사촌 동생들이나 조카들에게서 유행했던 이름들이 눈에 띄었다. 간간이 한글 이름도 섞여 있었다. 후남이나 종남처럼 사내 남 자가 들어간 이름은 보이지 않았다.

한 엄마의 이름은 '고운'이었다. 그 집안에서 그 딸의 탄생이 얼마나 큰 기쁨이고 축복이었는지 단박에 느낄 수 있는 이름이었다. 그 엄마의 탄생에는 긴 한숨이 뒤따르지 않았을 것이다. 자신의 탄생을 축복할 시간은 유보되고 가족의 모든 기대는 뒤에 올 남동생에게로 모아졌을 일은 없었을 것이다.

이름 때문이었을까, 엄마는 남동생을 보았다. 그 시절 이야기를 할 때마다 엄마는 어린 여자애의 어깨를 짓누르던 지게의 무게와 검은 보리밥 가운데서 별처럼 반짝이던 새하얀 쌀밥 이야기를 잊지 않는다. 외할머니는 금지옥엽 같은 아들에게 먹이려 보리밥 가운데 작은 대소쿠리를 넣어 쌀밥을 따로 안쳤다고 했다. 그렇게 좋은 것, 귀한 것만 먹이고 입혀 키웠지만 삼촌은 할아버지와 불화했다.

동생이 그렇게 사내애처럼 굴었건만 우리 막내는 "역시 딸"이었다. 막내가 태어나던 날, 동네 아주머니들은 한결같이 "이번에는 아들이어야 할 텐데"라며 입을 모았다. 그날 밤 술이 취해 늦게 귀가한 아버지의 손에는 미역 한 꾸러미와 나와 둘째의 빨간색 바지가 들려 있었다.

"종남". 종남 씨의 독일인 남편은 종남 씨를 이렇게 불렀다. 그의 남편은 종남 씨의 이름에 담긴 뜻을 알고 있을까. 나는 그에게 이풀잎이라는 필명보다는 이종남이라는 이름이 훨씬 좋다고 말해주었다. 종남 씨는 지난겨울 자신과 남편을 반반씩 닮은 남자 아기를 낳았다.

아기를 가졌다는 소식에 친구들은 대뜸 아들인지 딸인지부터 물었다. 아직도 우리나라는 태아 성 감별이 법으로 금지되어 있다. 10여 년 전의 상황에서 조금도 나아진 것이 없다는 사실에 놀랐다. 그때 내 딸아이는 미리 사둔 남자 아기 옷을 입어야 했다. "병원에서 안 가르쳐줘"라는 내 대답에 한 친구가 "그럼 딸이야, 딸!" 하고 알은체를 했다. 아들과 딸, 우리의 시계는 10년 전, 50년 전, 100년 전과 조금도 달라진 것이 없었다. 뒤늦게 아기를 가진 것에 대해 이구동성으로 "아들을 낳으려구?"라고 말할 땐 정말 절망스러워진다.

한 선배는 아들을 낳아 꼭 한번 해보고 싶은 게 있다고 했다. 아들과 단 둘이 햄버거 가게에 앉아 햄버거를 먹는 것. 쇼윈도로 들여다본 모자의 그 모습이 그렇게 부러울 수 없었다고 했다. 산후조리원에서 만난 한 엄마는 둘째도 딸이라는 소식에 잠깐 서운한 기색이 스쳐가던 남편의 얼굴을 잊을 수 없다고 했다. 3킬로그램 남짓한 아기들 틈에서 그 엄마의 3.6킬로그램 아가는 큰누나처럼 듬직하고 똘똘해 보였다.

젊은 엄마들이 아들의 이름을 놔두고 "아들!" 하고 부를 때면 나는 또 절망한다. 그럴 때마다 90년 초반의 드라마 〈아들과 딸〉의 한 장면이 떠오른다. 아들의 이름은 귀남, 딸의 이름은 후남으로 드라마 속의 어머니는 사사건건 딸보다 아들을 우선으로 쳤다. 그런 엄마는 딸 아니고 아들이냐고, 반발했던 그 딸은 결혼해 아들을 낳았을까, 딸을 낳았을까. 드라마의 결말은 생각나지 않는다.

이제 딸 이름에 사내 '남' 자를 넣거나 여자애를 사내애처럼 기르는 집은 좀처럼 눈에 띄지 않는다. 나는 둘째도 딸이기를 바랐다. 하지만 막상 분만실에서 "남자 아기입니다"라는 의사의 말을 들었을 때 잠깐 내 중심에 있던 저울의 추가 흔들리지는 않았을까. 과연 우리는 후남이라는 이름으로부터 얼마나 멀어졌을까.

거기에 대한 명상,
아직 꽃이 되지 못한

　우리 몸의 하나하나는 크건 작건 생김새와 역할에 너무도
딱 맞아떨어지는 이름들이 있다. 다른 나라 언어도 마찬가지
다. 한자 코 비鼻 자를 잘 들여다보면 다른 곳보다 봉긋 솟고
두 개의 숨구멍이 뚫린 코의 외형은 물론이고 보이지 않는 속
을 내시경으로 들여다보듯 눈과 입으로 연결된 가는 관들이
오밀조밀 골목까지 자세히 그려져 있다. 누군지 모르지만 작명
했던 분들 꽤나 수고하셨다. 그런데 작은 나사못 크기의 장기
에도 그렇게 공을 들이셨으면서 왜 그 부분만은 그냥 '(　)'로
두었을까. 그러다 보니 '기냥 대충' 두루뭉술 '거기'라고 넘어간
다. XX와 XX라고 곧이곧대로 이름을 댔다간 생간의 피가 튀
듯 삽시간에 적나라해져버린다. 왜 거기에는 모양새와 역할에
딱 맞는 제 이름을 주지 않은 걸까. 이름을 불러주었다면 그것
은 우리에게로 와 꽃이 되었을 텐데…….
　별수 없어 나는 딸아이의 거기를 '꼬추'라 불렀다. 기저귀를
갈면서 "아이고 귀여운 꼬추" 했다. 유치원에 들어간 아이는 어

느 날 대뜸 "꼬추 아냐, 잠지야 잠지" 했다. 유치원 선생님이 남자는 고추, 여자는 잠지라고 했다는 것이다. 그 말에 깜짝 놀랐다. 잠지는 어린 사내아이의 성기를 귀엽게 부르는 말이다. 그럼 생김새 때문에 고추라고 하는데 그걸 여자애에게 갖다 붙인 당신은 뭐냐고 묻는 이도 있겠다. "잘 들으셔야죠. 고추가 아니라 꼬추랍니다. 꼬추!" 여자애에게는 고추나 잠지란 별칭마저도 없다. 여하튼 비속어여서 입 밖에 꺼내는 즉시 육두문자가 되어버리는 그 단어에 받침 미음만 들어갔을 뿐인데 잠지, 란 말 꽤 귀염성스럽다.

스무 살 무렵 한국에 와서 대학을 다닌 미국인 S 씨는 우리보다 우리말을 더 정확히 아는 사람이다. '잠지'에서 힌트를 얻어 그는 자신의 딸 거기를 "봉지!"라고 불렀다. 어느 날 음식점에서 딸 기저귀를 갈아주며 "하이고, 우리 예쁜 봉지" 했는데 옆 테이블에서 식사를 하던 아주머니 한 분이 화들짝 놀라더니 누가 들을세라 목소리를 낮춰 "못써, 그렇게 말하면 못써" 했다.

명칭부터 선명하지 않으니 '거기'와 관련된 것들을 검색하려면 19세 성인 인증부터 받아야 한다. 우리 위 세대들은 어땠나. 차마 도화지엔 그릴 수 없어 구린내 나는 터미널 변소 벽에 후다닥 그려놓고 도망쳤다. 오해는 또 다른 오해를 낳아 그

것과 관련된 모든 것들이 음성화되었다. 축축하고 그늘진 음지에서 그것은 곰팡이처럼 또 다른 꽃을 피웠다. 이른바 성인문화, 밤 문화로.

나는 내 딸아이의 몸에서 처음으로 내 가랑이 사이에 숨겨진, 가랑이가 벌어질 때마다 벼락처럼 떨어지던 어머니의 꾸중에 꼭 숨기고 있던 '거기'를 처음 보았다. 하, 요것이 요렇게 생겼구나! 생각보다 훨씬 예뻤다. 대칭으로 쌍을 이룬 도톰한 언덕과 그 안에 숨은 한 쌍의 작은 순.

길을 가다가 애국가가 들리면 둘레둘레 태극기를 찾듯 '순결'이라는 단어가 펄럭였다. ……결순결순결순결순……. 가볍고 부서지기 쉬운 나비의 날개 같은 단어가 순간 수십 겹의 끈으로 꽁꽁 동여매놓은 듯 숨이 막혀왔다. 난 그 소리를 귀에 딱지가 앉도록 들었다. 어디 나쁜가. 내 또래의 여자들은 순결이란 목숨처럼 지켜야 하는 것으로 알았다. 은장도는 진작에 박물관으로 갔지만 우리는 가슴속에 날 선 은장도 하나쯤 품고 있었다. 순결을 잃으니 내 칼로 내 심장을 찌르리라. 그렇지만 처음 여성 할례란 말을 들었을 때는 설마, 했다. 진짜로 그러겠어? 그냥 상징적인 거겠지, 했다. 그런데 그런 도륙과도 같은 시간이 존재하고 있었다.

세계적인 모델 와리스 디리의 이력은 이채롭다. 소말리아 사막을 떠도는 유목인 출신으로 열네 살 때 낙타 다섯 마리와 맞바꾸는 조건으로 육십 늙은이의 신부가 될 뻔했다. 그녀는 아버지로부터 도망쳤다. 식모살이를 하며 글을 익히고 런던의 맥도날드에서 일하다가 모델로 발탁된다. 그녀에 의해 은밀히 행해져왔던 여성 할례가 만천하에 드러났다.

끔찍한 것은 여성 성기 훼손이 같은 여성에 의해 이루어진다는 것이다. 아직 성인이 되지 않은 딸을 어머니가 부족의 경험 많은 늙은 여자에게 데리고 간다. 그러면 여자는 소독도 되지 않은 녹슨 면도칼 하나로 아이의 성기를 뭉텅 도려내고 소변 구멍만을 남긴 채 꿰매어버린다. 그 봉합은 훗날 결혼했을 때 남편에 의해 다시 뜯긴다. 순결한 처녀만이 간택되어 신부가 된다. 이 '전통'은 이슬람 경전인 코란에는 나와 있지 않다. 단지 여성의 쾌락을 용납하지 않는 남성 우월주의의 끔찍한 소산물일 뿐이다.

이것에 분노하고 반기를 드는 대신 무조건적인 굴종으로 알아서 기는 늙은 여성들의 만행에서 아들의 생산을 위해 어떤 일이든 가리지 않고 씨받이를 들이는 데 앞장섰던 우리의 옛 여자들이 떠오른다.

몇 날 며칠 고열과 피고름은 계속되고 하루에도 여러 번 정신을 잃는다. 어머니는 생사를 넘나드는 어린 딸을 혼자 방치

해둔다. 딸은 홀로 남겨진 오두막에서 살아 걸어 나오거나 혼자 쓸쓸히 죽는다. 다행히 와리스 디리는 살아남았지만 언니와 사촌 둘은 목숨을 잃었다. 이 비위생적인 처치로 아프리카에서는 아직도 한 해 200만 명의 소녀가 죽는다. 아프리카는 물론 파키스탄과 인도, 말레이시아, 인도네시아, 아라비아반도 남부와 페르시아 만 일대, 뿐만 아니라 북미와 유럽에서도 행해지고 있다. 몇몇 나라에서는 할례를 금하는 법률까지 공표했지만 여전히 음지에서 우리의 딸들은 죽음과도 같은 시간에 목숨을 맡긴다. 지구에 사는 여성 중 약 1억 5000명가량이 이 끔찍한 할례의 흔적을 가지고 살고 있다고 한다.

운명으로부터 도망친 와리스 디리는 여성 성기 절제술 폐지를 위한 UNFPA의 특별 사절로 나라 곳곳을 돌며 이 악습과 싸우고 있다. 그녀는 여성이라는 이유만으로 갖은 학대에 시달리는 아프리카 여성을 돕자고 호소한다.

난 딸아이에게 거울을 주었다. 바지를 내리고 거울 위에 주저앉은 아이는 신기한 것인 양 제 것을 들여다본다. 네가 네 몸을 사랑하고 자랑스러워해야 남도 그렇게 할 수 있다, 어머니는 무조건적인 순결을 강요하는 대신 우리에게 그렇게 말해주어야 했다. 그렇게 자신의 몸을 사랑하라고 했건만 학교에서 돌아온 딸아이는 검색어 칸에 뜬 단어 XX를 보더니 죽은 쥐를 밟은 듯 질색이다. "뭐야? 엄마 변태야?" 그 말의 어원을 찾아보려 한 것뿐이라고 했더니 으흐흐, 웃는다. 누군가 벌써 아이의 머릿속에 그렇고 그런 빤한 정보를 입력시킨 것이다. 이웃과 친구들, 드라마와 뉴스…… 언제까지 거기에 관한 불온한 상상력은 계속될 것인가. "그럼 거길 뭐라고 부르냐?" 아이가 당연하다는 듯 말한다. "성기." 성기라는 이름의 한 남자애가 한참 놀림감이 되었던 생각이 났다. 아무래도 이름의 문제다. 그 이름을 제대로 불러주어야 거기는 우리에게로 꽃이 될 것이다.

2008년
여름의 환幻

곁에 앉아 밤늦도록 기말고사 공부를 하던 딸아이가 툭 질문을 던졌다. "자본주의가 모야?" 나도 툭 대답을 건넸다. "자본주의가 자본주의지, 모야." 밥과 잠처럼 자본주의 또한 어느새 우리의 본능이 되어버린 것은 아닐까. 본능에 무슨 구차한 설명이 필요한가. 그래도 시험에 나온다니 주섬주섬 생각나는 자본주의의 특성 두어 개를 알려주었다. 가타부타 별말 없던 아이가 또 툭 묻는다. "사회주의는 또 모야?"

아이는 구舊소련 붕괴 이후에 태어났다. 20세기의 최대 사건이라면 역시 사회주의의 붕괴가 아닐까. 그때 신문이 그 사건을 두고 붕괴라고 했는지 몰락이라고 했는지는 잘 기억나지 않는다. 자본주의의 대안으로 제시된 사회주의는 결국 100년도 가지 못했다. 뉴스를 통해 소련의 붕괴를 지켜보던 순간 자본주의의 펄럭이는 깃발 아래로 개미 떼처럼 새까맣게 몰려가는 사람들의 모습이 떠올랐다. 짓밟고 짓밟히고 깃대에 까맣게 달라붙어 떨어지면 또 기어오르는 개미들의 맹목적인 행군이 떠올랐다. 그날 이후로 소련의 스파이가 빠진 미국의 첩보 영화는 김빠진 맥주가 되었다. 은연중에 미국 문화에 푹 젖어들었던 나는 혹시나 예전의 첩보 영화를 그리워하며 소련의 부활을 꿈꾸지는 않았을까, 아무튼 두 사람이나 두 편이 맞붙는 경기를 볼 때마다 "어디가 좋은 편이야?"라고 묻던, 세상을 꼭 두 편으로 갈라야만 성에 차던 사람들의 습관이 우리 아이에게는 없는 듯하다.

마침 그날은 오랫동안 한 직장에 몸담았던 엄마가 마지막 퇴근을 하고 돌아온 날이었다. 그것을 기념하기 위해 딸아이와 화원에 들러 작은 화분을 사고 리본도 꽂았다. 엄마 사랑해요, 까지는 괜찮았는데 리본 날개가 두 개라는 것을 깜빡하고 서 있다가 화원 주인의 기습적인 질문에 허를 찔리고 말았다. "누가 보내는 걸로 해드려요?" 느닷없이 왜 딸아이 이름이 나왔는지 모르겠다. 그러려면 할머니 사랑해요, 라고 했어야 했고 아이가 둘이니 두 아이의 이름을 나란히 썼더라면 더 좋았을 것이다. 아이는 저녁 내내 투덜거렸다. "그럼 내가 할머니 딸이야? 이건 모 출생의 비밀도 아니고……." 누구누구네 하듯 '네' 자를 첨자할까 매직펜을 찾는 도중 급습하듯 엄마가 오는 바람에 황급히 화분 전달식이 거행되고 말았다.

그만두겠다는 느닷없는 통보에 적잖이 당황했을 사장에게

엄마는 "이제는 내 인생을 찾겠어요"라고 결연히 말했다고 한다. 우리 엄마 드라마를 좋아해도 너무 좋아한다. 동생과 끼르르 웃고 말았는데 드라마 대사 같은 그 말이 밤새 버전을 달리하며 귓가에 맴돌았다. 엄앵란 버전으로 마를린 먼로 버전으로 브리트니 스피어스 버전으로……

엄마가 말한 '내 인생'이란 어떤 인생일까. 중단한 학업을 계속해서 대학에 들어가는 일, 운전을 배워 차를 몰고 서해 번쩍 동해 번쩍 하는 일, 아니면 속이 상할 때면 내뱉던 말처럼 홀홀 가족을 떠나 새 인생을 찾아가는 일. 젊은 시절의 대부분을 지방에서 근무했던 아버지. 시간만 따져보자면 비가 올 때나 눈이 올 때나 검은 머리 파뿌리 될 때까지 함께하자던 아버지보다 어쩌면 더 긴 시간 직장에 머물렀을지도 모른다. 그곳은 어쩌면 엄마에게 있어 진작부터 '내 인생'이었을지도 모른다.

그런 엄마의 발목을 잡은 건 바로 나였다. 나는 '마론 인형'을 사달라고 조르던 어린 시절처럼 엄마를 따라다니면서 졸라댔다. "엄마, 딱 1년만, 딱 1년만, 엉?" 아기가 기저귀를 가리기만 해도 놀이방에 보낼 수 있을 것이다. 그때까지 믿고 맡길 수 있는 사람은 엄마뿐이었다.

17개월 된 개구쟁이 사내아이를 잡으러 이리저리 뛰어다니는 뚱뚱하고 나이 든 엄마가 주인공인 카툰이 그려졌다. 그 엄마에게 화분 전달식을 하면서 울컥 울음이 나온 것은 그 오랜 시간 엄마가 벌어온 돈으로 떡볶이도 사 먹고 학교도 다니고 영화도 보고 했던 사소한 미안함과는 다른 뭔가 마치 내가 엄마의 인생이라는 거대한 공을 내 맘대로 굴리고 있는 듯한 '부당함' 때문이었다. 나는 정말 내가 엄마의 발목을 잡으리라는 생각은 해본 적이 없었다. 최소한 엄마의 '내 인생'은 1년 뒤로 유보된 셈이다. 엄마는 물귀신 같을 나를 징그러워하지도 않은 채 리본 달린 화분에 입이 딱 벌어졌다. "이거 내 거냐?" 그러더니 딸아이를 가리키며 "근데 왜 얘가 내 딸이냐? 이거 출생의 비밀도 아니고……." 아무튼 우리 엄마, 드라마를 봐도 너무 많이 본다.

'일한 만큼 얻는다'는 평소 엄마의 생활신조였다. 나는 엄마처럼 근면 성실한 사람을 본 적이 없다. 입버릇처럼 이 말로 게으른 우리들을 재우쳤지만 엄마는 이 말이 사회주의의 모토였다는 것은 알지 못했을 것이다. 능력만큼 일하고 일한 만큼 소득을 얻는다. 40년 엄마의 딸로 산 나는 그 말을 지겨워했던 만큼 그 말에 익숙해졌다.

가장들이 자신의 아내에게서 가장 듣고 싶어 한다는 말. "당신 당장 회사 관둬! 내가 다 알아서 할게." 만약 그런 일이 생긴다면 어떤 일이든 다 할 각오가 되어 있다. 일에 대해 겁을 내지는 않는다. 하지만 불뚝성격의 엄마가 불의를 보면 참지 못하듯이 나 또한 내가 일한 만큼 얻지 못한다면 두 팔을 걷고 나설 것이다. 홈에버와 기륭전자, KTX 승무원들이 원한 것은 특별한 혜택이 아니었다. 그들이 원한 것은 일한 만큼 돌려받는 것이었다.

지난 28일 시청 앞 광장에서는 기륭전자 비정규직 투쟁을 위한 하루 동조 단식 집회가 있었다. 임시직, 계약직을 포함한 비정규직이란 기간이 정해진 채용 형태로 계약이 만료되면 회사는 재계약을 거부하여 해당 근로자를 고용하지 않을 수 있다. 일반적으로 진급이나 상여금 등 회사가 제공하는 복리 후생을 기대하기 어렵다. 기륭전자의 경우 1년 계약을 했던 남자들과는 달리 가임 가능성이 있는 여자들의 계약 기간은 6개월에 불과했다. 그들이 기계처럼 일하고 받은 임금은 최저임금에도 못 미치는 68만 원이었다. 노동력 착취를 통한 비인간적인 이윤 추구는 자본주의의 전형적인 병폐 중 하나다. 올 7월 1일부터 종업원 300명 이상의 기업에서 비정규직 보호대책법이 시행된다. 현실적으로 얼마나 많은 노동자가 그 법 아래에서 보호받을 수 있을지도 의문이다.

기륭 비정규직 노동자들의 투쟁이 1030일을 넘겼다. 세에라

자드는 1001일 동안의 이야기로 흉포해진 샤리아르 왕의 마음을 움직였다. 1000일은 그런 시간이다. 하지만 기륭의 이 투쟁은 끝이 보이지 않는다.

2008년 여름이 수상하다. 과거의 망령들이 되살아나는 것 같다. 이런저런 소식들에 환멸스럽기까지 하다. "아침에는 사냥을 하고 오후에는 낚시를 하고 저녁에는 소를 몰고 저녁 식사를 한 뒤에는 문학비평을 한다. 그러면서도 사냥꾼도 어부도 목동도 비평가도 되지 않을 수 있다"라는 『독일 이데올로기』의 한 구절과 같은 낭만적인 사회는 언제 올 것인가. 이 환멸스러움 속에서 나는 또 다른 환幻을 꿈꾼다.

암소와
수탕나귀

그 애가 지나가면 우리는 '튀기'라고 수군댔다. 좁은 양미간과 오똑 솟은 코, 고수머리와 흰 피부 등 그 애는 한눈에 띄었다. 몇몇 어른은 '아이노꾸'라고도 불렀다. 나중에야 홋카이도의 원주민 '아이누족'을 일컫는 말이라는 걸 알게 되었다. 우리가 별생각 없이 내뱉던 그 말이 암소와 수탕나귀 사이에서 태어난 잡종을 뜻한다는 것도 알았다.

노새와는 달리 튀기의 모습은 어디서도 찾아보기 어렵다. 하지만 암소와 수탕나귀의 형질을 반반씩 닮았을, 그 사이에서 예상치 못한 형질이 툭 발현되었을지도 모를 그 모습, 기괴했을 듯하다. 한국전쟁 직후 서양인들의 외모와 피부를 닮은 채 태어난 아이들의 모습에 놀란 한국인들의 모습도 쉽게 그려진다. 얼마나 신기했으면 '튀기'란 이름을 붙여주었을까.

그 애는 김치볶음을 좋아하고 우리말도 우리만큼 잘하는, 다 같이 웃어야 할 때를 놓치고 한 박자 늦게 웃은 적도 없는 '우리나라 사람'이었다. 그런데도 그 애는 우리와 섞이지 못하고 주위를 맴돌았다. 전쟁이 끝난 지 한참 지났지만 전쟁의 그림자는 너무도 넓고 깊었다. 어디 살고 있을까. 어쩌면 김치볶음의 붉은 기름이 반지르르 묻은 야무진 입술을 벌려 전상국 선생의 소설 『지빠귀 둥지 속의 뻐꾸기』의 수지처럼 한국과 제 어머니를 부정하고 있을는지도 모른다.

지금 필리핀에는 '코피노'라고 불리는 아이들이 있다. 한국 남성과 필리핀 여성 사이에서 태어난 아이들을 필리핀 사람들이 부르는 이름이다. '튀기'처럼 모욕적인 말이 아니지만 이미 그 말 속에는 돈이면 다 된다는 자본주의의 한 단면과 함께 인간을 인간으로 대하지 않는 야만성이 들어 있다.

그 애들은 축복받아야 할 탄생의 순간, 이미 아버지로부터 버려졌다. 초창기 그들의 아버지는 물가와 교육비가 싸다는 이유로 어학연수를 온 학생들이었다. 한순간 일탈에 빠져들었던 그들은 필리핀 애인이 임신했다는 소식을 듣는 순간 한국으로 줄행랑을 쳤다. 10대 후반에서 20대 초반, 누구도 그 애들에게 책임을 따져 묻지 않았다. 나이 차가 많이 나는 한국 사업가들의 현지처가 된 여성도 있었다. 코피노 수의 증가에는 피임과 낙태를 철저히 금하는 가톨릭 문화의 영향도 있었다.

낮에는 골프 여행, 밤에는 환락가. 필리핀을 찾는 한국의 남성 수가 급증했다. 단순히 쾌락과 욕망만이 남았다. 그들 중에

피임 기구를 착용하지 않으려는 이들이 있고 그 때문에 나이 어린 10대 여성을 찾는 추태가 이어지고 있는 보양이다. 아예 아버지를 알 수 없는 코피노들도 급증했다.

많은 코피노들에게 아버지란 자신을 버린 사람일 뿐이다. 한국은 더 이상 아버지의 나라가 아니다. 한국인들에게 반감을 가지는 필리핀인들이 많아지고 있다고 한다. 그래도 이다음 돈을 많이 벌어 한국의 아버지를 찾겠다는 꿈을 가진 아이들도 있다.

그 아이들의 꿈이 생각보다 빨리 이뤄질 듯하다. 한 사회단체에서 코피노들의 아버지 찾아주기 운동을 벌이고 있다. 코피노들 대부분이 극빈층이다. 어머니가 돈을 벌러 집을 떠나 있는 동안 학교에도 가지 못한 코피노들이 거리를 떠돈다. 돈을 벌기 위해 제 엄마처럼 윤락가로 흘러드는 아이들도 있다. 악순환이다. 한국의 아버지를 찾아 최소한의 의무를 지도록 하는 것이 취지다. 상황이 이렇게 될 때까지 정부는 개인의 사생활이란 생각으로 방관하고 있었다.

하룻밤 대가치고 너무도 큰 대가라고 억울해할 남성이 많을는지 모른다. 필리핀 여성들이 돈을 노리고 일부러 접근해 임신했다고 할지도 모른다. 한동안 책임 공방으로 시끄러울 듯하다.

하지만 중요한 것은 그것이 아니다. 한국의 아버지를 찾아주기로 했다는 소식에 가슴 한쪽이 내려앉았을 당신. 그렇다. 당신이 진작 느꼈어야 할 죄의식에 관한 이야기다. 인간으로서의 양심이다. 가장 무서운 것은 지금까지도 일말의 거리낌이 없이 잠잠한, 이미 죽어버린 건지도 모를 당신의 양심이다.

그날
이후

　대구는 지하도가 발달해 있다고 대구에 사는 친구에게 들었다. 추위도 추위려니와 한여름이면 걸어 다닐 수 없을 만큼 거리가 뜨거워지기 때문이라고 했다. 숙소에서 중앙로역까지 다시 반월당역으로 연결된 긴 지하도를 걷자니 그 말이 실감되었다. 지하상가의 쇼윈도에는 봄이 무르익었다. 지상의 꽃샘추위는 잠깐 잊었다. 무엇보다 수시로 나타나는 횡단보도가 없어 좋았다. 잠깐 딴 생각이라도 할라치면 뒤에서 경적을 울려대는 자동차도 없었다.

　2월 18일, 전날과 다름없이 중앙로역까지 걸었다. 며칠 출장 온 사이 지하철 노선도는 물론이고 낯선 지명이 조금씩 머릿속에 들어오기 시작했다. 가보고 싶은 곳도 늘었다.

　중앙로역 개찰구 앞이 전날과는 사뭇 다른 풍경이었다. 설치 작품처럼 보이는 꽃들이 놓이고 중간중간 사진이 전시되었다. 두어 발짝 앞엔 헌화하는 곳도 마련되었다. 첫 번째 사진이 눈에 들어왔다. 전소되어 철골만 남은 흉측한 전철 사진이었다. 그제야 까맣게 잊고 있던 일이 떠올랐다. 10년 전, 2월 18일 그날이…….

신변을 비관하던 한 사내의 방화로 192명이 사망하고 148명이 다쳤다. 지하철 환풍구 위로 검은 연기 기둥이 치솟았다. 이제나저제나 누군가 구조되어 올라오기를 기다렸지만 지하철 출입구 계단 위로는 검은 연기만 새어 올라왔다. 과연 저 아래에 얼마나 많은 이가 있는 걸까. 아비규환일 그 현장은 상상조차 힘이 들었다.

그렇게 많은 희생자를 낸 곳이 바로 중앙로역이라는 걸 까맣게 몰랐다. 그저 넓고 편리한 지하도에 감탄만 하고 있었다. 그 당시 그 사고 현장을 그대로 보존할 계획이라던 말이 떠올랐다. 대체 그곳은 어디에 있는 걸까. 역 어딘가에 있다면 눈에 띄지 않을 리 없었다. 그 처참한 현장 사진을 본 적이 있었다. 그날의 열기로 사물함이 녹아내렸다. 검게 그을린 벽에 희생자 가족은 애끊는 마음을 글로 써놓았다. 보고 싶다. 미안하다. 그 글 속에 있는 여자아이의 이름. 살아 있다면 몇 살이 되었을까. 사람들은 그곳을 통곡의 벽이라 불렀다. 청소하는 분이 저기 어디쯤이라며 손가락으로 가리켰다. 벽으로 가려놓아 보이지 않는다고 했다.

희생자들의 마지막 통화 내용이 패널에 옮겨져 있었다. 192명의 희생자 중에는 결혼을 앞둔 이도 있었고 어린 딸을 둔 엄마도 있었다. 명문 대학에 입학해 한창 꿈에 부푼 여학생도 있었다. 연기로 질식해가는 와중에도 늙은 노모를 걱정하는 아들, 아들은 자신의 죽음을 예감하고 어머니에게 마지막 인사를 전했다. 불효한 아들을 용서해달라고, 건강하시라고. 몇 분 뒤에 만날 연인에게 자신은 못 간다고, 기다리지 말라고, 잘 살라는 말을 남긴 젊은이도 있었다.

마지막 말, 긴박했던 그 상황이 떠오르는 한편, 죽음을 앞두고 오히려 담담해진 이들의 육성에 또 한 번 놀란다. 죽음 앞에 그들은 의연했다. 그리고 사랑하는 이들에게 사랑한다는 말을 남겼다. 사랑한다는 말. 평소에 쑥스러워 아끼고 잘 쓰지 않았던 말.

10년, 희생자의 가족에게는 어떤 시간이 흘렀을까. 마지막으로 전해 들은 딸아이의 목소리에 수시로 잠이 깰지도 모른다. "아빠, 뜨거워, 뜨거워……." 몸에 난 화상 자국과 후유증으로 아직까지 그 현장에서 탈출하지 못한 이들도 있을 것이다. 추모제를 취재 나온 기자의 말을 들었다. "시민들의 관심이 너무 저조합니다."

몇 계단만 올라가면 불빛 휘황한 지하도가 펼쳐진다. 조금 더 걸으면 전국에서 가장 넓다는 지하 광장이 나온다. 수많은 사람이 오가지만 10년 전 일을 까마득히 잊은 듯하다.

다음 날 대구를 떠나면서 다시 중앙로역으로 왔다. 헌화 장소는 그대로였다. 헌화하지 못한 국화꽃이 잔뜩 쌓인 채 시들어가고 있었다.

552111152!

　모임이 끝나갈 무렵이었다. 술잔이 오가고 노래를 부르는 다소 어수선한 분위기 속에서 한 남자가 다가와 배시시 웃었다. 누구신지? 한눈에 그를 알아보지 못했다. 반백에 주름진 얼굴, 몇 학번 위의 선배인 듯싶어 엉거주춤 일어섰다. 그가 다시 소리 없이 웃었다. "와, 이제 시간문제다!" 박수를 치며 환호하던 우리를 조용히 둘러보던 한 사람의 얼굴이 앞에 선 중년 남자의 얼굴과 겹쳐졌다. "어? 어!" 너무 반가우면 아무 말도 나오지 않는다는 걸 새삼 깨달았다.

　그 책이 나온 것이 1994년이었으니 그를 마지막으로 본 것도 그해였을 것이다. 그가 탁자 위에 슬그머니 밀어놓은 『좋은 아침 삐삐 약어집』이란 책을 돌려보면서 우리는 한껏 기대에 부풀었다. 어떻게 이런 기발한 생각을 다 할 수 있을까. 그의 성공은 이제 시간문제였다.

　'삐삐'라고 하면 '말괄량이 삐삐'를 떠올릴 이들이 더 많을지도 모르겠다. 1990년 중반 우리의 주머니나 허리춤엔 '삐삐'

라 불리던 무선호출기가 있었다. 누군가의 소식을 기다리다 주머니 속의 삐삐가 진동할 때의 그 기쁨이 얼마나 큰지 말하지 않아도 다 공유하고 있었다. 거리 곳곳에 있는 공중전화 부스 앞에는 삐삐에 찍힌 번호를 확인하는 이들이 줄지어 서 있었다. 전화를 하지 않고 전달 내용을 알 방법은 없을까, 공중전화 부스 앞에서 순서를 기다리면서 수없이 했던 생각이다.

그때도 이미 간단한 삐삐 약어는 통용되고 있었다. 7676은 착륙착륙, 8282는 빨리빨리. 이렇듯 음차를 한 간단한 것에서부터 시작된 삐삐 약어는 열 자릿수 이상으로 늘어나 제법 긴 사연까지 담아내게 되었다.

『좋은아침 삐삐 약어집』은 바로 그 삐삐 약어들을 정리한 책이었다. 수첩 크기로 휴대가 편해 그때그때 단말기에 뜬 숫자들이 무슨 뜻인지 확인할 수 있고 보낼 수도 있었다. 밀리언셀러가 되는 건 시간문제였다. "와, 이제 시간문제다!" 우리는 그에게 다가온 행운이 마치 우리 일이라도 되는 듯 즐거워했다.

아무도 그 '시간'이 '문제'가 되리라곤 생각하지 못했다. 물론 그 당시에도 휴대폰은 있었다. 들고 있기에 부담스러우리만치 큰 휴대폰도 어느 정도 작아졌지만 문제는 만만치 않은 비용이었다. 통화 중간중간 자꾸 끊기는 통화 품질도 문제였다. 우리는 삐삐가 영원하리라 믿었다. 책이 나온 지 얼마 되지 않아 휴대폰이 급속도로 보급되리란 걸 아무도 예상치 못했다.

그 뒤로 시간이 흘렀다. 그와는 진작에 소식이 끊겼다. 간혹 이야기 속에 그의 이름이 회자되곤 했다. 삐삐를 쓰던 시절과 삐삐에 얽힌 에피소드로 이어진 이야기는 그의 불운으로 마무리되곤 했다. 휴대폰을 새것으로 교환할 때마다 그가 떠올랐다. 찍어놓고 팔리지 않아 어디선가 산더미처럼 쌓여 있을 책들이 떠올랐다. 200여 페이지에 달하는 책 속에 실린 숫자들과 그 숫자들을 풀어놓은 우리들의 비밀 언어들이 궁금해졌다. 휴대폰이 고장 난 이틀 동안 연락이 되지 않는 큰애의 안부를 걱정하다가 스치듯 그가 떠올랐다. 휴대폰이 스마트폰으로 진화되었을 때도 '세월 좋다'라는 말 대신 그가 떠올랐다.

어수선함 속에서 우리는 잠깐 그렇게 서 있었다. 그가 내게 명함을 건넸다. 책과는 관련 없는 새로운 직장이었다. 말없이 서 있는 동안 나는 과학과 기술의 발전이 우리에게 준 것과 우리에게서 가져간 것에 대해 생각했다. 더 이상 우리에게 그런 행운의 기회가 오지 않으리라는 것도 알고 있었다. 책 속에 실린 숫자들 하나를 아직 잊지 않고 있다. 552111152. 잘 살아라, 로마숫자와 알파벳 모양에서 연상해 만들었다는 숫자들. 그에게 이렇게 인사하고 싶었지만 못했다. 우리는 웃기만 했다. 그렇게 우리는 18여 년 만에 인사를 나눴다.

뒷담화를
즐기다

지금은 고인이 된 친구와의 추억이 종종 떠오른다. 맨 처음 가무잡잡하고 작은 그녀의 얼굴, 소리 없이 웃고 있다. 뭔가 짓궂은 표정이다. 아이스크림 가게 한구석에 앉아 있다. 우리는 두 가지 맛이 든 아이스크림 통 하나를 사이에 두고 두 가지 달콤함을 즐기고 있는 중이다. 아이스크림의 달콤함 그리고 바로 뒷담화의 달콤함.

이런저런 추억을 다 제쳐두고 기껏 그런 장면이나 떠올린다고 눈을 흘기는 그녀의 얼굴이 보이는 듯하다. 하지만 훗날 누군가 나를 떠올린다면 나는 나와 함께했던 이런 순간들을 떠올려주길 바란다. 적어도 그 순간 나는 솔직했다. 그녀와 나는 차를 타고 한 치 앞도 보이지 않는 짙은 안개를 뚫고 지나기도 했고 어느 여름 갑자기 불어난 개울물에 휩쓸리기도 했다. 그 많은 추억 중에서도 나는 아이스크림 가게에서의 그 장면을 떠올릴 때가 가장 즐겁고 행복하다. 그녀는 환하게 웃고 있다. 가장 그녀다운 얼굴이다.

국립국어원의 표준국어대사전에 '뒷담화'라고 검색하니 아무런 자료가 뜨지 않는다. 한 포털 사이트의 사전에서야 뒷담화란 '담화'와 우리말의 '뒤'가 붙어 만들어진 말, 이라고 나와 있다. 왜 뒷담화인 줄도 모른 채 우리는 둘만 모여 앉으면 수다를 떨고 자연스럽게 누군가의 '뒤땀마를 깠다.' 담화를 다마라고 알았다. 구슬 곧 머리이고 누군가의 뒤통수를 치는 일이라고 오해했다. 이미 죄의식이 깔려 있었다.

바야흐로 토크쇼의 전성시대다. 많은 연예인들이 그 코너를 통해 재발굴되고 인기를 얻었다. 너댓 명에서 스튜디오를 꽉 채우는 수십 명의 패널까지 등장해서 시시콜콜 수다를 떤다. 아예 스튜디오를 작은 사랑방이나 사우나 실로 꾸며놓기도 한다. 수다의 긍정적인 측면을 모르는 바 아니다.

자신의 이야기를 하다 보면 자연스럽게 가까운 이들의 이야기도 할 수밖에 없다. 뒷담화 문화가 텔레비전으로 옮겨 왔다. 흥미를 끌려다 보니 수위를 넘기도 한다. 상대방에게 다소 무례할 수 있는 이야기도 거침이 없다. 과거 텔레비전 속 인물들은 최소한의 격식을 차리고 있었다. 텔레비전이 더 이상 '텔레비전스럽지' 않게 된 것을 시청자는 오히려 신선하게 생각하기 시작했다.

얼마 전 게스트로 나온 두 가수의 수다에 멤버였던 한 친구가 상처를 입고 그들을 고소하기에 이르렀다. 기사를 읽고 그 아래 달린 댓글들을 따라 읽었다. 눈살이 찌푸려지는 글들을 읽고 있자니 자연스럽게 의문이 떠올랐다.

과연 그것이 그 사실을 털어놓은 두 사람의 잘못일 뿐인가. 그 프로그램은 생방송이 아니었다. 녹화였기 때문에 문제가 된다 싶은 장면은 삭제를 할 시간적 여유가 있었다. 책임자는 시청자가 흥미로워할 내용이라 생각했을 것이다. 뒷담화의 쾌감을 시청자에게 그대로 전달할 수 있으리라 생각했을는지도 모른다. 그것도 아니라면 우리는 이미 모든 것에 무감각해질대로 무감해진 것인지도 모른다.

한 팀이었던 친구들끼리 뭐 그만한 일에 화를 내냐고 두 가수는 의아해했다. 그들이 잊은 것이 있다. '뒷담화'에서 방점은 '뒤'에 찍혀야 한다. 그 말엔 남의 험담이나 늘어놓는다는 죄의식과 함께 장소와 태도도 나와 있다. 둘이서만 해야 하는 이야기라는 걸 그들은 잠깐 잊었던 것이다.

뒷담화, 여전히 뒷담화를 한다. 하지만 그녀가 없는 탓인지 그전만큼 신이 나지 않는다. 악의가 없는 수다였음에도 그녀와 이야기하고 있는 동안에는 불안하지 않았다. 혹시나 다른 이의 귀에 들어가 오해라도 불러일으키면 어쩌나 걱정하지 않아도 되었다.

그러니 둘만 모여 앉으면 남의 이야기를 즐기는 우리들에게, 과연 일말의 책임도 없는 것인가.

배재에서
배제되었네

올해 큰애가 한 대학의 국어국문학과에 입학했다. 소식을 전해들은 지인들로부터 많은 축하 인사를 받았다. 아이를 대학에 보냈거나 입시를 앞둔 엄마들은 손뼉까지 치면서 제 일처럼 기뻐했다. 축하의 말끝에 측은한 눈빛을 보낸 분들은 글을 쓰는 선배들이었다. 아이까지 그 힘든 일을 해야 할지 모른다는 생각에 벌써부터 안쓰러워진 것이다.

그즈음 시골 사는 이모부가 1톤 트럭을 몰고 서울에 왔다. 쌀자루와 파, 나물이 담긴 봉지들을 집 안으로 들여놓고 거실에 앉았는데 그새 친정 엄마가 손녀 자랑을 늘어놓은 것이다. 외할머니가 일찍 돌아가신 탓에 여름방학이면 우리는 외가 대신 이모네로 놀러 가곤 했다. 무뚝뚝한 이모보다는 살가운 이모부가 더 좋았다. 이모부가 모는 경운기에 올라타고 논으로 가고 가끔 갯벌로 조개를 잡으러 나가기도 했다. 어느 날이었다. 이모부가 밭을 매고 있다가 비행기가 날아가자 허리를 펴고 밭둑에 앉아 놀던 우리에게 말했다. "여자 직업 중에는 저

게 1등 직업이여, 1등!" 항공사 승무원을 꼭 꼬집어 이야기한다
고는 생각하지 않았다. 하늘처럼 높은 이상을 가지라는 말로
늘 생각해왔는데 그게 아니었던 모양이었다.

"구욱무운학과?" 양반다리로 앉아 거실 이곳저곳을 둘러보
던 이모부가 반문했다. 이모부에게서 쏟아질 감탄사를 기대하
고 있던 엄마의 표정이 굳었다. 느릿느릿 이모부는 엄마가 생
각지도 않았던 말만 골라 했다. "거기 나와 뭐에 쓴대유?" 친정
엄마는 어이가 없었다. 국문학과를 나와 열심히 일하고 있는
사람을 떠올리다가 그만 나를 예로 들고 말았다. "봐유! 제 밥
벌이 하난 똑똑히 허쥬?"

이모부는 평생 농사만 지었지만 아침이면 조간 읽는 일을
한 번도 거른 적이 없었다. 서울 사는 엄마보다도 훨씬 더 세
상 물정을 꿰고 있었다. 이모부의 얼굴에는 알듯 말듯 웃음이
번졌다. 이모부가 애먼 데를 보면서 한마디 또 툭 던졌다. "그
런 사람이 몇이나 돼간유? 그류? 안 그류?"

화가 머리끝까지 난 엄마에게 사실 나는 국문학과가 아니
라 문예창작과에서 공부를 했다고 바로잡지 못했다. 이모부의
말처럼 국문학과를 비롯한 인문학과가 취업에 약한 과가 된
지 오래라는 말도 하지 못했다. 무엇보다 나는 내가 가진 그
어떠한 말로도 이모부 하나 설득하기 어렵다는 걸 알고 조금

놀라 있었다. 이모부는 두 발을 땅에 단단히 붙이고 있는 사람이었다.

배재대학교의 학과 구조 조정 소식을 들었다. 국어국문학과와 독일어문화학과, 프랑스어문화학과가 사실상 폐과되고 취업률이 높은 항공운항과와 사이버보안학과 등이 신설될 예정이라고 한다. '심리철학과'가 '심리철학상담학과'로, 남아 있는 학과 또한 이런 식으로 명칭이 변경된다. 대학이라기보다는 직업학교라는 느낌을 물씬 풍기는 이름들이다. 교육과학기술부의 평가에서 취업률이 낮아 부실대학으로 지정된 것이 가장 큰 이유였다.

오갈 데 없어진 학생들은 애가 닳았다. '배재대에서 배제되었네.' 학생들이 들고 있던 피켓의 한 문구다. 말장난 같은 이 문구를 적어 내려갈 때 학생들의 마음은 어땠을까. '대학'이라는 이름이 무색하다. 대학만의 고집도 자긍심도 없다. 요즘 언론을 뜨겁게 달궜던 슈퍼갑의 횡포와 다를 게 없다. 또 다른 밀어내기다.

땡볕이 내리쬐던 여름날, 이모부와 함께 푸른 하늘을 날아가던 비행기를 오래오래 올려다보았다. 이모부의 그 말에 마음속에서 뭔가 움직였다. 비행기를 함께 올려다보던 동생은 승무원이 되었다. 그리고 나는 비행기를 볼 때마다 이모부의 검게 탄 얼굴과 햇빛 다글다글 끓어오르던 넓은 밭이 떠오른다. 우리는 둘 다 열심히 살고 있다. 이모부의 말을 오해했던 걸 후회하지 않는다.

찌니와
째니

1999년 피시 통신으로 장편소설을 연재했다. 매일매일 일정 분량의 글을 올리고 게시판에 올라온 글을 읽은 뒤 재빨리 그곳을 빠져나왔다. 발목이 잡혀 10만 원이 넘는 통신료를 물었다는 이야기들이 심심치 않게 들려왔기 때문이었다. 글을 쓰고 있었지만 만 원 2만 원에 벌벌 떠는 주부이기도 했다. 피시 통신과 접속하고 있을 때면 '주부 작가'라는 현실이 실감되곤 했다.

소설을 연재하면서 막 피시 통신에 눈을 떴지만 이미 그 시절 피시 통신은 서서히 사양길로 접어들고 있었다. 그런 사실을 알지 못한 채 피시 통신으로 알게 된 '방가방가' '하이룽' 같은 말들을 현실에서 마구 남발하는 재미에 빠져 있기도 했다.

컴퓨터가 있었지만 오로지 문서 편집 기능만 썼으니 '컴맹'이나 다름없었다. 피시 통신 연재가 결정되자 담당자가 집으로 찾아왔다. 그녀의 별명은 '찌니'였다. 왜 그런 별명이 붙었는지 나중에야 알았다. 전화선을 연결했지만 피시 통신의 상징이랄 수 있는 파란 화면이 뜨지 않았다. 컴퓨터 사양이 너무 낮은 건 아니었을까, 결국 컴퓨터 본체를 끌어안고 무작정 집을 나섰다. 광활한 신도시가 눈앞에 펼쳐졌다. 컴퓨터 수리점을 찾아 무거운 본체를 번갈아 들고 도로를 따라 걸었다. 속도를 내며 달리는 차들 때문에 우리는 둘 다 먼지를 뒤집어썼다.

독자들의 반응을 그때그때 확인할 수 있다는 점이 매력적이라고 어디선가 말은 했지만 사실 좀 무서웠다. 연재를 올린 다음 날이면 재깍 게시판에 글들이 올라와 있었다. 여차하면 소설의 결말도 독자들의 뜻에 따라 바꿔야 하는 게 아닐까, 조바심이 들었다.

그때 그 게시판의 글을 한참 뒤 다시 읽을 기회가 있었다. 그사이 회사가 바뀌면서 정보들도 몇 차례 옮겨진 듯했다. 우리들에게 그런 시절이 있었던가 싶게 글들은 정확했고 따뜻했다. 얼굴을 볼 수 없었지만 우리는 서로서로를 배려하고 존중했다. 한마디로 '개념 있는' 글들이었다.

아무래도 싸지 않은 통신료 때문이 아니었을까 싶다. 통신료를 결재하는 과정에서 자연스럽게 본인 확인 과정도 거쳐야 했다. 동호회를 중심으로, 재야의 전문가들이 모여든 덕도 있었을 것이다.

그 반듯한 게시판에 튀는 두 인물이 있었다. 찌니와 쩨니.

'찌니'의 별명이 왜 찌니인지 그때 알았다. 아픈 곳을 찌른다고 해서 붙여진 별명 찌니, 찌니가 찌른 곳을 또 쨌다고 해서 쨰니. 앞서 소설을 연재한 선배 소설가 사이에서도 명성이 자자했다. 열혈 독자이면서 신랄한 독자들이었다. 그들은 콤비처럼 둘이 움직였다.

찌니는 그 사이트의 담당자였다. 사이트의 활성화를 위해 의도적으로 그랬던 건지도 모르겠다. 그들이 다녀가면 잠깐 논쟁이 붙기도 했다. 게시판에 시간 차를 두고 떠오르던 글을 한 줄 한 줄 고대해가며 읽곤 했다. 그러다 느닷없이 대화가 끊길 때도 있었다. 이유는 단 하나였다. 접속 중에 전화는 늘 통화 중이었다. 통화가 되지 않아 애가 단 어른들에게 꾸중을 듣는 일도 속출했다.

간신히 명맥을 유지해오던 피시 통신도 이제 모두 사라졌다. 우리의 관심은 그 훨씬 전에 사라졌다. 우리가 게시판에서 나누었던 대화들은 옮겨가며 보존되었다가 지금은 아예 사라진 듯하다. 찌니와 쨰니. 지금 어디에서 무엇을 하고 지내는지 오래전에 그들과도 소식이 끊겼다. 어쩌면 악플과 그 폐해에 가장 속상해하고 있을지도 모른다. 그때의 신랄함이 그립다. 찌니가 찌르고 쨰니가 쨰줄 때 아프면서도 후련했다. 뭔가 막힌 곳이 뚫리는 것 같았다.

피시 통신의 시대는 길게 가지 않았다. '월드와이드'라는 이름을 달고 우리는 경계를 알 수 없는 세계로 빠져들있다. 그리고 그 많던 찌니와 쩨니 들도 우주의 모래알처럼 흩어졌다.

불안한 이들의 악몽,
괴담

가족 중 두 사람이 보름 간격으로 소문을 물고 왔다. 40대와 20대, 나이와 활동 영역이 다른 두 사람이 엇비슷한 이야기를 공유하게 된 건 SNS 때문인 듯하다.

한 젊은 엄마가 아이와 함께 공원의 공중화장실에 들렀다. 화장실에서 나와 보니 잠깐 문밖에 세워둔 아이가 온데간데없이 사라졌다. 반쯤 혼이 나간 엄마의 눈에 웬 노인이 손주를 업고 가는 것이 보였다. 옷차림도 다르고 바리캉으로 민 듯 머리카락도 짧았지만 딱 자신의 아이만 했다. 아이는 곯아떨어진 듯했다. 문득 아이의 신발을 보았는데 모양이 특이해서 사준 자신의 아이 신발과 똑같았다. 부리나케 달려가 아이 얼굴을 들여다보았는데 세상에 바로 자신의 아이였다.

이 부분에서 이구동성 탄성이 터졌다. 간발의 차로 잃을 뻔한 아이의 얼굴에 내 아이들의 얼굴이 겹쳐졌다. 물론 요즘 떠돌고 있는 근거 없는 소문 중 하나라는 것을 알고 있다. 그런데도 어디선가 꼭 있었을 법한 이야기처럼 들린다.

1959년에도 괴소문은 있었다. 상경한 어머니는 그 얼마 전 서울을 한차례 휩쓴 소문에 내해 들었다. 혜성이 지구와 충돌할 거라는 소문이었다. 소문도 들어오지 못할 심심산골, 아무것도 몰랐던 어머니는 소문이라 다행이라고 가슴을 쓸어내렸다. 그 괴소문에 이왕 죽을 거 여한 없이 먹고 마시다가 죽겠다고 작정한 청년이 바로 옆집에 살고 있었다. 청년은 동네의 구멍가게에 큰 빚을 졌고 그 어머니가 외상 빚을 갚는 내내 온갖 지청구를 들어야 했다.

1990년대는 단연 '홍콩 할매'였다. 고양이를 데리고 여행 가던 할머니가 비행기 사고를 당했다. 고양이와 할머니의 모습을 반반 섞은 홍콩 할매가 나타난다는 소문 때문에 아이들의 귀가 시간이 빨라지기도 했다. "귀신은 하나도 안 무섭다. 젤로 무서운 건 사람이다, 사람." 그 말로 어른들이 아이들을 달래곤 했는데 언젠가부터 괴담의 주인공이 귀신에서 사람으로 바뀌었다. 희대의 사건 주인공들이 괴담에 등장했다. 가까스로 사고를 모면했다는 사람들의 이야기가 떠돌아다녔다.

최초의 야담집으로 전해지는 『어우야담』은 임진왜란 후에 쓰였다. 7년이나 계속된 전쟁으로 수많은 사람이 죽었다. 미처 거두지 못한 시신들이 들판에 널려 있었다. 전염병이 창궐했다. 달밤이면 백골들이 하얀 꽃처럼 피어올랐다. 살아남은 사람들의 삶이라고 나을 것도 없었다. 민심이 피폐해지고 괴담이 떠돌았다. 그런데도 지배 계층은 나 몰라라 당파 싸움만 했다. 『어우야담』에 등장하는 몇몇 귀신은 전쟁으로 목숨을 잃고 구천을 떠도는 원귀들이었다. 기록 끝에는 꼭 그 귀신을 보았다는 사람의 이름이 달려 사실처럼 믿게 했다.

문제는 괴소문이 날로 흉포해지고 있다는 것이다. 인육 매매에서 장기 적출 괴담까지, 실제로 만취해 택시를 탄 한 승객은 인신매매에 대한 공포 때문에 달리던 택시에서 뛰어내리기도 했다. 귀신보다도 무섭다는 것이 사람이니, 우리는 이제 위안을 얻을 데도 없다. 택시에서 휴게소 공중화장실에서 엘리베이터에서 우리는 일단 곁의 사람들을 의심하고 본다.

한 전문가의 말처럼 사회에 불안을 야기하고 특정 대상에 미움을 가진 이들이 괴담을 퍼뜨리고 있는 건지도 모른다. '어우야담'의 '어우'는 유몽인의 호 '어우당'에서 따온 것으로 쓸데없는 뭇소리를 사람들을 현혹시킨다라는 『장자』의 한 구절에서 인용한 것이라고 한다. 그는 그렇게 세상을 비꼬았다.

일련의 사건에서 우리는 치안 부재를 목격했다. 아무리 노력해도 빈부 차는 좁혀지지 않는다. 괜찮은 걸까? 괜찮은 걸까? 불안이 불안을 낳는다. 위안 받을 곳 없다. 그러니 불안한 이들이 꾸는 악몽이다, 이 괴담과 괴소문 들은.

진짜
사나이

대학의 신입생 환영회 자리였다. 강의실 문이 열리고 예비역으로 보이는 한 선배가 들어와 교탁 앞에 섰다. 비딱하게 우리를 내려다보던 그가 말했다. "이제 자리에 앉는다." 대번 반말이었다. 명령조의 말투도 거슬렸다. 그런데 이상한 것은 그 누구도 반발하지 않고 고분고분 그의 말을 따랐다는 것이다.

한 시간이 넘도록 그는 예의 그 말투로 이야기했다. 뭔가 중요한 것을 전달하는 것처럼 보였지만 사실 누구나가 다 알 만한 학칙이었다. 대체 분위기를 왜 이렇게 무겁게 만드느냐고 몇 번이나 따져 묻고 싶었지만 그게 입이 떨어지지 않았다. 이럴 때 남자애들은 뭐하고 있는 거야? 둘러보았지만 군기가 바짝 들어간 건 남자애들도 마찬가지였다.

20년도 더 흘렀지만 가끔 그 상황이 떠오르면 실소부터 터진다. 그가 나가고 난 뒤에야 그가 군 시절 조교였다는 것을 알게 되었다. 우리는 그 짧은 시간 동안 군 문화를 체험한 것이었다. 아이러니한 것은 그 일 뒤로 그에게 반해 그를 쫓아다닌 여학생이 한둘이 아니었다는 것이다.

그 일을 시작으로 남자들에 대해 몰랐던 점들을 알게 되었다. 남자들은 특히 군 문제에 대해 예민했다. 남자들이 군대에서 축구를 하던 이야기를 풀기 시작하면 한둘쯤 겉도는 남자애들이 있었는데 그들이 군 면제자이거나 방위 출신이라는 것도 눈치로 알게 되었다.

어느 날이었다. 누군가 한 선배를 가리키며 말했다. "해병대 출신이야. 그것도 자원이야, 자원!" 우, 탄성이 터졌다. 나도 모르게 "와, 귀신 잡는 해병이요?" 하고 거들었다. 남자 형제라고는 하나도 없었는데 그 말을 알았던 걸 보면 해병대의 위상이라는 것이 대단하긴 대단했던 모양이다. 혹시나 그가 자신의 무용담을 늘어놓으며 거들먹거리는 건 아닐까 생각했는데 그는 별일 아니라는 듯 가만히 앉아 있었다. 평소 말수가 적고 신중해서 호감을 가지고 있었는데 해병대 출신이라는 것을 알고 나자 호감은 배가 되었다. 남자들도 다 힘들다고 하는 해병대 훈련을 마치고 이렇게 돌아와 있는 것이다. 게다가 자원이라지 않는가, 자원.

시간이 지난 뒤에야 아무렇지도 않게 앉아 있었지만 사실은 그 선배, 해병대 출신이라는 것에 대한 자부심이 남달랐던 건 아닐까, 생각하게 되었다. 그렇지 않고서야 사회인이 되었는데도 왜 줄기차게 야상을 걸치고 다녔던 것일까. 전역하는 순간 주억의 상자 속으로나 늘어가야 할 군번줄을 애지중지 목에 걸고 다녔던 것일까. 그리고 왜 나는 그가 해병대 출신이라는 것을 알고 그가 더욱 남자답게 느껴졌던 것일까.

해병대에 왜 '귀신 잡는 해병'이라는 별칭이 붙었는지도 나중에야 알았다. 한국전쟁 다시 혁혁한 공을 세운 해병대에 대한 한 종군기자가 쓴 기사에서 유래했다. "그들은 악마라도 잡을 수 있을 것이다." 악마devil가 '귀신'으로 번역되어 지금까지 남아 있는 것이다.

왜 남자라면 군대에 다녀와야 진짜 남자가 된다는 선입견을 가지고 있었는지 모르겠다, 남자 형제라고는 하나도 없었으면서. 그럼 누누이 그런 말로 나를 세뇌시킨 이들은 누구였을까. 혹시나 그런 선입견으로 우리는 아이들을 해병대 캠프 같은 곳에 보내는 건 아닐까. 힘든 시간을 극복하고 진짜 사나이로 성장하리라 믿었던 것은 아닐까.

20여 년 전 한 선배의 명령조 말투에 바짝 군기가 들었던 것처럼 아이들은 조교의 명령에 구명조끼도 없이 바다로 들어갔다. 누구 하나 위험한 것 아니냐고 반박할 수 없었다. 그곳은 상명하복이 엄연히 존재하는 군대였다.

도대체 우리는 어떤 환상을 가지고 있었던 것일까. 다섯 명이나 되는 아이들의 목숨을 앗아간 사고 뒤에야 뒤돌아보게 된다. 진짜 사나이에 대해.

알 권리와
모를 권리 사이에서

　타인과의 소통을 위해 다른 사람의 쓰레기를 뒤지는 남자 이야기를 쓰려 쓰레기봉투를 뒤진 적이 있다. 물론 우리 집 쓰레기였다. 사나흘 묵은 20리터들이 쓰레기봉투를 풀어 베란다에 잔뜩 헤쳐놓았다. 음식물 찌꺼기가 들러붙고 채소 껍질로 미끈덩거리는 쓰레기들을 하나, 둘 들춰내는데 내가 쓰고 버린 것임에 틀림없는 그것들이 별안간 이물스러워진 까닭도 있었지만 화석으로 선사시대 생활사를 추정하듯 누군가 내 쓰레기들로 날 판단할 수도 있을 거란 생각에 싹 웃음기가 날아갔다.

　작정하지 않았는데도 나는 유독 한 회사의 스낵과 라면을 애용하고 있었다. 콜라를 좋아하고 제철인 귤 대신 오렌지를 즐겨 먹었다. 꼬깃꼬깃해진 관리비 청구서를 펴 보니 여느 달보다 부쩍 가스 사용량이 많았다. 재탕, 삼탕 온종일 곰국을 끓여대던 날들이 생각났다. 카드 청구서의 항목까지 꼼꼼이 살핀다면 지난 달 나의 행적까지도 다 밝힐 듯했다. 쓰레기봉투를 세 개쯤 뒤지고 그 항목이 페이지 수를 늘려가자 덜컥 겁이 났다. 쓰레기는 어떤 변명도 통하지 않는 내 알리바이였다. 당장 문서 분쇄기를 사야겠다고 마음먹었는데 차일피일 10년이 흘렀다. 구설수에 오를 사생활이 없었다기보다 설마 어떤 사람이 더러운 쓰레기를 뒤질까 싶은 마음에서였다. 그러면서도 각종 청구서들은 손으로 잘게 찢어버린다. 혹시 모르지 않는가. 내 소설의 그 남자처럼 찢긴 청구서 조각들을 가져가 스카치테이프로 붙이고 있는 요상한 사람이 있을 수도 있을 테니……. 사실 쓰레기를 이용해 사람들의 취향을 알아 상품 생산에 적용시킨 예도 있었다. 쓰레기garbage와 생태학ecology의 합성어인 가볼로지garbology는 쓰레기장을 조사하여 그 지역에 사는 사람들의 생활 실태를 알아보는 사회학의 한 수법이기도 하다.

쓰레기를 뒤지는 것이 케케묵은 고릿적 방법이 되었다면 요즘 인터넷 업체들은 행동 타깃팅 방식으로 훨씬 편리하게 사용자들의 취향을 파악해낸다. 우리가 웹 사이트에 접속할 때마다 그 사이트에 얼마나 체류했는지, 무엇을 클릭했는지 등의 웹 서핑 행동 양식들을 모아 분석했다가 구미가 당길 만한 광고를 각각의 개인에게 맞춤식으로 골라 보내는 방식인데 미국의 소비자단체들이 발을 걸었다. 바로 사생활 침해의 우려 때문이다. 개인 정보를 공개하고 맞춤형 광고를 볼 것인지 사생활 보호를 받을 것인지는 개인 스스로가 결정해야 한다는 것이 그들의 주장이다. 우리는 거의 무의식적으로 사이트를 옮겨 다닌다. 누군가 우리의 무의식을 좇고 있었다니 아무래도 꺼림칙하기만 하다. 쓰레기 단속에 웹 서핑 단속까지, 이젠 문서 절단기만으로는 사생활을 지키기 어려워졌다.

반면 이 사생활을 적절히 이용한 사례가 가십gossip일 것이다. 연예인에서부터 스포츠 선수, 정치가에 이르기까지 유명 인사들에 관한 흥미 본위의 뜬소문을 가십이라고 한다. 가십만으로 프로그램 한 편이 제작되고 채널을 돌릴 때마다 물릴 정도로 많은 가십 프로그램이 넘쳐난다. 소문을 좇는 것에 그치지 않고 카메라가 그들의 침실까지 들어가 그들의 은밀한 사생활까지 우리에게 보여준다.

고백하자면 나는 가십에 무관심한 사람은 아니다. 가십거리가 없다면 대체 우리 같은 사람들은 뭘 "씹고" 살까 생각하는 부류이기도 하다. 연예인 S의 열애설과 결별설, D의 성형설…… 안 보는 척하지만 다 꿰고 있다. 우리도 한때 사랑하고 헤어졌으며 성형을 했거나 한번 해볼까 하는 마음으로 성형외과 사이트를 방문해 온라인 견적까지 받은 적이 있으면서도 한 번도 그런 적이 없는 사람처럼 가차 없이 그들을 '씹어댄다.` 그 세계에 대한 선망과 욕구가 강할수록 씹고 또 씹어댄다. 그렇게 씹어대지도 못한다면 이 열등감을 어디에 풀 것인가. 그런데 어느 순간 그들의 사생활은 그냥 씹어대기에는 너무도 버거워졌다.

한 아나운서의 미니홈피가 해킹당해 그의 사생활 일부가 담긴 사진이 인터넷상에 떠돌아다녔다. 대체 어떤 사진이길래…… 드러내놓고 궁금해할 수는 없어 깊은 밤 접속했는데 한발 늦었다. 이미 삭제된 빈 공간을 들여다보자니 호기심은 더욱 커졌다. 여느 연인에게나 있을 법한 사진이었다며 본 사람이 귀띔해주었는데 그 뒤로 그 아나운서를 보면 그 사진이 떠오른다. 사진 내용에 가려 정작 미니홈피를 해킹한 사람에 대한 처벌도 아나운서의 충격과 상처도 묻혔다. 학력 위조로 시작해 권력형 비리로 발전한 한 사건의 장본인인 여성 누드가 한 신문사에 의해 유포되었다. 사이트 폭주로 다운 사태까지 발생했다. 신문사는 국민의 '알 권리'라고 주장했지만 대체 그 사건과 누드가 어떤 연관이 있는 건지 알다가도 모르겠다, 며 불끈 분개했다. 하지만 대체 어떤 사진이길래, 나도 모르게 그 사이트에 접속하고 있었다.

선정성과 사생활 침해에 관한 사항을 신문사 측에서 몰랐을 리 없다. 그들은 대중의 호기심을 이용해 특종 잡기에만 급급했다. 여론에 떼밀리자 뒤늦게야 사과문을 게재했다. 딱 봐도 눈 가리고 아웅이라는 것을 알겠는데 그 사과문을 놓고 또 설왕설래다. 그런 나쁜 일을 한 여자의 사생활은 보호될 가치가 없다, 그 여자가 한 일들을 죄다 알아야 그 여자의 죄질을 판단할 수 있으니 사진 공개 잘했다 등, 비수를 품은 댓글들이 꼬리를 물었다.

잉꼬부부로 알려졌던 연예인 부부의 이혼소송은 충격에서 이제는 눈살이 찌푸려지는 사태로 흘렀다. 부부는 정작 입을 다무는데 제3자가 이들의 사생활을 공개했다. 그것을 매스컴은 아무런 여과 없이 보도했다. 그제야 두 사람의 입에서 상대방에게 책임을 떠넘기는 말이 쏟아졌다. 외국인 남자와 또 다른 남자, 돈과 잠자리. 11년간의 결혼 생활이 낱낱이 까발려졌다. 그들 부부에게 어떤 일들이 있었는지 다 알게 되었는데도 나는 그 두 사람에 대해 점점 더 알지 못하겠다. 예전 카메라가 쫓아가 비추던 단란하던 그 집안이 진짜 그들로 보인다.

텔레비전을 보다가 10년 전 쓰레기를 뒤지던 때와 비슷하게 싹 웃음기가 사라졌다. 저들을 저렇게까지 몰고 간 것은 무엇일까. 하물며 식물에게도 사생활이 있다. 우리가 안 보는 동안 식물들은 사랑을 하고 번식을 한다. 연예인에게도 가십 밖의 생짜 사생활이 있다. 그 사생활에 대해 우리는 '알 권리'를 내

세울 수 없다. 매스컴은 우리에게 '알릴 의무'가 없다. 우리는 모두 그 선을 넘었다.

가십의 수위는 정도를 넘어도 한참 넘었는데 우리는 여전히 남 일이라고 씹어댄다. 악성 댓글은 차마 입에 담을 수도 없다. 수박 겉핥기 식의 사생활 보도는 그래서 더 치명적이다. 왜 그래야만 했을까? '안다'는 것은 '이해한다'는 말의 다른 말이다. 아무도 그들의 심중을 이해하려 하지 않는다. 현상만 있고 소문만 무성하다. 그러는 사이 우리는 점점 더 멀어진다. 원론으로부터 원칙으로부터 사실로부터 진실로부터.

시간에
내어주는 것들

KTX에 타고 눈 좀 붙이겠다고 생각했다간 자칫 낭패를 당할 수도 있다. 깜빡 잠이 들었다가 내릴 역을 지나치고 허둥대는 이들을 한두 번 본 게 아니다. 비몽사몽 충혈된 눈으로 사방을 둘러보면서도 이게 꿈은 아니겠지, 란 표정이었다. 새로 탄 손님이 제자리를 찾느라 깨운 뒤에야 아차차, 하는 이들도 종종 보았다. 한번은 서울 유학하는 딸아이를 배웅하러 기차에 올라탄 어머니가 문이 닫히는 바람에 꼼짝없이 한 정거장을 가기도 했다. 문을 두드리고 소리를 질러도 문은 열리지 않았다. 컴퓨터로 작동되기 때문에 한번 닫힌 문은 열기 어렵다고 누군가 알은체를 했다. KTX에서 한 정거장 구간은 꽤 먼 거리다. 손지갑만 달랑 들고 슬리퍼를 끌고 온 어머니는 내내 얼떨떨해 보였다. KTX에서도 이런 추억거리 하나쯤은 만들 수 있다.

KTX를 타면 객차 안에서 잡담은 삼가고 휴대폰 벨소리도 진동으로 해주십사는 안내 방송이 흘러나온다. 대부분 출장 중인 회사원이 많다. 말끔하게 복장을 갖춰 입었다. 창가 쪽에 앉아 통로로 나가느라 양해를 구할 때 빼고는 이야기를 나누지 않는다. 서울~부산 거리라고 해야 이제 두 시간 안팎으로 줄어들었으니 가능한 일일 것이다. 사람들은 노트북을 켜놓고 밀린 일을 하거나 휴대폰으로 텔레비전을 시청한다. 이것이 KTX 분위기다.

여덟 살, 외가로 가는 장항선 완행열차를 탔던 때가 떠오른다. 한 시간이면 도착할 거리를 그땐 네 시간도 더 걸려 갔다. 자도 자도 목적지는 나타나지 않았다. 잠에서 깰 때마다 곁에 앉아 있던 사람들도, 기차 안의 풍경도 바뀌어 있었다. 객차 양쪽에 길게 한 줄 의자가 놓인 기차였다. 앉을 자리 없어도 할머니들은 엉덩이부터 디밀었다. 그때마다 요상하게 자리가 났다.

얼굴이 발갛게 달아오른 이들이 우르르 올라타면 온양온천역이었다. 바다가 가까워 오면 촌부들이 조개나 생선이 가득 든 고무 다라이를 들고 탔다. 다라이 옆에 신문지를 깔고 앉은 이들은 처음 보는 이들에게도 말을 붙였다. 어디서 와유? 어디까지 가유? 처음 시작은 늘 이랬다. 그 시절 기차는 칙칙폭폭 달렸다. 긴 시간 함께 있어야 했으니 무료함을 달래려면 그 방법밖에는 없었을 것이다. 동죽 맛을 쇠고기가 당하기나 하느냐고 알려준 것도 기차 안에서 만난 할머니였다.

기자를 타고 외가에도 가고 지방 근무 중인 아버지에게도 갔다. 기차 안에서 많은 이를 만났다. 술에 잔뜩 취해 안주머니에서 돈다발을 꺼내 흔들던 아저씨도 있었다. 내게 삶은 달걀을 사주었다. 무엇을 판 돈이었을까, 누군가 돈을 훔쳐갈까 봐 아저씨가 졸 때마다 눈에 불을 켜고 도둑을 지켰다.

목적지에 도착할 즈음이면 KTX에서 안내 방송이 흘러나온다. "정시에 고객님들을 모실 수 있어 저희도 기쁘게 생각합니다." 기차 이용료가 비싼 만큼 시간이 급한 이들이 이용할 테고 당연히 10여 분 연착에도 불평들이 쏟아지는 모양이다. 시원스레 앞으로 달려도 마땅찮을 판에 뒤로 두 정거장이나 후진했던 옛 기억이 떠오른다. 누구 하나 불평하지 않았다.

생각해보니 우리에게 시간관념을 심어준 것도 바로 철도다. 철도 역사 중앙엔 커다란 시계가 걸려 있거나 주위엔 늘 시계탑이 있었다. 하루 세끼 밥 먹는 때로 시간을 나누던 우리가 기차 시간표에 맞춰 움직이기 시작했다. 옛날 외가의 안방 문가에도 자디잔 글자로 철도 출발과 도착 시간이 적힌 시간표가 붙어 있었다.

그 시절이 그리우면서도 시간에 쫓겨 어쩔 수 없이 고속열차를 탄다. 추억도 사람도 경치도 포기하고 얻는 것은 시간이다.

잠깐 존 모양이다. 잠결에 천안아산역을 그대로 통과한다는 안내 방송을 들은 것도 같았다. 누군가 어깨를 흔들어 깨웠다. 측은하다는 듯 한 남자가 내 얼굴을 내려다보고 있었다. 눌린 머리를 다듬을 겨를도 없이 헐레벌떡 소지품을 챙겨 일어섰다. 천안아산역과 광명역까지도 그대로 통과해 평소 운행 시간보다 20여 분 단축된 기차라는 사실을 몰랐던 것이다.

나를 울려주는
봄비

"비에 젖은 자는 뛰지 않지요"라는 말을 중학교 1, 2학년 무렵에 알았다. 즐겨 보던 수사 드라마에서였다. 극의 흐름상 좀 뜬금없다 싶었지만 그만큼 강렬했다. 그 말을 한 연기자의 이름은 물론 표정과 입고 있던 옷까지 선연하게 떠오른다. 궁지에 몰린 그는 더 이상 물러설 곳이 없었다. 허름한 대폿집 나무 의자에 앉아 그가 비에 젖은 표정으로 그 말을 할 때는 앞에 서 있던 수사반장도 끝내 아무 말 못했다.

제대로 비를 맞아본 적도 없으면서 아무 때나 그 말을 갖다 붙였다. 간발의 차로 버스를 놓쳤을 때도 숙제를 해 오지 않아 벌을 설 때도 심지어 학교 교정에 둔 책가방을 잃어 집에 갈 회수권이 하나도 없는데 그 말이 나왔다. "비에 젖은 자는 뛰지 않아." 뭔 말이야, 알아듣지 못하는 친구도 있고 핏, 코웃음을 치는 친구도 있었다. 아무튼 그 말을 하고 나면 조급한 마음이 느슨해지면서 정말 아무렇지도 않은 기분이 되는 듯했다. 한동안 입에 붙은 그 말은 우연히 그 말을 들은 아버지에게 혼쭐이 나는 바람에 쏙 들어갔다. 나이도 한참 어린 게 다산 사람 흉내를 낸다고 아버지는 어머니를 나무랐다. 대체 저게 뭐가 되려나 심란하게 나를 바라보던 아버지의 표정이 잊히지 않는다.

그 말을 경험한 건 고등학교에 진학한 뒤였다. 그 시절 일기예보는 들쭉날쭉이었다. 여름이면 우산 없이 등교했다가 비를 만나 낭패를 보는 일이 잦았다. 전철역 계단은 비가 그치기를 기다리는 이들로 발 디딜 틈이 없었다. 비 좀 맞지 않겠다고 서 있는 이들을 보자 갑자기 반발심이 일어났다. 앞뒤 재지 않고 빗속으로 뛰어들었다. 한여름 장대비였다. 눈으로 빗물이 줄줄 흘러들고 금방 옷이 젖었다. 젖어 축 늘어진 바지 자락이 다리에 감겨 빨리 걸을 수도 없었다. 사람들은 죄다 처마 밑에 서 있는지 거리는 텅 비었고 사방 빗소리뿐이었다. 비에 젖은 사람은 뛰지 않는다. 반으로 줄어든 시야 끝에 누군가 나타났다. 그와 차츰 거리가 좁혀졌다. 교련복을 입은 내 또래의 남학생이었다. 영락없이 비 맞은 쥐였다. 잠깐 교차하는 순간 그가 날 힐끗 보았다. 웬 여학생이, 비를 다 맞고, 칠칠치 못하게. 그의 눈빛이 그렇게 말하는 듯했다.

그 몇 년 뒤 오규원 선생의 시를 읽다가 "젖은 자는 다시 젖지 않는다"라는 구절을 발견했을 때는 고개를 깊게 끄덕였다.

이미 한번 비에 흠씬 젖어본 전력이 있기 때문이었을 것이다. 달라진 게 있다면 체념보다는 희망을 읽었나는 것. 비를 피해 추녀 아래 선 그대와 나, 비가 와도 젖지 않는 강. 그 강을 거슬러 오르는 비에 젖지 않는 고기가 되고 싶었다.

그 뒤 허만하 선생의 시에서도 비를 발견했다. "아득한 수면을 본다. 저무는 흐름 위에 몸을 던지는 비, 비는 수직으로 서서 죽는다." 그러고 보니 빗줄기는 저마다 혼자 땅 위에 수직으로 서고 있었다. 타닥타닥, 빗줄기가 때리던 얼굴과 어깨, 머리의 감각이 살아났다.

문학뿐 아니라 드라마와 영화, 대중가요도 비의 덕을 톡톡히 본다. 비관에 빠진 이가 비를 맞고 헤매다 밤새 열에 들뜬다. 생사의 고비를 넘기고 맞이하는 아침, 그는 예전의 그가 아니다. 제인 오스틴의 소설을 각색한 영화에서 비는 단골손님이다.

4월, 세 번의 비가 왔다. 이제 겨우 제 우산을 쥘 힘이 생겼다고 좋아했는데 아이에게 우산을 맡기지 않았다. 안전하다, 안전하지 않다, 온갖 추측이 난무하는 가운데 비는 풍성한 말들을 잃어버렸다. 비에게 남은 건 현실적인 딱딱한 골격뿐이다. 현실적인 것들에 상상의 여유는 없다. 흡연 장면이 사라지듯 드라마에서도 비가 내리는 장면이 사라질 것이다. 비로 연결되었던 많은 연인들이 위태롭게 되었다. 차차 문학에서도 비를 찾아볼 수 없게 되는지도 모른다. 희망의 전언은 사라지고 "무슨 전조처럼 온종일 가을비가 구슬프게 주룩주룩"(조병화, 「가을비」 중) 내릴 것이다.

봄비가 내린다. 박인수 선생의 〈봄비〉를 어느새 흥얼대고 있다. 봄비, 나를 울려주는 봄비다.